EEN ANDER GEZICHT

Greetje van den Berg

Een ander gezicht

VCL-serie

ISBN 90-5977-084-6
NUR 344

Omslagillustratie: Herry Behrens
Omslagbelettering: Van Soelen, Zwaag
ISSN 0923-134X

1

Een oorverdovende donderslag volgt direct op een bliksemschicht en lijkt het einde in te luiden van ademloze, hete julidagen. Diana van Vossen zit rechtop in bed, ruw ontwaakt uit een diepe slaap, haar korte haren verward tegen haar hoofd aangeplakt. De wind lijkt zijn adem de laatste dagen te hebben gespaard voor dit moment. Het open raam klappert in een plotselinge, heftige windvlaag. Duidelijk is te horen hoe de takken van de bomen vlak achter haar tuin kraken, de bladeren heftig ritselen. Slaapdronken zit ze op de rand van het bed, haar voeten zoeken en vinden de badstoffen slippers. Als ze het raam sluit, ziet ze hoe de tuin momentenlang verlicht wordt. Dan is er opnieuw een krakende slag. Luid kindergehuil klinkt op. Ze knipt de lamp in de gang aan en moet haar ogen even laten wennen aan het felle licht.

„Kelly en Dimitri, jullie mogen in mijn bed!" roept ze voor ze het kleine kamertje van haar jongste zoon inloopt. Hij zit rechtop in bed, de beer dicht tegen zich aangedrukt, angstig ineenkrimpend bij de volgende slag.

„Mama is bij je," stelt ze hem gerust als ze hem uit bed tilt. „Je hoeft niet meer bang te zijn, je mag bij mama in bed."

Ze houdt hem dicht tegen zich aan, voelt de zachtheid van de knuffelbeer tegen haar blote armen. Marnix en Beer zijn onafscheidelijk op spannende momenten en in nachtelijke uren.

Marnix drukt zijn gezicht tegen haar borst. Ze draagt hem naar haar slaapkamer waar Kelly en Dimitri al een plaatsje in bed hebben gevonden.

„Het gaat zo hard," huivert Kelly. Haar lange, blonde haren liggen warrig rond haar warme gezicht. Ze verstopt haar hoofd onder het dekbed als een nieuwe lichtflits weer een donderslag aankondigt.

„Het is te warm onder het dekbed," zegt Diana als ze het bed inschuift. Ze ligt tussen Kelly en Marnix in, voelt hoe Marnix dicht tegen haar aanschuift. Achter Kelly ligt

Dimitri. Ze ziet zijn blonde stekelkopje op het kussen, kan nog net met haar hand zijn rug strelen. In dit soort situaties heeft ze altijd net een kind te veel, of een man te weinig, zoals ze het ook wel noemt.

„Het duurt niet meer zo lang voordat het onweer weg is," bedenkt ze hoopvol. „Hoor je wel? Het duurt nu al een beetje langer voordat de donderslag op de flits volgt. Hoe meer tijd er zit tussen de flits en de slag, hoe verder het onweer bij ons vandaan is."

In de verte loeit een sirene. De hemel lijkt alle sluizen open te zetten. Buiten wordt de warmte verjaagd, maar binnen is de hitte van de afgelopen dagen bewaard gebleven.

Ze staart in het donker dat af en toe met een flits wordt verlicht. Langzaam maar zeker wordt de bui minder heftig en de ademhaling van haar kinderen rustiger. Zij probeert ook haar draai te vinden. Het kleine lichaam van Marnix rust warm tegen het hare. Zijn blonde haren liggen vochtig rond zijn rode wangen. Heel voorzichtig drukt ze een kus op zijn voorhoofd. Kleine Marnix. Drie jaar is hij nu. Zijn geboorte moest een nieuw begin betekenen na een tijd vol spanningen. In dit bed was hij ter wereld gekomen en Erik-Jan had naast haar gestaan. Hij had haar aangemoedigd, hij had zijn kleine zoon opgevangen in de nieuwe wereld.

Marnix was hun derde kind. In feite was het leven tot die tijd vriendelijk voor hen geweest. Erik-Jan was een harde werker en dat wierp vruchten af binnen de bankinstelling waar hij werkzaam was. Hij maakte snel carrière. Het betekende dat hij veel weg was en dat veel van de zorg voor de kinderen op haar schouders rustte. Ze had het graag voor hem over. Als een van de kinderen ziek was, vond ze het vanzelfsprekend dat zij haar werk belde dat ze niet kon komen. Al voor haar huwelijk had ze een leuke baan als medisch secretaresse op de afdeling interne geneeskunde in het ziekenhuis. Na de geboorte van Kelly waren haar werktijden gehalveerd. Voor het geld hoefde ze het niet te doen, had Erik-Jan eens gezegd, maar als ze het leuk vond om er iets bij te doen, moest ze het vooral niet laten. Allebei leidden ze een druk leven maar het legde hun geen windeieren.

Vlak na de geboorte van Dimitri, ondertussen zes jaar geleden, ruilden ze hun rijtjeshuis in voor een twee onder een kap woning. Per jaar konden ze zich twee vakanties veroorloven, ze hadden ieder hun eigen auto. Erik-Jan had plannen voor het bouwen van een vrijstaande woning. Kort na de geboorte van Marnix was hij met de bouwtekeningen aangekomen. Hij was zo enthousiast.

Ze probeert zich om te draaien, duwt Kelly een eindje van zich af, zodat ze wat meer ruimte heeft en luistert naar de regelmatige ademhaling van haar kinderen. De warmte wordt bijna ondraaglijk. Voorzichtig slipt ze uit bed om het raam open te zetten. Ze haalt diep adem, om zoveel mogelijk te genieten van de frisse, tintelende lucht. Nooit is die geur aangenamer dan na een verkwikkende regenbui. Voor het open venster rekt ze zich uit en kan er niet toe komen om weer in het warme bed te kruipen. 's Nachts lijkt alles anders, laten gedachten zich niet naar de achtergrond dirigeren. Ze kijkt naar de kinderen. De lantaarnpaal voor het huis zorgt voor een vaag schijnsel waarin ze hun contouren duidelijk kan waarnemen. Marnix heeft zich op z'n buik gedraaid. Een kleine jongen die zich nooit zal kunnen herinneren wie z'n vader was. Hij was nog maar een halfjaar geweest op de dag dat een mooie decembermorgen in een nachtmerrie veranderde.

Niets had daar in eerste instantie op gewezen. In de nacht had het gevroren, de zon had de berijpte wereld van een subtiele glans voorzien. Vlak voor hij naar z'n werk ging had Erik-Jan nog opgemerkt dat hij zo blij was met de garage omdat hij nu niet hoefde te krabben. Ze hadden grapjes gemaakt over het feit dat de garage geen plaats bood aan twee auto's. Voor haar bestond het ritueel op een vrieskoude wintermorgen wel degelijk uit het krabben van de ramen van haar auto. Die morgen was daar geen sprake van want ze had haar vrije dag die ze wilde gebruiken om het huis een goede beurt te geven. Met Erik-Jan had ze het wel eens over een hulp in de huishouding gehad maar het leek hem niet prettig om "een vreemde vrouw in zijn spullen te laten rommelen", zoals hij het had uitgedrukt.

Om half negen had ze Kelly en Dimitri naar school gebracht en daarna was ze teruggekomen in het huis dat rust uitademde nu de heldere stemmen van haar twee oudste kinderen ontbraken. Uitgebreid had ze de tijd genomen voor het baden en voeden van Marnix. De morgen was al half voorbij toen ze hem weer in de wieg had gelegd. Opgewekt had ze een emmer vol water laten lopen, de planten uit de vensterbank gehaald en de vitrage verwijderd. Op het moment dat ze de spons in het water wilde laten glijden had ze ineens twee agenten het pad op zien komen. Een forse man en een magere vrouw. Moeiteloos kon ze het beeld van die twee ophalen. Het was net of hun foto voor altijd op haar netvlies geprojecteerd bleef. Natuurlijk was ze geschrokken, haar handen beefden een beetje toen ze de voordeur opende.

„Mogen we even binnenkomen?" had de man gevraagd en aan z'n gezicht had ze al gezien dat er iets heel erg mis moest zijn. „We hebben niet zo'n mooie boodschap," was de vrouw begonnen en het was haar opgevallen dat ze naar de grond keek toen ze die woorden uitsprak. Ongemakkelijk zat ze op het puntje van de stoel. „Uw man heeft een ongeluk gehad."

„Ja?" Er was iets over schade in haar opgekomen, de auto zou total loss kunnen zijn. Zou Erik-Jan misschien ook iets mankeren?

„Een ernstig ongeluk, mevrouw Van Vossen. Uw man is dood."

Het was net geweest of het niet door wilde dringen. Van alles was door haar hoofd geschoten maar voor die ene harde werkelijkheid leek er geen ruimte te zijn."

„Dood? Overleden bedoelt u?"

„Ja, overleden." Die agenten waren zo jong. Eigenlijk veel te jong om een dergelijk boodschap over te brengen. Zij was te jong om zo'n boodschap te krijgen. Ze hadden haar wat details gegeven toen ze had geïnformeerd hoe hij verongelukt was en of het de schuld was van Erik-Jan of van een ander. Er was geen ander in het spel, hadden ze gezegd. Het was een eenzijdig ongeluk. Erik-Jan had met zijn mobiele telefoon gebeld en had op een gegeven moment de macht over het stuur verloren.

Hoe vaak had ze hem niet gewaarschuwd om niet te bellen als hij reed? Hij had haar beloofd langs de garage te gaan om een handsfree set in te laten bouwen, waardoor hij zijn handen vrij zou hebben tijdens het bellen. Het was er niet meer van gekomen.

Na het vertrek van de agenten had ze niet anders weten te doen dan haar moeder bellen en eigenlijk had ze verder niemand willen zien of horen. Zo bleek het leven rond de dood van een geliefde echter niet in elkaar te zitten. Het was van belang dat er een kist werd uitgezocht, een graf gekocht, een begrafenis geregeld. Ze moest beslissingen nemen die ze niet wilde nemen maar waarvan iedereen zei dat het belangrijk was dat ze het helemaal op haar manier deed. Later zou ze dankbaar zijn dat het afscheid van Erik-Jan geregeld was op de manier zoals zij het wilde. Het probleem was dat ze geen idee had hoe zij het wilde of hoe hij het gehad zou willen hebben. Allebei waren ze jong, ze hadden kinderen die ze met z'n tweeën wilden opvoeden. Daar hadden ze samen over gepraat en over hun werk hadden ze het gehad, of de mogelijkheden voor de bouw van een nieuw huis. Over van alles hadden ze gesproken maar de dood was daarbij buiten beschouwing gelaten. De dood maakte geen deel van hun leven uit. Ze wist alleen dat hij niet gecremeerd maar begraven wilde worden.

In het grote tweepersoonsbed woelt Kelly. Vertederd kijkt ze naar haar kinderen die zich inmiddels zoveel ruimte hebben toegeëigend dat ze er niet eens meer bij past. Alleen zij drie zijn de reden geweest dat ze nog leeft. Of ze nu wilde of niet, ze werd gedwongen het leven weer op te pakken.

Erik-Jan werkte niet voor niets bij een bank. Financieel was ze goed verzorgd en toch had ze na een jaar besloten om hun fraaie woning te verkopen. In plaats van de twee onder een kap woning was ze verhuisd naar een rijtjeswoning in een kinderrijke buurt. Tegenover hun huis ligt een speeltuin en een grasveld waarop in de zomer wordt gevoetbald, gekampeerd en de buurtbarbecue wordt georganiseerd. Kort na de derde verjaardag van Marnix was ze vier uur extra gaan werken. Op woensdag was ze vrij, de andere dagen werkte ze van negen uur 's morgens tot drie uur 's middags. Alleen voor Marnix had ze oppas nodig, die ze vond in de vorm van ouders en schoonouders. Zelf bracht ze haar oudste twee kinderen naar school en was net terug als de school uitging.

Ze gaapt, werpt nog een blik op het bed en besluit dan een plekje op de bank in de kamer te zoeken in een poging nog wat te slapen. Morgenochtend hoeft ze niet voor dag en dauw op te staan. De scholen hebben hun deuren in verband met de zomervakantie gesloten, zij geniet van drie vrije weken.

Op haar tenen loopt ze de slaapkamer uit, neemt haar duster mee en drapeert die over haar voeten als ze op de bank gaat liggen. Ook hier is de warmte blijven hangen. Ze sluit haar ogen.

Tweeëneenhalf jaar is ze nu alleen. Tien jaar hadden Erik-Jan en zij een relatie gehad, waarvan ze er zeven getrouwd waren geweest. Na zijn overlijden had ze gemeend dat ze er nooit overheen zou komen. Ze had gehoord van weduwen die aan een nieuwe relatie begonnen maar ze had zeker geweten dat er bij haar nooit ruimte voor een andere man zou zijn.

Ze draait zich om en probeert zich het gezicht van Erik-Jan voor de geest te halen. Het beeld dat ze voor zich ziet is dat van de foto op het dressoir. Erik-Jan in een lichtblauw poloshirt, zijn gezicht gebruind van de vele zon waar ze in de vakantie van hadden genoten. Het was hun laatste vakantie samen geweest maar dat hadden ze zich op het moment van de foto niet gerealiseerd. Er was eigenlijk zoveel waarbij ze niet had beseft dat er nooit een vervolg zou komen. Naast de foto staat een blauwe vaas van glas. Op hun trouwdag was Erik-Jan ermee aan komen zetten. De blauwe vaas en lange roze rozen. Ze had het een mooie vaas gevonden maar na zijn dood was het ineens een kostbaar kleinood geworden dat ze koesterde. Het laatste geschenk dat ze van Erik-Jan had gekregen. Haar leven met hem kwam nooit meer terug.

Vannacht had ze zich plotseling gerealiseerd dat er in haar leven ruimte was gekomen. Het was niet langer gevuld met verdriet om Erik-Jan. Ze werkt hard, ze is er altijd als de kinderen haar nodig hebben, ze probeert sterk te zijn, ook als ze zelf angst voelt, zoals ze vannacht angst voelde voor het hevige onweer. Ineens was er een verlangen in haar opgekomen om haar leven weer te delen met een volwassene. Iemand die zou begrijpen dat ze niet altijd sterk kon zijn. Iemand die op dat moment even zijn arm rond haar schouders zou leggen. Erik-Jan wordt steeds meer herinnering, foto's in het album, de vaas en de foto op het dressoir, verhalen die ze deelt met familieleden en vrienden. Erik-Jan is verleden. In het heden is een verlangen ontstaan. Ze heeft alleen geen idee hoe ze dat kan opvullen.

Drie dagen later is de zomer teruggekeerd. Een strakblauwe lucht, stralende zonneschijn en tropische temperaturen zorgen voor files in de richting van de stranden.

Diana heeft deze morgen haar tas al vroeg ingepakt met badlakens, zwemkleding, flessen vol zonnebrandcrème, limonade, broodjes, appels en koeken. Daarna is ze met de kinderen naar Christine Simons gereden, haar beste vriendin. Achter elkaar aan is de reis richting kust gegaan, net voor de ergste drukte uit. Kelly zit bij Christine en haar dochters in de auto, af en toe draait ze zich om, werpt kushandjes richting Diana en haar broertjes of zwaait uitbundig waarbij Ingrid en Anouk zich ook niet onbetuigd laten. In de loop van de reis lopen de temperaturen weer op. Op momenten als deze heeft ze spijt van haar beslissing destijds om de luxe auto van Erik-Jan te verkopen en haar eenvoudige wagentje te houden. De auto van Erik-Jan was van alle gemakken voorzien. Ze had de airco aan kunnen zetten, nu moet ze zich behelpen met een open raam, waarbij de wind met warme handen langs haar gezicht strijkt. Oververhit en geïrriteerd bereikt ze het eindpunt, is blij als ze eindelijk haar auto op de parkeerplaats neer kan zetten. Het rode hemdje dat ze op haar rok draagt, plakt aan haar rug vast. een straaltje zweet rolt langs haar slapen naar beneden.

Christine draagt een koeltas, zij heeft er een bij zich, de rest van de bagage wordt onder de kinderen verdeeld. Er wordt meteen ruzie gemaakt over een luchtbed. Met een paar woorden weet Christine daar een einde aan te maken. Opgewonden lopen ze dan in de richting van het strand. Op de kop van het duin moet ze even wachten en uitkijken over de zee. Het is een moment dat altijd weer indruk op haar maakt. Terwijl de kinderen gillend en lachend naar beneden rennen, blijft zij staan. Haar ogen vangen de eindeloze watervlakte, het strand daarvoor met de badgasten als felgekleurde stippen.

„Er is niets waarvan ik zo houd als juist van het water," hoort ze Christine, naast zich, zeggen. „Het maakt me altijd weer stil. De onmetelijkheid van de zee geeft maar een fractie van Gods grootheid weer maar nergens ben ik daar zo van doordrongen als juist bovenop zo'n duin. Het maakt me stil."

Ze lopen achter de kinderen aan. „Eigenlijk moet ik op die momenten alleen zijn," vervolgt Christine. „Of met iemand die dezelfde gevoelens koestert en dan ook zijn mond houdt. Misschien kunnen we samen nog eens gaan?"

„Het probleem is dat ik altijd zoveel moet regelen."

„Daar moet uit te komen zijn," bedenkt Christine. Ze versnelt haar pas. „Ik vrees dat we nu toch op moeten schieten. Marnix staat al bijna in het water."

Ze vinden een plekje vlakbij de vloedlijn, bakenen hun territorium af met badlakens en tassen. Kledingstukken belanden in het zand. Ongeduldig wachten kinderen tot ze eindelijk allemaal ingesmeerd zijn met zonnebrandcrème. Dan is het moment daar dat ze het water in kunnen. Anouk gilt omdat ze het toch wel erg koud vindt, Kelly wil niet voor haar onderdoen en Ingrid vindt dat ze ook niet kan achterblijven. Dimitri durft het eerste kopje onder te gaan in het kille zeewater. Marnix volgt zijn voorbeeld. Als molenwieken maaien zijn armen met de feloranje zwemmanchetten door het water. Vrolijk spettert hij rond. Ze zwemt een klein stukje bij de kinderen vandaan, terwijl Christine al snel het strand weer opzoekt. Dimitri heeft het luchtbed opgehaald.

Om de beurt mogen ze daar op liggen terwijl de anderen duwen. Ze kijkt het vrolijke spel nog een poosje aan en besluit dan ook het strand op te zoeken. Ze maant Marnix vooraan in het water te blijven, houdt Kelly, Dimitri, Anouk en Ingrid voor niet verder dan de lijn in het water te komen en trekt zich dan terug op haar badlaken dat ze heeft uitgespreid naast dat van Christine.

„Je bent veel bruiner dan ik," merkt ze met lichte afgunst op.

„Daarvoor moet een mens naar Kreta." Christine gaat rechtop zitten. „Ik heb het daar niet cadeau gekregen. De eerste dagen ben ik vreselijk verbrand. Ik had de blaren op mijn schouders. De rest van de vakantie heb ik steeds mijn T-shirt gedragen, zelfs als ik ging zwemmen."

Ze rekt zich loom uit. Haar halflange, blonde haren liggen warrig rond haar lange, smalle gezicht. Haar ogen zijn de blikvangers, opvallend groen, omkranst door donkere wimpers. Christine is niet knap, daarvoor is haar neus net iets te fors, maar toch is haar gezicht aantrekkelijk. Ze is veel forser gebouwd dan Diana, maar haar figuur is goed geproportioneerd. Erik-Jan had altijd beweerd dat ze letterlijk en figuurlijk een "dijk van een wijf" was. Zijzelf had vooral kennis gemaakt met die figuurlijke kant na het overlijden van Erik-Jan. Christine was er altijd als het nodig was geweest.

„We hebben echt genoten op Kreta," hoort ze Christine nu zeggen. „Ik heb nog wel aan je gedacht. Sinds het overlijden van Erik-Jan ben jij nooit meer op vakantie geweest. Mis je het niet?"

„Het trekt me niet om met de kinderen naar een of ander vakantiepark te gaan om daar temidden van echtparen met kinderen, ongelukkig te zitten zijn."

„Er zullen toch ook wel andere mogelijkheden zijn?"

„Er zijn ook overal gezellige gezinnetjes die me extra met de neus op het feit drukken dat ik er alleen voor sta." Ze haalt diep adem. „Ik wil geen medelijden met mezelf hebben en ik realiseer me ook heel goed dat ik het niet vol zal kunnen houden. De kinderen worden groter. Klasgenoten komen met verhalen van vakantie op school. Ik mag ze niet tekort doen door elke vakantie weer thuis te blijven. Voor volgend jaar heb ik me voorgenomen om toch iets te ondernemen."

„Misschien kunnen we samen iets doen."

„Christine, ik wil niet het vijfde rad aan de wagen zijn. Ik weet dat je het van harte meent maar ik ben al zo vaak bij jullie. Het lijkt me goed dat jullie juist in vakantietijd eens lekker met z'n vieren zijn."

„Zo heb ik het nog nooit ervaren."

„Berry is er ook nog."

„Berry denkt er net zo over als ik," meent Christine stellig.

Diana rolt zich op haar buik. Langzaam maar zeker worden ze ingebouwd door nieuwe badgasten.

„Ik vind dat je het heel erg goed doet, zo samen met de kinderen," hoort ze haar vriendin zeggen. „Ik weet niet of ik mij op die manier staande zou kunnen houden als ik eenzelfde verlies had geleden."

„Het is een soort oergevoel." Ze heeft haar hoofd op haar gekruiste onderarmen gelegd. „Je man sterft en je wereld stort in. Je zou je willen terugtrekken om in alle eenzaamheid je pijn te verwerken maar je wordt vanzelf meegezogen in je zorg om de kinderen, in alle maatregelen die getroffen moeten worden voor de begrafenis, maar ook voor de tijd erna. Er zijn kinderen die nog te klein zijn om te begrijpen wat er precies gebeurd is. Je vertelt ze dat papa naar de hemel is gegaan en dat hij nooit meer terugkomt. Vervolgens sta je voor de taak om hen te overtuigen van het feit dat jij niet ook nog zult gaan."

„Waren ze daar echt bang voor?"

„Vooral Kelly. Ze was toen vijf en ze is een erg gevoelig meisje. Het is natuurlijk ook niet te bevatten dat je vader zomaar ineens weg is. Daarom heb ik de kinderen ook zo betrokken bij de begrafenis. Daarom wilde ik dat Erik-Jan thuis werd opgebaard."

„Ik weet nog dat Kelly allemaal tekeningen voor hem maakte om mee te nemen in de kist. Dimitri ging dat natuurlijk nadoen."

„Voor mijn gevoel stelde God op dat moment een soort

van opwindmechaniek in werking dat ervoor zorgde dat ik in staat was te handelen. Zo heb ik dat ervaren. Ik weet dat er veel voor me gebeden is door mensen om me heen. Ik heb zoveel steun mogen ervaren. Je weet zelf hoe jij me hebt gesteund. Ik heb dat ervaren als steun in de rug van God die me de juiste mensen op het juiste moment stuurde."

„Heb je het idee dat de kinderen die angst weer zijn kwijtgeraakt?" wil Christine nog weten.

„Je hebt dat toch zelf wel gemerkt? Voor mijn idee hebben ze zich goed hersteld. De tijd heeft daar ook toe bijgedragen."

Vanuit het water klinkt gekrijs. Dimitri wordt belaagd door de meisjes die het gemunt hebben op een plastic emmer die hij heeft weten te bemachtigen. Ze staat op maar gaat gerustgesteld weer zitten als het probleem zich vanzelf oplost. Dimitri overhandigt de emmer aan Marnix en stort zichzelf opnieuw vol overgave op het spelevaren met het luchtbed.

„Ik vroeg me laatst af of het niet eens tijd wordt om aan een nieuwe partner te denken," hoort ze Christine zeggen. „Wil je trouwens wat drinken? Ik heb vruchtensap meegenomen." Ze ligt op haar knieën bij de koeltas. „Ik hoop niet dat je het me kwalijk neemt dat ik het zeg maar je bent jong, aantrekkelijk en volgens mij kun je niet de rest van je leven blijven treuren."

„Ik kan daar misschien wel aan toe zijn maar hoeveel mannen zouden er zijn die een relatie willen beginnen met een vrouw met drie kleine kinderen?"

Ze neemt de beker vruchtensap aan die Christine heeft ingeschonken en drinkt met kleine slokjes.

„Je zult waarschijnlijk niets kunnen vinden bij de afdeling groene blaadjes zonder verleden," bedenkt Christine. „Het klinkt misschien raar maar ik denk dat je moet zoeken binnen de categorie mannen met hun eigen geschiedenis. Dat houdt in dat ze zelf kinderen zullen hebben omdat ze gescheiden zijn of weduwnaar."

„Die kinderen moeten dan wel met de mijne kunnen opschieten."

„Een gescheiden man heeft de kinderen meestal niet vaker dan een weekend per twee weken in huis."

„Een gescheiden man zit vast aan een ex-vrouw. Ik heb meer dan eens vreselijke verhalen over zo'n relatie gehoord." Ze haalt haar schouders op. „Dan zit ik nog met het probleem dat mannen zich meestal niet vanzelf aan de voordeur aandienen en ik niet het type ben dat in het weekend uitgaat. Bovendien heb ik de kinderen, ik kan helemaal niet weg zonder eerst voor oppas te zorgen."

„Je weet best dat oppas voor jou geen probleem hoeft te zijn. De kinderen kunnen altijd bij ons terecht. Het is alleen de vraag hoe je het wilt aanpakken. Ik geloof dat er wel dansavonden voor alleenstaanden worden georganiseerd," oppert Christine voorzichtig.

„Vreselijk! Zie je me al als muurbloempje zitten? Ik zou het gevoel krijgen dat ik in de aanbieding was. Bovendien kan ik niet goed dansen en wie zegt me dat ik daar een man vind waarmee ik ook geestelijk op een lijn zit?"

„Als je jong bent denk je niet aan dat soort dingen."

Naast hen wordt een zonnescherm opgezet. Onwillekeurig volgen ze de verrichtingen van een Duits echtpaar dat onhandig met stokken loopt te klungelen en oververhit dreigt te raken. „Du, Tropf!" scheldt de vrouw, haar handen in de zij van haar met rozen bedrukte badpak.

„Luder! Es geht ja doch so nicht!" De man loopt weg. Zijn magere witte benen steken uit een vormeloze sportbroek. Mopperend doet de vrouw een hernieuwde poging om het zonnescherm rechtop te zetten.

„Als je jong bent laat je je leiden door gevoelens," vervolgt Christine onverstoorbaar haar verhaal. „Je raakt onder de indruk van iemand omdat hij knap is, of omdat hij een leuke lach heeft, of juist omdat hij zo verlegen overkomt. Je maakt je helemaal geen zorgen of hij geestelijk wel op hetzelfde vlak zit. Je denkt namelijk dat je al die verschillen in de loop van je relatie wel weg zult kunnen werken en het enige wat telt is dat je van die ander houdt."

„Wat dus niet lukt," weet Diana.

„Precies, maar dat wil ik nu even buiten beschouwing

laten. Ik wil alleen maar zeggen dat het zo anders wordt als je ouder bent en bagage meedraagt uit een eerder huwelijk. Je gaat eisen stellen. Sterker nog, je stelt een heel verlanglijstje op. Het liefst niet gescheiden, ongeveer dezelfde leeftijd, kerkelijk meelevend, zelfde opleidingsniveau of iets hoger, lief voor kinderen en daarbij ook graag nog aangenaam om naar te kijken."

„Je stelt het wel heel extreem."

„Toch is het waar. Denk maar eens aan wat je zelf net zei."

Diana zwijgt. Ze staart naar een schip dat aan de horizon verschenen is en doodstil op het water lijkt te liggen. De zon is hoger opgeklommen en steekt in haar gezicht. Marnix is, samen met Dimitri uit het water gekomen en bouwt nu samen met zijn grote broer een zandkasteel. In het water zijn de meisjes achtergebleven. Ze spetteren elkaar nat, gillen en lachen zoals alleen meisjes dat lijken te kunnen doen. Anouk is iets ouder dan Kelly, terwijl Ingrid twee jaar jonger is dan Dimitri. Anouk lijkt sprekend op haar moeder, net zo blond en net zo fors. Ingrid is een heel ander kind. Tenger en blond, een spring-in-het-veld.

„Ik ben bang," zegt ze dan zacht. „Er zijn momenten dat ik heel erg verlang naar een partner. Iemand met wie ik dingen delen kan. In die tweeënhalf jaar ben ik zelfstandig geworden. Ik weet dat ik mezelf heel goed kan redden maar af en toe lijkt het me fijn om weer eens iets met een partner te kunnen overleggen. Met dat onweer van een paar dagen geleden kwam dat heel erg op me af. Ik ben bang voor onweer maar kan me niet permitteren dat tegenover de kinderen te laten merken."

„Wat houd je dan tegen?"

„Stel je eens voor dat ik heel erg gesteld raak op een man maar dat die niet met mijn kinderen overweg zal kunnen?"

„Dan zul je moeten kiezen."

„De kinderen komen natuurlijk op de eerste plaats maar ik kan me voorstellen dat het pijn zal doen om een einde aan zo'n relatie te maken. Ik wil die pijn niet."

„Het leven bestaat voor een deel uit het nemen van risico's."

„Voor een buitenstaander is dat makkelijk om te zeggen." Het ontglipt haar.

„Ik weet het." Christine lijkt het haar niet echt kwalijk te nemen. „Misschien stel ik het te gemakkelijk maar als je echt wat wilt, zul je iets moeten ondernemen met alle consequenties die erbij horen. Tegenwoordig bestaan er mogelijkheden om via het internet in contact te komen met mannen. Als je dat via een christelijke organisatie doet kun je er in ieder geval van verzekerd zijn dat je op geestelijk terrein aardig met elkaar overweg zult kunnen."

„Ik zal er wel eens over denken."

Ze gaat op haar buik liggen, met haar gezicht in de richting van het water. Naast hen is de mannelijke helft van het echtpaar teruggekomen. Ze ziet hoe de man en vrouw even later samen naar het water lopen.

Christine gaat naast haar liggen. „Een mens zit vreemd in elkaar. Het is net of we altijd op zoek zijn naar het onbereikbare. Mensen zonder partner willen niets liever dan weer samen zijn en als je een partner hebt, snak je er bij tijd en wijle naar om alleen te zijn."

„Totdat die partner je dan werkelijk voorgoed ontvalt, dan denk je dat soort dingen niet meer."

„Als je denkt dat je relatie goed was, dan niet."

„Als je denkt dat je relatie goed was... jij weet net zo goed als ik dat onze relatie goed was."

„Het sloeg ook niet direct op jou," haast Christine zich te zeggen. „Het was natuurlijk meer algemeen bedoeld."

„Wil je zeggen dat jouw relatie met Berry niet goed is?"

„Vergeet wat ik heb gezegd."

„Waarom moet ik dat vergeten?"

„Het spijt me, Diana. Je moet het vergeten. Ik heb gewoon een beetje last van al die dagen vol met hitte, jengelende kinderen en een man met problemen op z'n werk."

„Zijn die nog niet voorbij?"

„Nee, die zijn nog niet voorbij. Het begint er steeds meer op te lijken dat Berry zijn langste tijd daar wel heeft gehad. Ik begrijp het ook wel. Berry is geen man om orde in de klas te houden. Pubers lopen over hem heen. Misschien is het maar beter dat het op die school voorbij is."

„En dan?"

„Joost mag het weten." Ze rolt zich op haar rug en sluit haar ogen. „Ik wil er nu even niet aan denken."

Diana's ogen blijven de figuurtjes van de kinderen gevangen houden. De meisjes zijn nu ook uit het water. Met z'n vijven overleggen ze hoe ze de bouw van het zandkasteel nu verder het beste kunnen aanpakken. Uiteindelijk zal het wel weer op ruzie uitdraaien. Christine ligt nog steeds met gesloten ogen naast haar. Ze wil haar woorden vergeten maar weet nu al dat ze tevergeefs zal trachten die uit haar gedachten te verdrijven. Ze zijn als onkruid dat vast wortel heeft geschoten en het mooie van deze dag overwoekert.

2

„De Rotonde!" staat er op het scherm van haar computer. „U kunt invoegen op deze rotonde en de ronde meerijden. Tijdens deze ronde kunt u mensen leren kennen. Misschien verlangt u naar een partner of naar nieuwe vriendschappen of zoekt u een reisgenoot. Op deze site kunt u het allemaal vinden. Wellicht verlaat u uiteindelijk gelijktijdig met iemand anders de rotonde om samen de weg van het leven af te rijden." Onophoudelijk beweegt haar stoel heen en weer. Diana leest en herleest de boodschap, drinkt ondertussen koffie en klikt op de verschillende buttons voor informatie. Ze leunt naar achteren, wrijft met haar hand door haar kortgeknipte, moderne kapsel dat ze sinds kort rood heeft laten verven. Het kleurt fraai bij het lichtgrijze pak dat ze draagt.

De avonden worden korter. Juli is augustus geworden. De dagen van augustus zijn gestaag verder gegleden en hellen over naar september. Een gevoel van weemoed begint de kop weer op te steken, een gevoel dat ze altijd heeft in deze tijd van het jaar, maar dat sterker lijkt te zijn geworden sinds het overlijden van Erik-Jan. Voor haar was de lente de mooiste tijd van het jaar, een jaargetijde dat veel te kort duurde. Ze herinnert zich nog duidelijk hoe ze met verwondering de lenteverschijnselen waargenomen had, in het jaar na het overlijden van Erik-Jan. Hij zou nooit meer ontwaken, maar de natuur trok zich niets aan van haar rouw. In de weilanden dartelden lammeren, bomen botten uit, overal kleurden tulpen en narcissen de tuinen, de bermen zagen geel van de paardebloemen. In de tuin broedde een merelpaar, in een boom langs het achterpad wist ze een nest putters. De natuur leek juist dat jaar buitengewoon zijn best te doen om de tegenstelling tussen leven en dood extra te benadrukken. Het was haar vreemd te moede geweest want ondanks alles was er iets van verwachting over haar gekomen. Sinds die tijd was haar tegenzin in de winter ook sterk toegenomen. Voor haar was het niet te bevatten dat er mensen waren die zich verheugden op die lange, gezellige avonden. Zij had een hekel aan de donkere, koude morgens waarop de dag zich eindeloos voor haar leek te ontvouwen en een hindernis leek die haar veel energie kostte. De avonden waren vol stilte als de kinderen in bed lagen en zij alleen op de bank zat, de gordijnen dicht, vaak kaarsjes aan. Een kamer vol sfeer maar niemand om het mee te delen. Misschien was het daarom dat ze besloten had om vanavond eindelijk eens werk te maken van haar aanmelding op "De Rotonde". De winter komt akelig dichtbij.

Christine had laatst nog geïnformeerd of ze al eens gekeken had. Ze had gezegd dat ze er nog niet aan toe was. Vanavond is ze er ineens wel aan toe en toch stelt ze haar aanmelding nog even uit. Ze schenkt zichzelf nog eens koffie in, bekijkt met haar kopje in de hand de verstillende tuin die in de schemer steeds meer kleur verliest. Dan zet ze zich eindelijk resoluut voor het scherm en klikt de button 'Aanmelden' aan.

Zijn vingers bespelen de vleugel die een prominente plaats in de kamer inneemt. Vanaf zijn zitplaats kan hij het terras met de aangrenzende tuin zien waar Christine de planten begiet en van dode bloemen ontdoet. Hij sluit zijn ogen maar haar beeld blijft op zijn netvlies hangen, zijn vingers bewegen langzamer, zijn lichaam volgt zijn handen. Christine had ooit gezegd dat ze het mooi vond om naar hem te kijken terwijl hij zo totaal opging in zijn pianospel. Laatst had ze opgemerkt dat het onzinnig was om je hele lichaam te bewegen terwijl het erom ging met je vingers de juiste toetsen te vinden. Een diepe pijn doortrekt hem en belet hem het spelen. Heel even nog blijven zijn vingers werkeloos boven de toetsen hangen, dan drukt hij met een klap de toetsenklep naar beneden. Zijn ogen volgen haar terwijl ze doet alsof ze niet in de gaten heeft dat zijn pianospel gestopt is. Onverstoorbaar loopt ze verder de grote tuin in als een grote, bonte vlinder in de gebloemde jurk die tot op haar enkels valt. Hij houdt zo van deze jurk, niet omdat hij zo slank afkleedt maar omdat hij haar zo door en door vrouwelijk maakt. Haar gieter is leeg. Langzaam loopt ze in zijn richting maar buigt op het laatste moment af naar de buitenkraan. Hij schuift de glazen pui verder open en stapt het terras op.

„Wat ga je doen?" wil ze weten.

Hij haalt diep adem. „Misschien wil ik alleen maar naar je kijken."

„Volgens mij zijn er nuttiger dingen te doen."

„Zoals?"

„Ach man, houd toch op."

De ergernis straalt van haar gezicht af. De laatste tijd lijkt ze veel jonger dan hij. Nooit is het leeftijdsverschil tussen hen een probleem geweest maar de laatste tijd voelt hij de bijna tien jaren die hij ouder is heel duidelijk drukken. Met grote stappen loopt ze de tuin weer in. Haar rug drukt onwil en irritatie uit. Hij haalt zijn schouders op. „Ik ga een eind wandelen," kondigt hij aan.

„Wandelen? Waarheen?"

„Geen idee, ik zie wel."

„Waarom wil je ineens wandelen?" Ze heeft zich omgedraaid.

„Om na te denken. Jij moest dat ook eens vaker doen. Zorg voor een flink tempo. Het duurt even voordat je de stress van alledag kwijtraakt maar ineens merk je dat je geest geopend wordt. Gedachten en ideeën krijgen alle ruimte."

„Af en toe kun je zo vaag zijn." Ze draait hem haar rug weer toe.

„Straks kunnen we misschien samen een glas wijn drinken."

„Ik heb me voorgenomen om vroeg naar bed te gaan." Het is net of er punten aan haar woorden zitten. Ze raken hem pijnlijk.

„Zoals je wilt."

Hij trekt z'n lange, donkerblauwe regenjas aan, de avonden worden frisser, ze dragen de kruidige geur van de komende herfst al met zich mee. Hij groet haar niet als hij vertrekt. Zachtjes trekt hij de deur achter zich dicht, zodat hij zijn dochters niet zal wekken.

Ooit had ze genoten van de mooie woorden waarmee hij iets kon omschrijven. Ze had genoten van zijn muziek, van de manier waarop hij die muziek ten gehore bracht, van zijn rijpheid. Op dit moment is het alsof zich dat allemaal tegen hem keert. Soms kan hij haar zo stil en onderzoekend aankijken, dan krijgt ze de neiging om te gaan schreeuwen en om hem in zijn gezicht te slaan. Berry, de pianofiel, Berry, de toetsendanser. In de loop der tijd had ze hem namen gegeven. Berry met zijn rotvleugel. Ze kon het niet onder woorden brengen maar ze kende die gevoelens. Eerder hadden ze in hun huwelijk gespeeld. In die tijd had ze gegruwd van zijn geur, zelfs het strijken van zijn overhemden had haar tegengestaan. Zijn getingel op de piano was in die tijd ook een steeds grotere bron van ergernis geworden. Ze zet de gieter neer en neemt plaats op de bank die tegen de schutting in de tuin staat en omgeven wordt door de pergola vol met sappige, blauwe druiven. De merels hebben de vruchten ook ontdekt, steeds weer ritselt het tussen de bladeren. Hoe lang is het nu geleden dat het zo slecht ging tussen hen? Anouk was een jaar of drie, ze zou bijna naar de basisschool gaan. Het is een tijd waaraan ze niet graag terugdenkt. Net zomin als ze graag terugdenkt aan de avond waarop ze Berry had verteld dat ze zwanger was. Ze herinnert zich nog zijn blik. Hij had niets gezegd, maar was het huis uitgelopen en uren later had ze hem pas weer gezien.

„Wat doen we nu?" had hij haar gevraagd. Ze had al in bed gelegen toen hij thuiskwam maar uiteraard kon ze niet slapen. Haar leven stond op zijn kop. De crisis tussen hen was veel groter dan ooit iemand had geweten. Duizenden gedachten hadden haar wakker gehouden. Het had aangevoeld alsof de wandeling die Berry maakte allesbeslissend was voor het vervolg van hun relatie.

„Het is aan jou," had ze zacht gezegd.

„Het is niet alleen aan mij. Ik kan wel zeggen dat ik door wil maar daar zijn er twee voor nodig. Ik wil graag met je verder maar ik wil niet op de tweede rang. Ik wil niet dat je aan een ander denkt als je met mij vrijt. Ik wil niet denken dat je in gedachten bij die ander bent terwijl ik met je zit te praten. Ik wil zijn gezicht niet in jouw ogen lezen."

„Het is voorbij."

„Het zal nooit meer helemaal voorbij zijn. De rest van ons leven zullen we het als een geheim met ons meezeulen. Dit gaat nooit over."

Hij had niet gevraagd wie het was, ook later niet, en zij had het hem nooit verteld. In haar hart was ze ervan overtuigd dat hij het wist maar dat het hem teveel pijn deed om het uit haar mond te horen. Hij leek oprecht blij te zijn toen Ingrid werd geboren.

Het is fris geworden. Ze staat op van de bank en loopt naar binnen. Zachtjes schuift ze de glazen pui dicht. Kort na de eerste verjaardag van Ingrid hadden ze dit huis gekocht. Een modern huis in een nieuwe wijk. Een huis dat van alle gemakken was voorzien en een tuin die in de afgelopen jaren onder haar handen tot een waar lustoord was omgetoverd. Ze hield van dit huis vanaf het eerste moment dat ze het had gezien. Ze had gedacht dat ze gelukkig zou zijn als ze in dit huis zou mogen wonen. De eerste tijd was dat ook zo geweest. Al het nieuwe in de woning had haar afleiding bezorgd, de tuin was een uitdaging. Na verloop van tijd werd het gewoon en kwam er weer ruimte voor onrust, voor ontevredenheid. Ze houdt van dit huis, maar het lijkt alsof het steeds minder in staat is om haar gevoelens van ongenoegen weg te nemen. Het is een fraai huis, ze moet er niet aan denken dat ze dit huis zou moeten verlaten, maar wat heb je aan een mooi huis als je er met een ongelukkig hart moet wonen?

Ze neemt een fles wijn uit het rek in de kamer en schenkt zichzelf een glas in. Er is een tijd geweest dat ze werkelijk meende dat het tussen haar en Berry allemaal weer goed was. Misschien was het alleen maar opluchting geweest of had ze medelijden met Berry ten onrechte voor liefde aangezien. Waarom was ze destijds niet weggegaan? Was ze bang geweest om haar rustige leven te verliezen? Was er angst om Anouk haar vader te ontnemen? Beide meisjes waren dol op hun vader en Berry was ook een lieve, betrokken vader. Als ze vier jaar geleden was vertrokken, zou dat pijnlijk zijn geweest maar als ze nu weg zou gaan, was het erger voor de kinderen. Met een paar slokken drinkt ze haar glas leeg en schenkt direct weer in maar de wijn lijkt geen effect te hebben vanavond. De wereld blijft van een onheilspellende somberheid.

Hij heeft de handen in de zakken van zijn lange regenjas gestoken. Met langzame stappen loopt hij de straat uit langs de fraaie vrije-sector-woningen, allemaal voorzien van garage en twee auto's. Hij laat de laatste moder--ne huizen achter zich, steekt de straat over en loopt verder langs scholen en sportvelden. Geschreeuw en gefluit doen vermoeden dat er een voetbalwedstrijd wordt gespeeld. Supporters moedigen luid aan. Aan de overkant ligt de begraafplaats, er staan een paar auto's op de parkeerplaats. Zonder enige haast wandelt hij verder. Auto's passeren, achter hem klinkt het gerinkel van een fietsbel.

„Kunt u niet op de stoep gaan lopen?" roept een vrouw geïrriteerd. Hij bedenkt dat ze gelijk heeft en doet nog een stap opzij tot hij de rode tegels heeft verwisseld voor de grijze. Een eind verderop staan weer huizen langs de kant van de weg. Tuinen worden besproeid, twee mannen staan op de oprit met elkaar te praten. Hij ziet de wereld en maakt er geen deel vanuit, zoals hij ook niet langer deel uitmaakt van het leven van Christine. Ze probeert het hem niet te laten merken maar het is net zoals het lied dat hij vroeger uit volle borst meezong: „You never close your eyes anymore when I kiss your lips. And there is no tenderness like before in your fingertips. You're trying hard not to show it, but baby, baby I know it." Haast ongemerkt neuriet hij de melodie. „You've lost that lovin' feeling..."

Bij een voetgangersoversteekplaats moet hij wachten tot het licht groen wordt. Het daglicht is verbleekt, op het asfalt raast een auto met dreunende bassen aan hem voorbij. Hij heeft geen idee van tijd, het dringt niet eens tot hem door dat de schemer steeds meer de overhand krijgt. De melodie sart in zijn hoofd, de woorden herhalen zich: „You've lost that lovin' feeling..."

Ze probeerde het niet te laten merken maar hij herinnert zich nog heel goed haar blik van een jaar of vier, vijf geleden. Het was dezelfde blik die ze nu heeft als ze naar hem kijkt. Een blik vol ergernis over de dingen die hij zegt, de dingen die hij doet of juist niet doet. Als hij probeert de problemen op school met haar te delen, voelt hij bijna dat ze hem daarvan de schuld geeft. Híj is het die niet met pubers overweg kan, híj kan geen orde houden, hij is een slappeling. Hoe heeft hij kunnen denken dat het voorbij was? Waarschijnlijk heeft hij zich vergist en is het nooit werkelijk voorbij geweest.

Het centrum nadert. De gracht weerspiegelt de lichten van de lantaarns langs de weg. Fietsers zonder achterlicht rijden hem voorbij, een groepje jongeren staat op de brug die hij oversteekt. Zonder hen werkelijk te zien passeert hij hen, met grote stappen, zijn hoofd een beetje gebogen, de handen diep in de zakken van zijn jas. Hij buigt af naar de winkelstraat die op dit uur van de dag vrijwel verlaten is. Zijn holle voetstappen op de tegels lijken dat nog te benadrukken. Zonder interesse hecht zijn blik zich aan de etalages. Een eind verderop klinkt vanuit een café gelach en muziek. Hij loopt voorbij, blijft staan, aarzelt even en loopt dan weer terug. Uitnodigend staat de deur open. Gezichten wenden zich zijn kant op als hij over de kale drempel stapt. Hij is een vreemdeling hier. De laatste keer dat hij in zo'n kroeg zat was hij nog een jonge man. In zijn ogen althans. Waarschijnlijk is hij in de ogen van Christine altijd een oudere man geweest en in de tijd dat ze samen naar de kroeg gingen had ze dat wel interessant gevonden. Hij klimt op een kruk voor de bar en bestelt een pilsje. Er worden blikken op hem geworpen maar hij doet of hij die niet ziet en tast in de zak van zijn regenjas naar zijn pakje sigaretten. Een jaar lang was hij van het roken afgeweest. Het was hem gelukt omdat hij meende dat hij had gewonnen. De tijd werkte, liet de gevoelige herinneringen verbleken. Hij had zich sterker voelen worden. Zijn gekwetstheid, de vernedering en verbittering waren gesleten. Daarom had hij gemeend te kunnen stoppen met roken. Hij was sterk, veel sterker dan zij had gedacht en dat wilde hij haar laten zien. Hoe heeft hij dat kunnen denken? Laatst had hij een blik van Christine onderschept die hem vertelde dat ze hem helemaal niet als een sterke man zag. Heel duidelijk was het tot hem doorgedrongen dat hij geen winnaar was. De dag erna had hij een pakje sigaretten gehaald en aan haar houding had hij gezien dat hij daarmee haar oordeel over hem alleen maar versterkt had.

„Ben je van hier?" wil de man naast hem op de kruk weten. Hij was even daarvoor nog druk in gesprek met de man aan zijn andere zijde maar laat dat gesprek nu even voor wat het is.

Berry knikt en laat de rook zachtjes tussen zijn smalle lippen ontsnappen. Zijn donkere ogen kijken de man naast hem nu geïnteresseerd aan. „Ik ben van hier," beaamt hij. „Als je daarmee de stad bedoelt tenminste. In deze kroeg ben ik nog nooit geweest. Zo gaat dat als je trouwt en kinderen krijgt, dan is de kroeg van de baan."

„Als je een goed huwelijk hebt wel," beaamt de man. Hij steekt Berry een hand toe. „Mijn naam is Adriaan, de meeste mensen noemen me Adri." Hij grijnst en Berry ziet een stel bruine tanden. „Ik geloof dat ik het tot een maand na mijn huwelijk heb volgehouden om niet meer te gaan. Na een maand wist ik dat ik de grootste vergissing van mijn leven had begaan. We hebben het samen toch nog twintig jaar volgehouden. Je weet hoe dat gaat. Af en toe heb je toch een vleselijke behoefte en ondanks alles krijg je toch een kindje en dat kindje heeft dan weer een broertje of zusje nodig, dus er komt weer een kindje. Die kindertjes groeien op en als je ziet hoe ze met z'n tweeën onbezorgd aan het spelen zijn dan weet je bij je zelf dat je ze het niet kunt aandoen om er de brui aan te geven."

Hij drinkt het laatste bier uit z'n glas. Berry volgt hem, houdt het glas omhoog. „Nog eentje?"

„Daar zeg ik geen nee tegen. Tilly, twee bier voor meneer!" Hij schuift wat dichter naar Berry toe, alsof het ijs, wat hem betreft, nu echt gebroken is. Heel duidelijk kan Berry de grove poriën op de rode neus zien. Hij probeert onopvallend een eindje de andere kant op te schuiven. Tilly zet twee glazen met schuimend bier voor hen op de bar. Berry houdt Adri zijn pakje sigaretten voor en steekt er zelf ook nog een op.

„Zo'n huwelijk went, weet je dat? Na de eerste verliefdheid begin je ruzie te maken en als je merkt dat je daar niets mee opschiet houd je gewoon je mond. Ik heb wat gezwegen in die twintig jaar. Voor mij werd het uiteindelijke doel dat ik m'n twee koters een gelukkige jeugd kon geven. Ik wilde pas vertrekken als ze op eigen benen konden staan. Echt, alles heb ik voor ze over gehad. Een week nadat mijn jongste zoon het huis uittrok heb ik tegen mijn vrouw gezegd dat ik ook wilde gaan. Het huis was te klein, dat begrijp je." Hij drinkt met grote slokken uit z'n glas. „Dan merk je dat die jaren samen je toch niet in de koude kleren zijn gaan zitten. Het was een hele stap om te verkassen naar een klein flatje. In het begin had ik echt niets maar na verloop van tijd wist ik toch allerlei spulletjes op de kop te tikken. Ik werk bij de gemeentereiniging. In die tijd werd er nog grofvuil opgehaald, je staat ervan te kijken wat de mensen allemaal bij de straat zetten, maar ik heb er heel wat spulletjes weggehaald."

„En je kinderen?" wil Berry weten.

„Dat was nog het ergste van alles. Ik ben echt al die jaren voor de jongens bij hun moeder gebleven maar uiteindelijk krijg je stank voor dank. Ze kozen met zijn tweeën partij voor moeders. Het schijnt dat ik onderwijl opa geworden ben maar ik heb dat kleinkind nog nooit gezien. Dat doet zeer, weet je." Hij wijst met een theatraal gebaar op zijn hart. „Hartstikke zeer!" Zijn glas is leeg. Hij bestelt een nieuwe, trekt nog een sigaret uit het pakje dat Berry op de bar heeft gelegd. „Vrouwen! Begin er niet aan!"

Berry haalt opgelucht adem als Adri even wordt afgeleid door de man aan zijn andere kant. Tilly zet een vol glas voor Adri neer en kijkt naar het lege glas dat voor hem staat. „Nog maar eentje?" informeert ze. Hij drinkt nooit zoveel maar vanavond voelt hij behoefte om er nog een te nemen. Hij knikt en schuift voorzichtig het pakje sigaretten naar zich toe. Nadat hij nog een sigaret heeft aangestoken, moffelt hij het terug in zijn jas. Adri heeft zijn gesprek weer beëindigd en draait zich weer naar Berry toe. „Jij bent dus ook getrouwd?" wil hij nu weten.

Hij knikt, bekijkt de wand achter de bar, vol met flessen drank, met glazen in alle soorten en maten maar ook met ansichtkaarten en tegeltjes met spreuken. Oude koperen ketels hangen verdeeld over de hele zaak. Daartussen staat Tilly, jong, vrolijk, met een zwiepende paardenstaart en een strak roze truitje op een spijkerbroek. Af en toe glimlacht ze naar hem als zijn blik de hare raakt.

„Ja, ik ben getrouwd." Hij wil niet te veel zeggen. Deze Adri heeft er niets mee te maken. Bovendien zal hij niet werkelijk geïnteresseerd zijn. Dit soort mensen praat meestal alleen maar over zijn eigen problemen.

„Maar niet gelukkig," hoort hij Adri zeggen.

„Hoe kom je daar nou bij?"

„De manier waarop je kijkt als je zegt dat je getrouwd bent."

„De meeste mensen zijn niet altijd gelukkig in hun huwelijk."

„Sommige mensen zijn nooit gelukkig in hun huwelijk."

Hij laat de woorden van Adri even bezinken. Langzaam dringen ze tot hem door. Het is een vraag die hij zich nooit gesteld heeft. Is hij ooit gelukkig geweest in zijn huwelijk? In het begin wel. Hij was lang alleen gebleven, had zin en vervulling gezocht in zijn muziek. Hij had gedacht dat het genoeg was, er was ook gewoon nooit iemand in zijn leven geweest die meer in hem losmaakte dan muziek. Zelf had hij gedacht dat hij alleen maar zou kunnen houden van een vrouw die zijn passie voor muziek deelde. Hij had die gedachte als een waarheid omarmd tot hij Christine ontmoette. Die eerste avond had hij haar niet eens aantrekkelijk gevonden, daarvoor was ze te fors naar zijn smaak. Het had er misschien toe bijgedragen dat hij zich bij haar op zijn gemak had gevoeld. Ze had geïnformeerd naar zijn werk en zijn hobby's. Ze had verteld van haar werk in een kleine cadeauwinkel, waar ze exclusieve en originele artikelen verkochten maar waar hij nog nooit een stap had gezet. Ze had gezegd dat ze helemaal niet muzikaal was, dat ze ook niet veel met muziek had. In plaats dat het hem afstootte had het hem extra vastbesloten gemaakt om haar te laten ontdekken wat muziek met een mens kon doen.

Het was hem niet gelukt. Welwillend had ze het over zich heen laten komen maar het had geen ware passie voor muziek bij haar doen ontbranden. Toch was hij verliefd op haar geworden.

Het schijnt Adri helemaal niet te deren dat hij voor een moment in gedachten voor zich uitstaart.

„Heb je kinderen?" informeert hij na verloop van tijd als de stilte toch te lang schijnt te duren.

„Ik heb twee dochters."

„Voor die kinderen hoef je je niet langer ongelukkig te blijven voelen," merkt Adri op. „Je hebt van mij gehoord wat er gebeurt als je besluit na twintig jaren opoffering om voor jezelf te kiezen."

Hij heeft het altijd een akelige uitdrukking gevonden, voor jezelf kiezen. Het egoïsme lijkt ervan af te druipen. Bovendien zou hij het niet kunnen verdragen dat hij zijn twee dochters enkel nog in het weekend zou zien, eens per twee weken zelfs waarschijnlijk. Tegenwoordig bestaat er ook nog zoiets als co-ouderschap, waarbij hij een week lang vadertje zou kunnen spelen voor ze weer voor een week naar Christine zouden gaan. Dankzij de kinderen zal hij voor altijd met Christine verbonden blijven, zelfs al zou hij haar nooit meer zien.

„Weet je wat mijn kinderen zeiden? Was destijds maar gegaan, pa. Het was voor ons allemaal beter geweest als je was gegaan. Het is voor een kind ook niet goed om op te groeien in een huis vol ruzie. Alsof ik het was die ruzie maakte. Mijn ex had altijd een grote mond. Ik heb gezwegen. Soms moest ik het puntje van mijn tong afbijten maar ik ben blijven zwijgen."

Berry bestelt nog twee pilsjes. Hij biedt Adri een sigaret

aan. „Hield jij nog van je vrouw?" wil hij dan weten.

„Hoe kun je nou houden van een vrouw die elke avond als een ijspegel bij je in bed ligt? Ik heb op alle manieren geprobeerd om haar te ontdooien, maar het is niet gelukt. Nee, dan gaat de liefde vanzelf over, als een kaarsvlammetje dat dooft." Hij grijnst, lijkt zelf onder de indruk van de vergelijking. „Houd jij nog wel van je vrouw?" wil hij dan weten.

Berry kan niet anders dan knikken. Het zijn niet alleen de kinderen voor wie hij blijft, het is vooral voor Christine. Mijlenver is ze van hem verwijderd maar het is net of het z'n liefde alleen maar aanwakkert. Het is onmogelijk om bij haar vandaan te gaan. Hij gooit z'n glas bier achterover, betaalt bij Tilly.

„Zie ik je nog eens weer?" informeert ze.

„Ik denk het niet." Hij slaat Adri op de schouder voor hij het café verlaat. Buiten is het nu helemaal donker.

3

September bereidt zich voor op de winter. 's Morgens ligt de mist als een sluier over het land, 's avonds zorgt de nevel opnieuw voor een kleine wereld. Twee weken zijn voorbij gegaan sinds Diana voor het eerst contact heeft gezocht op De Rotonde. In eerste instantie met een lichte huiver maar gaandeweg heeft ze haar schroom verloren. Zo heeft ze haar gegevens op de site gezet zonder zichzelf te veel bloot gegeven. Daarop heeft Hans haar een mailtje gestuurd. Een leuke mail waarin hij haar schreef dat ze veel overeenkomsten vertonen en vertelt dat hij bouwkundig ingenieur is. Na een huwelijk van bijna twintig jaar is zijn echtgenote een jaar geleden gestorven. Nu hunkert hij naar een nieuwe relatie. Hij heeft al aangedrongen op meer contact, op een treffen op onbekend terrein maar voor haar zijn twee weken te kort om hem nu al te ontmoeten. Hun mailcontact wordt al snel intensiever en persoonlijker. Hans vertelt over zijn drie kinderen, van wie alleen de jongste nog thuis woont. In eerste instantie was ze geschrokken van het feit dat hij bijna elf jaar ouder dan zij bleek te zijn. Hij leidt al zo'n ander leven dan zij met haar drie kleintjes. Aan de andere kant heeft ze zichzelf gerust proberen te stellen door zich het huwelijk van Berry en Christine voor de geest te halen. Berry was zo zorgzaam voor Christine en de kinderen. Ze schreef dat altijd toe aan het feit dat hij veel ouder was dan zij. Christine was daar schijnbaar niet altijd even gelukkig mee maar Christine leek nooit werkelijk tevreden. Af en toe vond ze haar vriendin op een verwend kind lijken dat altijd gewend was haar zin te krijgen. Waarschijnlijk lag dat ook aan haar gedrag ten grondslag. Christine was als enig kind vreselijk verwend door haar ouders. Christine zou nooit tevreden zijn, zelfs niet met een attente man als Berry.

Tijdens het steeds frequentere mailcontact met Hans lijken de jaren weg te vallen. Hij is heel geïnteresseerd in haar kinderen, maar vooral in haar leven. Juist zijn oprechte interesse zorgt ervoor dat ze zich tegenover hem steeds vertrouwelijker durft uit te spreken. Vanzelfsprekend wordt het mailcontact uitgebreid naar telefonisch contact. Zijn stem klinkt warm en donker en ontlokt haar nog meer vertrouwelijkheid. Dat de avonden in september al snel langer worden is ineens minder erg. Nadat ze de kinderen naar bed heeft gebracht klinkt al snel het opgewekte deuntje van de telefoon. Een andere keer belt ze hemzelf. Ze verheugt zich op die gesprekken maar als hij haar nog eens vraagt voor een nadere kennismaking probeert ze het nog even uit te stellen. Ze weet zelf niet wat haar weerhoudt. Ook na drie weken durft ze het nog niet aan en plotseling betekent deze weigering het einde van het verhaal voor Hans. Kort deelt hij haar mee dat hij het dan liever met iemand anders probeert die wel behoefte heeft aan een vaste relatie. „Zelf houd ik ervan om knopen door te hakken en je weet ook hoe ik verlang naar een vrouw in mijn leven. Ik ben geen man voor eenzaamheid," motiveert hij zijn keuze. „Om eerlijk te zijn, zag ik dit wel aankomen. Ik heb daarom de vrijheid genomen om naast dit contact met jou ook te mailen met een andere vrouw. Het spijt me erg, want je was eerste keus, maar ik wil niet langer wachten."

Ze heeft even geen woorden om hem te antwoorden. Pas veel later voelt ze een felle verontwaardiging, vermengd met verlatenheid en pijn.

„Het is de laatste keer geweest dat ik aan zoiets meewerk," deelt ze de volgende avond aan Christine mee, die onverwacht is komen aanlopen. „Die Hans wist me al snel allerlei vertrouwelijkheden te ontfutselen en vervolgens begon hij te drammen dat hij me wilde ontmoeten. Ik ben daar nog niet aan toe en omdat hij me de tijd niet gunde is het nu alweer voorbij. Hij had alvast een andere vrouw gemaild en dat terwijl ik dacht dat hij me begreep. Ik dacht echt dat hij het ook fijn vond om met me te praten. Ik voel me vernederd. Hij durfde nog te zeggen dat ik eerste keus was, wat denk hij wel?"

„Wind je toch niet zo op. Wees blij dat je er nu al achter komt wat voor een man hij is." Ze zit op een stoel aan de keukentafel en kijkt toe hoe Diana koffie aan het zetten is.

Haar vinger tekent figuurtjes op het tafelzeil dat de sporen draagt van etende, boetserende en kleurende kinderen.

„Jij hebt gemakkelijk praten. Je hebt geen idee hoe je je voelt als zo'n man je afdankt."

„Zo moet je dat niet zien. Er zijn nu eenmaal mannen die zo snel mogelijk weer een vrouw willen hebben als hun echtgenote is overleden. Een dergelijke man is niets voor jou. Jij moet iemand vinden die je de ruimte geeft en rekening houdt. met je gevoelens. Een volgende keer zul je in het begin vast minder enthousiast zijn en minder van jezelf blootgeven. Dat is op zich niet verkeerd maar je moet niet gaan denken dat alle mannen nu net zo zijn als deze Hans. Volgens mij komt het vrijwel nooit voor dat de eerste contacten via zo'n site al tot een relatie leiden. Misschien zul je vaker je neus stoten. Dat is zowel pijnlijk als leerzaam."

„Vooral pijnlijk," mokt Diana. „Ik weet niet of ik dit ooit nog weer ga doen."

„Je kunt er wel mee stoppen maar hoe kom je dan in contact met het andere geslacht? Wil je dan toch naar een dansavond voor alleenstaanden?"

„Hou op!" reageert ze geïrriteerd. „Ik moet gewoon even tijd hebben om dit te verwerken. Een volgende keer begin ik met minder hooggespannen verwachtingen. Die volgende keer komt echt wel."

Ze schenkt koffie in gekleurde mokken en deponeert die op tafel. Langzaam ebt de ergernis weg en blijft de opluchting omdat Christine er is en ze over haar gevoelens kan praten. Na de botte mededeling van Hans wilde de slaap 's nachts niet komen. Er waren zoveel gedachten in haar opgekomen.

„Ik vraag me wel eens af hoe mijn leven er uit zou hebben gezien als Erik-Jan nog geleefd zou hebben," zegt ze nu peinzend terwijl ze aan tafel gaat zitten. Met haar nagel krabt ze een vlek weg, zonder het zelf in de gaten te hebben. „Zouden we dan nog gelukkig zijn geweest? Vrijwel niemand heeft geweten dat Erik-Jan en ik in ons huwelijk een hele moeilijke tijd hebben doorgemaakt. Ik vind het nu nog moeilijk om over te praten."

„Waarom zou je erover praten? Het is voorbij." Christine slaakt een zucht maar die lijkt Diana te ontgaan.

„Erik-Jan wilde dat ik erover zweeg. Zelfs tegen jou mocht ik het niet zeggen. Het rare is dat ik dat ook werkelijk niet heb gedaan en dat terwijl we altijd alles deelden."

„We houden allemaal wel eens dingen voor onszelf. Jij weet misschien niet alles van mij en ik weet niet alles van jou."

„Ik vond het moeilijk om er toen met jou niet over te praten. Ik wilde weten wat je ervan dacht. Erik-Jan beweerde dat ik spoken zag maar ik wist eigenlijk zeker dat hij een relatie met een andere vrouw had."

„Erik-Jan?" Christines gezicht is nog altijd gebruind. Ze draagt een laag uitgesneden shirt met grote rozen. In haar hals ligt een zilveren ketting waaraan een hanger in de vorm van een roos met glimmende steentjes hangt.

„Wist je ervan?" Op de een of andere manier lijkt Christine niet echt verrast, al probeert ze het wel.

„Natuurlijk niet. Ik zou ook niet weten waarom je Erik-Jan nu nog moet betichten van een verhouding met een andere vrouw."

„Ik heb er nooit over gepraat..."

„Waarom zou je het dan nu wel doen? Het is bijna drie jaar geleden dat hij overleed. Waarom zou je nu nog met modder gaan smijten?"

„Zo bedoel ik dat niet. Ik heb het nog nooit tegen iemand verteld. Jij bent m'n beste vriendin, ik vertel het je in vertrouwen."

„Je weet het niet zeker en je zult het ook nooit zeker weten."

„Christine, ik weet dat jij goed met Erik-Jan overweg kon. Het zou toch kunnen dat je iets had gemerkt?"

„En wat dan? Ik heb nooit iets gemerkt maar stel je voor dat het wel zo zou zijn? Wat wilde je dan met die wetenschap?"

„Het is een gevoel dat me dwars is blijven zitten, ook al was het tussen ons weer goed toen hij overleed."

„Koester dat, Diana. Soms moet je dingen laten rusten.

Het is voorbij en het doet alleen maar pijn om die herinneringen op te halen. Denk aan de dingen die goed waren, laat goede herinneringen overheersen." Ze praat snel, haar handen bewegen nerveus in haar schoot. „Overal is toch wel wat. Denk je dat het bij Berry en mij altijd rozengeur en maneschijn is? Wij hebben in het verleden ook moeilijkheden gehad."

„En nu?"

Christine aarzelt, haalt dan haar schouders op. „Misschien wil ik teveel en moet ik af en toe gewoon tevreden zijn met de situatie zoals die is. Mijn verstand zegt dat maar mijn gevoel wil niet mee. Hij kan me af en toe zo irriteren. Altijd die muziek van hem. Het lijkt soms of er niets anders meer van belang is. Af en toe wil ik die rotvleugel wel het raam uitgooien. Tegenwoordig heeft hij de kinderen ook zover dat ze willen spelen."

„Dat is toch schitterend. Ik hoop dat mijn kinderen ook op muziekles willen. Tot nu toe weigert Kelly maar ik hoop werkelijk dat ze daar in de toekomst anders over gaat denken."

„Je weet niet wat je zegt. Jij zit hier in huis niet met een man die de hele dag op dat rotding loopt te pingelen. Hij kan er zo helemaal in opgaan. Af en toe zit hij bijna te dansen achter de vleugel, zo overdreven."

„Christine, je houdt niet meer van Berry..."

Er valt een stilte. Onder haar gebruinde huid is Christine bleek geworden.

„Je houdt niet meer van Berry," herhaalt Diana zachtjes. Ze schudt haar hoofd. „Het is niet eerlijk om op hem af te geven vanwege zijn werk, zijn voorliefde voor muziek. Wat jij voelt heeft niets met Berry te maken maar alles met jou. Jij bent ontevreden."

Ze staat op en gaat voor het raam staan. „Is er een ander, Christine? Iemand waarbij Berry nog niet in de schaduw kan staan?" Peinzend volgt haar wijsvinger de vorm van haar smalle lippen. „Wilde je daarom niet dat ik over de huwelijksmoeilijkheden van Erik-Jan en mij begon? Kwam het te dichtbij, werd het te pijnlijk voor je?"

„Er is geen ander! Wat heb je toch? Je beticht Erik-Jan ineens van een buitenechtelijke relatie, je denkt nu dat ik er een minnaar op na houdt." Christine is opgestaan. „Waarom zou er een ander moeten zijn?"

„In de tijd dat ik Erik-Jan begon te verdenken van het hebben van een geliefde, vond hij me plotseling te mager. Hij vond het altijd prachtig dat ik zo slank was. Hij hield ervan dat ik me goed verzorgde, dat ik m'n haar regelmatig kleurde en aparte kleding droeg. Op een gegeven moment veranderde dat. In het begin had ik het niet eens in de gaten. Later werd het me pijnlijk duidelijk. Hij maakte kwetsende opmerkingen, soms zelfs waar anderen bij waren. Ik voelde me dan tot op het bot vernederd en ik herinner me nog hoe het verdriet mijn leven binnensloop. Verdriet omdat ik voelde dat ik hem langzaam maar zeker aan het verliezen was. Dat gevoel heeft me nooit losgelaten, ook al heeft hij niet toegegeven dat er een ander was. In die tijd ben ik hem een stukje kwijtgeraakt. We hebben hard aan ons huwelijk gewerkt, dat wel. Op een gegeven moment wilde Erik-Jan nog graag een derde kind. Ik voelde er niet zo voor maar volgens hem zou dit kind ons nieuwe begin samen symboliseren en ik wilde dat zo graag geloven."

„Het was toch waar?"

„Nee, ergens heb ik geweten dat het niet waar was en daarom vraag ik me nu wel eens af hoe het tussen ons zou zijn geweest als Erik-Jan was blijven leven."

Ze draait zich om. „Het spijt me," zegt ze zachtjes. „Ga maar weer zitten. Vandaag komt het allemaal een beetje bij elkaar. Gisteravond was ik zo teleurgesteld toen Hans ineens meedeelde dat hij liever op zoek ging naar een ander. Vannacht heb ik nauwelijks een oog dichtgedaan en als je in het donker ligt te staren haal je je van alles in je hoofd. Vandaag voelde ik me ellendig. Ik zal niet meer zeuren, blijf je dan nog even?"

„Ik zie het niet als zeuren. Je hebt gewoon gelijk en ik weet wel dat Berry het niet verdiend heeft." Christine laat zich weer op de stoel zakken. „Ik voel me vaak een ontzettend verwend, ondankbaar nest. Hij heeft me altijd op handen gedragen, hij staat echt altijd voor me klaar. Hij is een dijk van een vader voor de kinderen. Als ik zie hoe hij met de kinderen bezig is dan weet ik dat ik het hem niet kan aandoen om ze hem ooit af te nemen. Tegenwoordig bestaat er co-ouderschap. Vader en moeder delen de zorg voor de kinderen na een scheiding dan echt samen maar voor Berry zou ook dat nooit acceptabel zijn. Ik probeer mezelf voor te houden dat heel veel mensen al jaren getrouwd zijn zonder nog werkelijk van elkaar te houden. Ik heb geen hekel aan Berry maar ik houd niet langer van hem zoals een vrouw van een man behoort te houden. Waarschijnlijk zouden we heel goed met elkaar overweg kunnen als we niet met elkaar getrouwd zouden zijn. Het probleem is dat we wel met elkaar getrouwd zijn. 's Nachts houdt het me wakker. Vaak denk ik dat ik er gewoon mee zal moeten leren leven. Nuchter bekeken moet dat niet zo moeilijk zijn als je elkaar respecteert, maar ik kan het niet altijd nuchter bekijken en dan vliegt het me aan."

„Ik denk dat Berry heel veel van jou houdt," waagt Diana het op te merken.

„Juist dat is zo moeilijk. Natuurlijk weet ik dat Berry van me houdt. Ik realiseer me dat ik hem heel veel verdriet doe, nu al. Hij kan me met zo'n bezeerde blik aankijken dat ik me een ellendeling voel. Ik wil het zo graag anders maar ik weet niet hoe ik dat voor elkaar moet krijgen. Ik weet het echt niet."

Het blijft heel stil in de keuken.

Twee dagen zijn voorbij als Diana opnieuw via haar mailbox wordt benaderd door een man. Ze leest en herleest de woorden die Ruud Heesterhof haar heeft geschreven. Hij stelt zich voor als de 39-jarige eigenaar van een reclamebureau, gescheiden en vader van drie dochters. „In de tijd van mijn scheiding heb ik het erg moeilijk gehad," mailt hij. „Nu er een jaar voorbij is, probeer ik me bij de nieuwe situatie neer te leggen en daardoor komt er weer ruimte voor een nieuwe relatie."

Ze antwoordt niet direct. Hans is nog te dichtbij maar de

dagen erna blijven de woorden van Ruud in haar hoofd hangen. Uiteindelijk besluit ze nog een poging te wagen. Er gaat een oppervlakkige mail in de richting van Ruud. De avond erna ontdekt ze zijn antwoord waarin hij vertelt over zijn werk. Van daaruit komt hij terecht bij zijn drie dochters, de eeneiige tweeling Kimberley en Jovancka van vijftien jaar oud en de twaalfjarige Marloes. Ze hoort van hem hoe hij tijdens zijn huwelijk begon met het reclamebureau, wat ontzettend veel tijd en energie vergde. Daardoor werd hij de man die alleen op zondag thuis was en dan nog was hij er vaak met zijn hoofd niet helemaal bij. Heel eerlijk vertelt hij hoe hij daardoor zijn huwelijk naar de knoppen hielp en zijn kinderen van zich vervreemdde.

„Die tijd heeft veel pijn veroorzaakt in het leven van mijn ex-vrouw, van de kinderen en van mij," mailt hij op een avond. „De meeste pijn doet de wetenschap dat het niet meer over is te doen. Eens in de twee weken komen mijn kinderen een weekend bij me. Op die momenten probeer ik er helemaal voor hen te zijn. Ze waarderen dat, maar ik merk ook dat er een stuk gezamenlijk verleden mist. Zij gingen samen met mijn ex-vrouw Jolanda naar het strand, naar musea, naar het bos, terwijl ik werkte. Als verontschuldiging voerde ik daarvoor aan dat ze tot die leuke dingen in staat werden gesteld doordat ik zo hard werkte. Ik weet nu dat dit nooit een verontschuldiging kan zijn. Er bestaat geen verontschuldiging voor het feit dat je er als vader niet bent op momenten die voor een kind belangrijk zijn."

Zij vertelt over haar kinderen die nog in zo'n heel andere levensfase verkeren dan de zijne. Hij is geïnteresseerd, informeert naar het uiterlijk van haar kinderen, vertelt dat zijn tweeling als twee druppels water op elkaar lijkt en dat dit al tot veel hilarische situaties heeft geleid. Als vanzelf worden hun gesprekken dieper. Hij vraagt naar Erik-Jan, wat voor vader hij was en wat voor een echtgenoot. Als vanzelf komen ze terecht bij het geloof.

„Ik heb me vaak afgevraagd wat de zin van zijn dood was," schrijft ze op een avond in haar mail naar hem.

„Ik vraag me af of je in zo'n geval wel op zoek moet gaan

naar de zin van het gebeurde," is zijn antwoord. „Misschien vind je het te kort door de bocht, maar ik hoor vaak dat mensen naar het waarom van een gebeurtenis vragen en ik kan me nauwelijks voorstellen dat daar een antwoord op is. Ik geloof niet dat God iemand ernstig ziek laat worden, op jonge leeftijd laat sterven, of een andere vreselijke gebeurtenis verzint omdat Hij er iets mee wil leren. Ik zie dit soort dingen als een consequentie van de zonde in de wereld. God heeft de wereld goed gemaakt. Hij maakte de mensen niet als marionetten die alleen zouden bewegen als het Hem goeddunkt. Hij gaf de mensen een eigen wil. Dat liep in het paradijs meteen verkeerd. Daarna bleef de mensheid verkeerde keuzes maken. Vanuit die verkeerde keuzes ontstond ziekte, er begonnen oorlogen en automobilisten verongelukten. Niet omdat God het wilde, maar omdat wij onze verantwoordelijkheid verkeerd gebruikten."

„God zou toch kunnen ingrijpen?" gaat ze ertegen in.

„God zal op een dag ingrijpen maar tot die dag moeten wij leven met de gevolgen van onze eigen keuzes. God wil ons wel nabij zijn in onze pijn. Misschien huilt God met ons mee als Hij ziet hoe moeilijk wij het hebben. Hij wil ons dragen als we denken dat we alleen niet meer verder kunnen."

„Na het overlijden van Erik-Jan heb ik met God gevochten. Ik was zo boos op Hem maar tegelijkertijd mocht ik ervaren dat Hij me heel nabij was," realiseert ze zich nu.

Ze geniet van deze conversatie op de computer met hem en merkt nu duidelijk het verschil tussen Hans en Ruud. Met geen woord heeft Ruud nog gerept over een kennismaking. Hij geeft haar tijd maar bekent dat hij zelf ook nog wat tijd nodig heeft. Na vier weken, waarin ze intensief met elkaar mailen, zijn ze allebei zover dat ze het aandurven om telefonisch contact met elkaar op te nemen. Heel even is er een aarzeling als ze zijn stem hoort, weet ze even niet wat ze precies moet zeggen. Tijdens het mailen heeft ze zich een voorstelling gemaakt van zijn uiterlijk. De foto die hij haar heeft toegestuurd stemde nauwelijks overeen met haar fantasie. Zo is zijn stem nu ook heel anders dan ze verwachtte, minder zwaar, zelfs ietwat hees. Ruud lijkt het niet in de gaten te hebben. Hij helpt haar er overheen door een verslag van de dag die achter hem ligt te geven en te vertellen dat alles wat maar fout kon gaan ook daadwerkelijk fout ging.

Ze moet erom lachen. Het is anderhalf uur later als ze de telefoon neerlegt met een licht gevoel.

Is het mogelijk om verliefd te worden op een stem? Haar hart springt op als ze 's avonds zijn nummer in de display van haar telefoon ziet staan. Zijn stem in haar oor maakt zoveel warmte en zoveel verlangen in haar wakker. Een uur is maar zo voorbij als ze aan de telefoon hangen. Ze praten eindeloos over allerlei zaken die hen bezighouden. Hij adviseert haar soms als er problemen met de kinderen zijn. Zij heeft het gevoel alsof ze zijn dochters al een beetje kent. Weer zijn er vier weken voorbij als ze besluiten de knoop door te hakken en elkaar werkelijk te ontmoeten. De dagen ervoor is ze zenuwachtig. Ze moet oppas regelen voor de kinderen zonder ze precies te laten weten waar ze die avond naar toe zal gaan. Christine helpt haar uit de brand. Lieve, trouwe Christine. Als ze haar nood klaagt weet haar vriendin direct een oplossing. „De kinderen kunnen die avond bij ons slapen. We maken er een gezellige logeerpartij van. Zorg dat je een paar luchtbedden meeneemt, zodat ik die op de zolder kan leggen. De meiden zullen het prachtig vinden om een nacht op zolder door te brengen. De volgende dag is het zaterdag. Ze kunnen dan uitslapen en jij kunt 's morgens ook lekker rustig aandoen. Haal ze gerust wat later in de morgen op. Geniet maar van die avond. Ik hoop dat het uiteindelijk tot iets moois zal leiden."

Als het vrijdagavond is ziet ze er plotseling tegenop. Besluiteloos staat ze voor haar kledingkast. Het is begin december. Hoewel Sinterklaas pas over twee dagen zijn verjaardag viert zijn de winkels en horecagelegenheden al in kerstsfeer. Ze zou haar eenvoudige zwarte jurkje aan kunnen trekken. Als ze voor de spiegel staat voelt ze zich overdressed en de jurk belandt op bed. Ze aarzelt nu tussen een donkerrood broekpak en een lichtblauw truitje op een glanzende zwarte broek. Uiteindelijk valt haar keuze op de laatste combinatie. Door de kleur van het zachte truitje lijken haar ogen blauwer. De kapper heeft haar korte kapsel de dag ervoor in een fraaie goudblonde kleur geverfd met lichtere highlights. Het staat goed bij de blankheid van haar gezicht en hals. Heel subtiel brengt ze wat make-up op haar oogleden en lippen aan, versiert haar oren met kleine oorbellen, voorzien van dezelfde bergkristallen als het halssieraad dat ze draagt. Voor de grote spiegel in de slaapkamer constateert ze dat ze er goed uitziet. De zwarte broek benadrukt haar slanke figuur. Ook na de drie bevallingen is ze slank gebleven, al is haar lichaam niet meer zo stevig als voorheen. Erik-Jan heeft haar daar eens op gewezen tijdens een feestje. Gek, zoals ze op dit moment nog die intense vernedering voelt. „Diana zit allang niet meer strak in het vel," had hij zo luid geroepen dat de hele kamer het had gehoord. „Wat dat betreft moeten wij mannen ons toch altijd maar behelpen. Je trouwt een mooie vrouw maar na het eerste kind is het mooiste er snel vanaf en garantie heb je niet."

Iedereen had gelachen. Erik-Jan had naderhand gezegd dat hij het niet zo had gemeend, dat hij wat teveel gedronken had en dat ze het veel te serieus nam. Ze moest het zich allemaal niet zo aantrekken.

Dat laatste had hij heel vaak gezegd. Hij vond dat ze te gevoelig was, dat hij nooit een grapje kon maken. In de spiegel werpt ze opnieuw een blik op zichzelf, recht haar rug alsof zo al die herinneringen wil laten afglijden en verlaat dan de slaapkamer.

Ruim op tijd verlaat ze haar huis om op weg te gaan naar een locatie die precies tussen de woonplaats van Ruud en die van haar ligt. Langs de autoweg liggen boerderijen, hun lichtjes pinkelen in de vroeg ingevallen duisternis. Af en toe zijn er zelfs al kerstlichten te zien, een verlichte kerstman op een dak, een lichtsnoer in een boom. Het meeste gaat aan haar voorbij. Ze concentreert zich op het verkeer, maar haar hart klopt als een razende. Nerveus vraagt ze zich af of ze er wel goed aan heeft gedaan om nu af te spreken. Hadden ze niet beter toch nog wat kunnen wachten? Automatisch laveert ze even later haar auto door het centrum van de stad op zoek naar een parkeerplek. Zwartburg is haar niet onbekend. Ze gaat er met Christine af en toe een dagje winkelen. Vrijdagavond was misschien toch niet z'n heel goed idee om af te spreken. Alle uitgaansgelegenheden lijken vol te zitten, evenals de parkeerplaatsen. Iets buiten het centrum vindt ze uiteindelijk een plekje. Nu is het goed dat ze zo op tijd is. Heel rustig wandelt ze over de oude brug over de stadsgracht, vervolgt haar weg langs een nieuw winkelcentrum dat in de oude stijl van het centrum is gebouwd. Een groepje giechelende meisjes op de fiets rijdt haar voorbij en laat haar achter met een gevoel van weemoed. Die tijd van onbezorgd giechelen ligt al zover achter haar en zal nooit weer terugkomen. Op de markt staan auto's geparkeerd. Ze loopt langs de winkels, een restaurant, een enkele kroeg en komt zo bij de grote markt waar de Grote Kerk, een fraai gebouw met een rijke gotische architectuur, feeëriek verlicht wordt. Ze heeft er geen oog voor, haar hele wezen is gespitst op de ontmoeting die ze zo zal hebben. Vlak voor ze het lokaal binnenstapt waar ze hebben afgesproken haalt ze nog gauw een kam door haar korte kapsel, verschikt de kraag van haar imitatiebontjas en hoopt dat Ruud er al zal zijn. Ze haalt zich zijn foto voor de geest. Onder de donkere haren, een smal gezicht waarin de bruine ogen haar open aankeken. Ze zoekt dat gezicht, als ze na een korte aarzeling de deur heeft geopend en de drempel is overgestapt. Ze ziet het niet. Op haar horloge ziet ze dat ze twee minuten over de afgesproken tijd is. Hij had beloofd dat hij op tijd zou zijn zodat ze niet op hem hoefde te wachten. Ongemakkelijk loopt ze verder het etablissement in. Hoelang is het geleden dat ze in een dergelijke horecagelegenheid is geweest? Ze heeft het gevoel dat iedereen haar aanstaart, weet even niet wat te doen en besluit dan toch haar jas op te hangen en een plaatsje te zoeken. Een jonge, energieke ober met een lange, donkerrode schort informeert naar haar wensen en brengt even later een kop koffie. Ze haalt een krant van de leestafel en doet alsof het nieuws haar aandacht heeft. Rondom haar zijn gesprekken, er wordt gelachen, glazen wijn worden geheven. Ze heeft zich zelden zo alleen gevoeld en de tijd tikt door. Langzamerhand gaat ze zich steeds ongemakkelijke voelen. Twintig minuten zijn verstreken en hij is er nog niet. Met elke minuut die verglijdt neemt haar opwinding en verontwaardiging toe. Het is de laatste keer dat ze contact heeft gezocht via Internet, neemt ze zich voor. Nooit weer zal ze zich inlaten met figuren die haar benaderen via De Rotonde. Twee keer haar neus stoten is genoeg. Christelijk of niet, het schijnt geen verschil te maken. Bij De Rotonde wordt ze net zo goed bedrogen en aan de kant gezet als ze even niet zo reageert als de heren dat willen. Ze laat zich niet nog een keer vernederen. Met grote slokken drinkt ze de lauw geworden koffie uit haar kopje, wil opstaan, maar gaat weer zitten als haar mobiele telefoon gaat. Haastig grijpt ze het ding uit haar tas. Ze ziet zijn nummer.

„Ik sta nu op een parkeerplaats," hoort ze hem zeggen. „Het spijt me heel erg dat het zo moet lopen maar onverwacht kwam er iets tussen. Een klant belde over een probleem en ik kon niet anders dan daar eerst naartoe rijden. Ik had gehoopt dat ik toch nog op tijd kon zijn maar toen belde Kimberley omdat ze ruzie met haar moeder had. Ik ben er even langs gereden maar ook dat duurde langer dan ik dacht. Vervolgens kwam ik hier aan en kon ik nergens een parkeerplek vinden. Ik was bang dat je er de brui aan zou hebben gegeven. Ik hoop dat je me nog heel even de tijd wilt geven. Ik kom er zo aan."

Haar woede verdwijnt, een gevoel van opluchting komt ervoor in de plaats. Hij is onderweg naar haar, hij heeft haar niet laten zitten. „Ik zie je zo," zegt ze opgewekt en als de vrolijke ober weer in haar buurt komt bestelt ze nog een kop koffie.

„Je bent nog mooier dan op de foto."

Ze heeft hem niet eens zien binnenkomen. Ineens staat hij naast haar, langer en smaller dan ze gedacht had maar met de bruine ogen die ze herkent van de foto, de grijze strepen in zijn overigens donkere haardos. Ze had verwacht dat hij sportiever gekleed zou zijn maar hij draagt een donkergrijs kostuum. Zijn zwarte schoenen steken glimmend onder zijn broek vandaan. Ze ontdekt gouden manchetknopen, ruikt een vleugje dure aftershave. Hij steekt haar een koude hand toe. „Ik besef dat dit een heel ongelukkige start is van onze eerste kennismaking. Het spijt me werkelijk heel erg."

„Je bent er nu," zegt ze. „Ga gauw zitten, je zult intussen wel zin hebben in een hapje eten."

Hij schuift aan, wenkt de ober en vraagt om de menukaart.

Even zijn ze samen verdiept in de kaart. Ze kiezen eensgezind voor mosterdsoep als voorgerecht, gevolgd door een tournedos. Dan zitten ze tegenover elkaar en kijken elkaar aan. Ze realiseert zich dat ze allebei naar woorden zoeken. Woorden, die tijdens het mailen en later via de telefoon zo vanzelfsprekend kwamen. Hij schraapt z'n keel, zij speelt met de bierviltjes op tafel.

„Ik had bloemen voor je mee willen brengen," zegt hij dan. „Ik had werkelijk alles goed gepland. Om vijf uur wilde ik m'n werk laten voor wat het was, vervolgens een mooie bos bloemen halen, me thuis gaan omkleden en dan op tijd deze kant op. Ik had me voorgesteld hoe ik op je zou wachten. Echt Diana, ik had deze eerste kennismaking heel anders willen later verlopen."

„Het gaat wel eens anders dan je wilt."

„Ja," zegt hij peinzend. De ober zet een glas bier voor hem neer en voor haar een glas druivensap. „Eerst kreeg ik die klant aan de telefoon over een radiocommercial die door mijn bedrijf was geproduceerd. Het was belangrijk dat ik daar even langsreed. Klanten moeten het idee hebben dat ze belangrijk zijn, dat je tijd voor hen vrij wilt maken. Daarna heb ik snel bloemen gehaald en ben naar huis gereden om me om te kleden. Vervolgens belde Kimberley. In eerste instantie was ik geïrriteerd, maar toen bleek dat er grote problemen waren tussen mijn ex-vrouw Jolanda en Kimberley. Die twee hebben elkaar nooit goed gelegen. Heel apart, hoe de ene helft van de tweeling probleemloos met hun moeder omgaat en de andere helft er alles aan lijkt te doen om haar het bloed onder de nagels vandaan te halen. Nou ja, om een lang verhaal kort te maken, mijn aanwezigheid was dringend gewenst. Op dat moment hoopte ik nog dat ik snel verder kon gaan maar het duurde nogal even voordat de rust weer was gekeerd. Vervolgens ben ik in sneltreinvaart deze kant op gereden. Het ergste is nog dat ik de bloemen, die ik voor je had gekocht, thuis heb laten liggen. Het spijt me werkelijk dat het allemaal zo moest lopen."

„Ik was bang dat je je misschien bedacht had," merkt Diana op.

„Nee, ik heb me erg verheugd op deze avond. We hebben zo'n prettig contact. Eerst alleen via de computer, daarna via de telefoon. Ik was er echt helemaal aan toe om je nu werkelijk te ontmoeten. Het lijkt me onmogelijk dat het via de computer en de telefoon wel klikt, maar niet als we in elkaars nabijheid zijn. We hebben elkaar de afgelopen tijd best goed leren kennen. We weten al meer van elkaar dan veel stellen die al veel langer met elkaar verkeren." Hij lacht, gaat gemakkelijk achterover zitten, legt zorgvuldig zijn glanzende, bordeauxrode das precies in het midden tussen de twee voorpanden van zijn colbert. De ober brengt soep. Ruud stelt voor om een moment van stilte te nemen voor ze aan de maaltijd beginnen.

„Waar zijn je kinderen?" wil hij dan van haar weten en zij vertelt dat ze bij Christine zijn. Ze vertelt hem over de vriendschap tussen Christine en haar, hoe haar vriendin dag en nacht voor haar klaarstond na het overlijden van Erik-Jan.

„Vrouwen hebben dat meer," bedenkt Ruud. „Mannenvriendschappen gaan minder diep. Ik weet wel dat Jolanda een vriendin had die alles van haar wist. Die vriendin wist eerder dat Jolanda van me wilde scheiden dan ik." Hij neemt een hap van zijn soep. „Dat bedoel ik niet bitter. Ik wil ermee aangeven dat vrouwenvriendschappen vaak veel intensiever zijn. Ze zijn opener naar elkaar toe, weten alles van elkaar, maar staan ook altijd voor elkaar klaar."

„Dat kan voor een mannenvriendschap toch ook gelden."

„Wel dat mannen voor elkaar klaarstaan, maar wij zullen niet snel naar de diepste gevoelens voor elkaar vragen. Mannen stellen zich minder kwetsbaar op. Als iemand alles van je weet dan maakt je dat kwetsbaar."

„Ik vertrouw Christine en ik weet dat Christine mij vertrouwt. Dat leidt ertoe dat we die kwetsbaarheid niet zo ervaren."

„Vond je het niet eng om je naar mij toe zo open te stellen?" wil hij dan weten, om haar even later te bekennen dat hij daar zelf eveneens moeite mee heeft gehad. „Later kwam het vanzelf," weet hij dan. „We hebben allebei ons hart geopend en dat voelde goed."

„Vanavond ben ik even bang geweest," geeft ze toe. „Ik was bang dat je werkelijk niet zou komen opdagen en dan zou ik me werkelijk heel erg verraden hebben gevoeld."

Hij heft z'n glas bier op. „Zullen we dan maar toasten op, voorlopig nog, onze vriendschap?"

Ze knikt.

„Ik hoop dat die lang zal mogen blijven bestaan," voegt hij toe. Hij is niet eens echt knap, maar hij heeft een prettig gezicht en ze kan niet anders dan toegeven dat ze zich bij hem op haar gemak voelt. Het voelt alsof ze elkaar al heel lang kennen.

4

De storm heeft het land in zijn greep. Heftige winden teisteren de bomen en de huizen, ontregelen het verkeer en openbaar vervoer. Kerstverlichting in de talrijke kerstbomen op markten en pleinen sneuvelt, op de radio wordt het volk opgeroepen om de straat niet op te gaan als het niet echt nodig is.

Het water van het Ketelmeer wordt opgezweept. De balgstuw, tussen het Ketelmeer en Zwarte Meer, is opgeblazen en moet op deze manier een goede bescherming tegen het hoge water bieden. Vanmorgen had Christine het op de lokale radio gehoord maar het nieuws had haar interesse niet weten op te wekken. Nu ze hier bovenaan de dijk bij het Ketelmeer staat ziet ze alleen de golven, moet af en toe moeite doen om zich staande te houden. Het is bijna Kerst. Uit elke luidspreker in alle winkelcentra strooien kerstklanken zich over de mensenmassa uit. Huizen worden getooid met verlichte kerstmannen en rendieren, met lange lichtslangen en gekleurde lampjes. Christine heeft het allemaal gezien en gehoord maar het is net of ze niet langer deelneemt aan de feestelijkheden van deze tijd. Natuurlijk heeft ook zij, samen met de kinderen, een kerstboom in huis versierd. Ze heeft de lampjes opgehangen, de piek op de boom gezet, glanzende ballen aan de takken gehangen. Daarna heeft ze kaarsen aangestoken, chocolademelk warm gemaakt en dat samen met de kinderen gedronken, zoals ze dat elk jaar deed. Dit jaar voelt het anders. Het voelt alsof ze niet langer bij deze feestelijke wereld hoort. De wereld die doordraait, die direct na Sinterklaas plaats heeft gemaakt voor de kerstman. De wereld waarover ze zich zo vaak heeft verwonderd omdat temidden van al die glitter en lichten er geen ruimte meer bleek te zijn voor het kind in de kribbe. Nu ze hier staat, bovenaan de dijk, lijkt dat kind in de kribbe heel ver weg. Hier zijn geen lichten voor kerst. Met haar rug naar het achterland toegekeerd bestaat voor haar alleen nog het donkere water. Na een poosje zakt ze op haar knieën bovenop de dijk en staart naar de dreigende lucht, naar de opgezweepte golven met hun witte schuimkoppen die breken op de basaltblokken. Krijsende meeuwen laten zich meevoeren op de wind.

Er is zoveel pijn in haar. Pijn, die ze temidden van haar geliefden tracht te verbijten. Pijn, die haar deze kant heeft opgedreven. De waarschuwing op de radio is aan haar niet besteed. Wat hindert het als haar iets overkomt? Het donkere water houdt haar blik gevangen en oefent een sinistere aantrekkingskracht op haar uit. Ze zou een willen worden met dat water, zich weg willen laten drijven, rust willen vinden temidden van die schuimkoppen. Tegelijkertijd vermengt dat verlangen zich met een intense angst. Ze heeft zoveel schuld op zich geladen. Hoe kan ze sterven met zoveel schuld? De wind rukt aan haar sjaal, haar haren wapperen voor haar gezicht. In de verte ziet ze auto's rijden op de Ketelbrug.

„Waar ga je heen?" had Berry willen weten toen ze aankondigde nog even weg te gaan.

„Ik moet nog een paar boodschappen doen."

„Kan dat morgen niet? Op de radio wordt steeds aangeraden om thuis te blijven als je niet noodzakelijk weg moet."

„Ik moet nog iets hebben voor het eten. Vanavond wil ik iets speciaals koken."

„We hebben toch..."

„Laat me toch gaan..."

Hij had haar laten gaan maar ze had de bezeerde blik in zijn ogen wel opgemerkt. Het is haar schuld, aan alle kanten haar schuld. Hij wist heel goed dat ze niets speciaals voor het eten wilde maken. Hij wist dat ze het thuis even niet meer uithield. Hij wist niet dat ze het leven bijna niet meer uithield.

Waarom bestond er zoiets als kerst? "Eindelijk verheug ik me weer op het kerstfeest," had Diana gisteren tegen haar gezegd. „De afgelopen jaren vond ik het de ergste dagen van het jaar. Ik wil niet ondankbaar lijken, want ik vond het altijd heel fijn om eerste kerstdag bij jou en Berry door te brengen, maar in stilte verlang je er toch naar om weer een compleet gezin te hebben. Om als man en vrouw aan tafel te zitten, om zelf gasten uit te nodigen."

Ze had het best begrepen.

„Ik ben je toch zo dankbaar," was Diana verder gegaan. „Als jij me niet had gewezen op de mogelijkheden van kennismaking met een partner via Internet dan had ik Ruud nooit leren kennen."

Ze wilde niet dat Diana dat zei. Juist door de dingen die Diana zei voelde ze zich schuldiger dan ooit maar ook eenzamer.

„Zelf heb ik het gevoel dat we wel een beetje hard van stapel lopen maar aan de andere kant vind ik het onzin dat hij eerste kerstdag in zijn eentje moet doorbrengen en dat ik ergens anders eenzaam zit te zijn."

„Ik ben blij voor je." Wat had ze anders moeten zeggen?

„Uiteraard zullen de kinderen aan Ruud moeten wennen. Marnix zal er nog niet veel van begrijpen en ik denk dat Dimitri het best leuk zal vinden om weer een man aan tafel te hebben zitten. Ik ben benieuwd hoe Kelly reageert. Ze is zo'n gevoelig klein vrouwtje."

Daarna had ze Christine omhelsd. „Ik zal nooit vergeten wat je na de dood van Erik-Jan allemaal voor me hebt gedaan. Je bent een vriendin uit duizenden en ik hoop dat onze vriendschap de rest van ons leven zal blijven bestaan. Ik denk wel dat Berry met Ruud zal kunnen opschieten. Misschien zal het allemaal weer zo worden als vroeger toen Erik-Jan nog leefde en we met z'n vieren, en later met de kinderen erbij, ook zoveel samen deelden."

Het was zo vermoeiend om steeds maar te moeten doen alsof ze enthousiast was. Ze zocht naar woorden, vond die niet, maar Diana leek dat helemaal niet op te merken. „Weet je nog dat we met z'n vieren een keer in het bos hebben gekampeerd en dat we midden in de nacht uit onze tent werden gehaald omdat het verboden was om je tent maar zo in het bos op te zetten?"

„Later konden we er om lachen," had ze gezegd.

„Ja, later wel."

„Later hebben we ook nog eens samen met de kinderen gekampeerd, maar toen stonden we keurig op een camping.

Weet je nog wel dat we Kelly en Anouk toen kwijt waren? We hebben de hele camping afgezocht, jij bent met Erik-Jan het bos ingegaan om te kijken of ze daar ergens waren. Ze bleken later doodgemoedereerd bij een meisje in het dorp op bezoek te zijn gegaan, dat ze hadden leren kennen op de speelplaats van de camping."

Ze herinnerde zich die dag nog zo goed.

„Toen we de kinderen hadden gevonden bleek er een nieuw probleem te zijn. Jij was met Erik-Jan het bos in en we konden jullie met geen mogelijkheid bereiken om te vertellen dat de kinderen terug waren. Erik-Jan was toen nog de enige met een mobiele telefoon en die had hij in de tent laten liggen."

„Dat zijn ook van die situaties waarom je later pas kunt lachen." Wat had ze anders moeten zeggen? Leek het zo of klonk haar stem werkelijk heel anders dan normaal? Diana leek het niet op te merken. Diana leefde in haar eigen leventje en dat was op dit moment vooral gevuld met Ruud.

„Volgens mij heeft het nog wel een uur geduurd voordat jullie eindelijk weer terug waren."

„Waarna Erik-Jan en ik de volle laag over ons heen kregen. Ik weet nog dat jij in eerste instantie woedend was toen we terugkeerden." Ze had geprobeerd om er een beetje bij te lachen.

„Ik was doodongerust geweest vanwege die kinderen," had Diana zich direct verdedigd. „Daarna heb ik me gruwelijk zitten ergeren toen we jullie maar niet konden bereiken. Ik weet nog dat Berry ook een heel stuk het bos ingelopen was maar op de een of andere manier had die jullie niet gezien."

Herinneringen moesten uitgewist kunnen worden als krijtschrift op een schoolbord. Diana leek dat niet te begrijpen. Ze was maar doorgegaan. „Natuurlijk had het ook te maken met het feit dat Erik-Jan en ik juist toen een moeilijke tijd doormaakten. Nou ja, daar hebben we het al eerder over gehad. Het was het enige in ons leven dat we niet hebben gedeeld. Hoelang kennen we elkaar nu?"

„We kwamen tegelijk in de brugklas van de havo terecht,

dat is nu een jaar of twintig geleden Jij zat als een verlegen vogeltje in de bank omdat je in die klas niemand kende. Ik ben toen naast je geschoven. Blij om iemand gevonden te hebben die in hetzelfde schuitje zat als ik. Sindsdien waren we onafscheidelijk."

„Misschien kunnen we dat na de Kerst een keer samen vieren. Ik nodig jullie uit voor een etentje bij mij thuis. Je kunt dan gelijk kennismaken met Ruud."

Diana had gestraald. Het was raar om na zoveel jaar haar vriendin weer verliefd te zien. „Loop je niet te hard van stapel?" had ze gewaarschuwd zonder zelf te weten waarom ze juist dat zei.

„Je lijkt m'n moeder wel."

„Nou ja, je hoort soms van die rare dingen."

„Ruud en ik hebben zoveel gemeenschappelijk en we zijn geen kleine kinderen meer, Christine."

„Dat weet ik toch. Ik wil alleen niet dat hij je pijn doet."

„Ruud? Ik kan merken dat je hem nog niet kent. Als je hem zou kennen zou je heel anders tegen hem aankijken."

„Ik gun je je geluk van harte." Het waren mooie woorden geweest die ze tegen Diana heeft gezegd. Niets vermoedend had Diana ze ingedronken.

Geluk... Wat is geluk? Een mooi huis, gezonde kinderen, een man die je op handen draagt, of de vlinders in je buik die Diana nu kennelijk voelt? Bestaat geluk werkelijk of is het alleen een woord? "Jij wilt altijd meer dan het leven je geeft," had Berry haar laatst verweten. Heeft Berry gelijk en streeft ze het onhaalbare na? Kent Berry haar werkelijk? Af en toe begrijpt ze zichzelf niet, hoe zou hij haar begrijpen? Ze staat op. Stijf is ze geworden van de lange zit, stijf en koud. De wind drukt haar in de rug, verder de dijk op. Het zwarte water kletst tegen de dijk. Een donkere wolk laat zijn inhoud vallen. Kille regendruppels teisteren haar gezicht. Ze weten de pijn niet af te wassen, haar gedachten niet stil te zetten. In wanhoop had ze verwacht dat het vechten tegen de harde wind, het staren naar de eindeloos brekende golven en de regen in haar gezicht iets van haar onrust zou kunnen wegnemen. Het was een valse verwachting. Ze voelt zich helemaal niet beter.

Op eerste kerstdag is Diana nog vroeger uit bed dan anders. Opgewekt staat ze onder de douche, kleedt zich daarna in de nieuwe, glanzend paarsblauwe japon die ze speciaal voor de Kerst heeft gekocht. Met zorg maakt ze haar gezicht op, föhnt haar haren in model. Ze draagt het nu meer in haar gezicht, waardoor het wat nonchalanter lijkt. In huis is het nog doodstil als zij de tafel voor het ontbijt dekt, met een feestelijk kersttafellaken, en naast ieder bordje een boek dat ze met zorg voor de kinderen heeft uitgezocht. De lampjes in de kerstboom branden. Ze zet een cd op met kinderkerstliederen, in een schaal geven drijfkaarsjes een feestelijk schijnsel. Haar verwachtingen zijn hooggespannen. Straks zal ze met de kinderen naar de kerk gaan. Daarna drinkt ze een kop koffie bij haar schoonouders. Tegen het middageten verwacht ze Ruud bij haar thuis. De afgelopen dagen is ze druk geweest met het bedenken en voorbereiden van een niet te bewerkelijke maar toch feestelijke maaltijd.

Marnix verschijnt als eerste in de kamer, in zijn pyjama, bezaaid met rode autootjes, de beer als onafscheidelijke metgezel onder zijn arm geklemd. Daarna volgt Kelly in haar nachtpon, terwijl Dimitri de rij sluit. Even later zitten ze in hun nachtgoed aan tafel. Buiten is het nog donker maar de kleine voortuin wordt verlicht door kleine lichtjes die ze in een conifeer heeft gehangen. Na het eten mogen ze de pakjes naast hun bord openmaken. Diana geniet van de gesprekken tussen haar kinderen. Kelly die met engelengeduld aan Marnix uitlegt wat kerstfeest precies inhoudt. Dimitri die zich er als grote broer ook mee probeert te bemoeien en nog weet dat er vorig jaar een trompettist in de kerk was. Vervolgens wordt er geraden welk boek er in het pakje naast hun bord zit. Na afloop van de maaltijd leest Diana uit de kinderbijbel het kerstevangelie voor en dan is eindelijk het moment gekomen dat de pakjes mogen worden geopend. Enthousiast wil Kelly meteen beginnen met lezen, Marnix is verrukt van zijn platenboek waarvan een ark in elkaar kan worden gezet en Noach en de dieren allemaal een plaatsje kunnen krijgen. Dimitri weet niet of hij Marnix daar eerst bij moet helpen of dat hij zelf toch moet proberen om zijn boek te ontcijferen. Dolgelukkig is hij sinds hij op school heeft leren lezen. Hij leest alles wat los en vast zit. Diana stuurt hen allemaal naar boven om zich aan te kleden. Zelf gaat ze mee om Marnix te helpen. Daarna is het tijd om naar de kerk te gaan. Nu maakt zich toch een zekere spanning van haar meester. Uiteraard heeft ze de kinderen ingelicht over de bezoeker die vandaag de maaltijd met hen zal gebruiken, wat inhoudt dat het bezoek aan oom Berry en tante Christine niet doorgaat. Vervolgens had ze aangegeven dat het om een geheim ging dat ze niet tegen iedereen mochten vertellen. Daarbij had ze vooral aan haar schoonouders gedacht voor wie het moeilijk zal zijn om te vernemen dat ze weer kennis heeft aan een man. Ze wil hen er graag nog een tijdje buiten houden. De relatie van Ruud en haar is nog zo pril, er kan van alles gebeuren. De afgelopen week heeft ze gezocht naar een smoes om dit keer niet bij de ouders van Erik-Jan te gaan koffiedrinken maar ze had niets gevonden om onder deze vaste gewoonte uit te komen. Nu twijfelt ze of de kinderen hun mond wel zullen houden. Bijna raakt ze in de verleiding om hen nogmaals te attenderen op hun geheim maar bedenkt dan dat het misschien beter is om er zo min mogelijk aandacht aan te besteden. Als ze geluk heeft zullen ze er bij opa en oma Van Vossen helemaal niet aan denken. Als ze naar de kerk rijden is ze er lang niet gerust op.

Tegen de verwachting in verloopt het koffiedrinken bij opa en oma Van Vossen perfect. De kinderen hebben hun nieuwe boeken meegenomen en opa en oma zijn erg geïnteresseerd. Er wordt nagepraat over de fijne kerkdienst. Haar schoonmoeder vertelt later over het grootse gouden huwelijksfeest dat een oudere broer van haar heeft gegeven. De kinderen krijgen chocolademelk met een stuk tulband erbij. Alles lijkt goed te gaan, totdat Diana besluit dat het tijd wordt om naar huis te gaan.

„Jullie gaan zeker weer naar Christine en Berry?" informeert haar schoonmoeder achteloos.

„Nee, dit jaar doe ik dat niet." Ze heeft gerepeteerd voor als deze vraag zou komen. Voor zichzelf had ze uitgemaakt dat ze haar schoonouders niet direct hoeft te vertellen waarom ze dan niet bij haar beste vriendin eet dit jaar. Kelly en Dimitri staan met elkaar te ruziën over een slok chocolademelk die Marnix in zijn beker heeft laten staan. Marnix lijkt in gesprek met opa, maar dan ineens draait hij zich om. „Oma, Ruud komt!" Hij grijnst vrolijk. „Het is een geheimpje van ons. Je mag het niet verder vertellen, hoor."

„Ruud?" herhaalt haar schoonmoeder.

Dianavoelt zich ongemakkelijk. „Ik heb hem pas leren kennen," haast ze zich te zeggen. „We kunnen goed praten."

Er volgt geen reactie. Haar schoonouders lijken op een nadere uitleg te wachten.

„Hij was deze eerste kerstdag ook alleen," probeert ze hun relatie te bagatelliseren. „Bovendien wilde ik wel eens iets anders dan elk jaar dineren bij Berry en Christine en me daar het vijfde rad aan de wagen voelen."

„Nou ja, je zult toch wel geen vreemde mannen uitnodigen," concludeert moeder Van Vossen. Diana draait zich om. Ze wil de pijn op dat vertrouwde gezicht niet zien.

„Ik weet niet of het wat wordt," zegt ze zacht. „Het spijt me, ik had het nog even voor mezelf willen houden."

„Je had toch kunnen weten dat je dat niet gaat lukken met je kinderen erbij," klinkt het wat onvriendelijk.

„Ik begrijp het best," reageert pa Van Vossen heel wat milder. „Ma en ik hebben het er laatst samen over gehad. Je bent nog jong. Erik-Jan zou niet hebben gewild dat je alleen bleef. Hij zou niet anders willen dan dat je weer gelukkig wordt. Ik begrijp wel dat je het nog even voor jezelf had willen houden. Jammer, dat het niet gelukt is. Ma en ik, we gunnen het je van harte. Ja toch, ma?"

Haar schoonmoeder knikt.

„We waarderen het zo dat je ons steeds bent blijven

bezoeken, ook na de dood van Erik-Jan."

„Dat is toch vanzelfsprekend. Na het overlijden van Erik-Jan is mijn liefde voor jullie toch niet minder geworden. Jullie steunen me altijd. Jullie passen op de kinderen. We zijn en blijven met elkaar verbonden door Erik-Jan. Daar kan niemand iets aan veranderen."

„Dank je wel, kind." Haar schoonvader is ontroerd, haar schoonmoeder is de kamer uitgegaan. „Trek het je niet aan. Ze moet er aan wennen. Ik wens je een prettige middag toe."

Hij kust haar warm op de wang. Hij helpt de kinderen bij het aantrekken van de jassen. Zijn "Fijne kerstdagen!" klinkt nog heel lang in haar oren na.

Wijnglazen staan te glanzen op tafel. Ze heeft goudkleurige onderborden gekocht, servetten met subtiele kerstfiguren, een glas met glanzende drijfkaarsjes staat midden op de tafel. Opnieuw heeft ze kerstmuziek opgezet, nu geen kinderkoren, maar een cd met klassieke kerstliederen. Marnix is de eerste die de auto voor het huis ziet stilhouden. Opgewonden rent hij naar de voordeur, probeert met zijn onwillige vingers de knop rond te draaien maar is net te klein. Kelly neemt die taak graag van hem over. „Hallo, ben jij Ruud? Ik ben Kelly." Parmantig steekt ze hem haar hand toe.

Ruud speelt het spelletje mee. „Leuk om je nu eens in het echt te zien, Kelly. Je moeder heeft al heel veel over je verteld."

„Ik ben Mannix." Een kleinere hand wordt nu ook naar hem uitgestoken.

Dimitri moet er nu ook het zijne van weten. „Is die auto van jou?"

Zij staat in de deuropening tussen de gang en de kamer en heeft zelf niet in de gaten hoeveel indruk ze op hem maakt in de glanzende jurk, die soepel rond haar figuur valt. Hij kijkt naar haar op en glimlacht.

„Als we straks wat tijd over hebben kunnen we misschien samen een ritje maken," stelt hij Dimitri voor.

Dan ziet hij eindelijk kans om haar te begroeten. Heel voorzichtig geeft hij een kus op haar wang, tovert een enorm boeket met witte rozen tevoorschijn en overhandigt haar dat. „Ik vind het geweldig dat ik hier vandaag mag zijn."

Samen drinken ze een glas port, daarna gaan ze aan tafel. Ruud zit tussen Marnix en Dimitri in. Kelly heeft bedongen dat zij na de soep aan zijn zijde mag zitten.

„Ik zal vandaag geen aanspraken op je maken," belooft Diana. Er is zo'n warmte in haar als ze ziet hoe haar kinderen hem direct accepteren, terwijl hij met ze omgaat alsof hij ze al jaren kent. Kelly laat vol trots weten dat zij het voorgerecht heeft gemaakt. Dimitri meldt dat hij de ballen voor de soep heeft gedraaid en dat Marnix hem een beetje heeft geholpen.

In de keuken realiseert ze zich dat dit geluk moet zijn. Ooit was het heel vanzelfsprekend dat ze hier met Erik-Jan en de kinderen aan tafel Kerst zat te vieren. Nu voelt ze zich gelukkig omdat ze na zoveel jaren niet meer met haar kinderen aan andermans tafel zit, omdat Ruud bij hen aan tafel zit, alsof het heel gewoon is.

Berry heeft gekookt. Hij heeft een geweldig diner in elkaar gezet, met enige hulp van Anouk en Ingrid. Hij heeft de tafel versierd, hij heeft z'n donkere kostuum aangetrokken, hij heeft de hele kamer in kerstsfeer gehuld. Hij geniet van de verrassing op haar gezicht, van de vrolijke gesprekken die ze voert met hun dochters. Ze laat zich het eten goed smaken, de hele dag verloopt in harmonie. Hij verheugt zich op de avond als de kinderen in bed zullen liggen en zij nog even tijd voor elkaar zullen hebben. Hij schenkt haar een glas wijn in nadat ze samen de kinderen naar bed hebben gebracht.

„Het is heerlijk om met deze dag weer eens onder elkaar te zijn," verzucht hij. „Begrijp me niet verkeerd, ik heb het nooit vervelend gevonden als Diana erbij was, maar dit keer vond ik het heel fijn om zo met jou en de kinderen samen te zijn."

Ze kijken samen naar een romantische film. Ze praten nog een poosje en drinken samen bijna twee flessen wijn leeg. Hij weet zeker dat alles nu beter zal gaan worden. Christine heeft het een poosje moeilijk gehad, maar nu gaat het beter. Hij hoeft niet langer bang te zijn. Christine zal zich deze dag ook gaan herinneren. Hij weet het zeker, maar als ze hem afwijst als ze in bed liggen, kan hij daarna de slaap niet vatten en van die zekerheid is niets meer over.

Samen met Ruud heeft ze de kinderen naar bed gebracht. Hij heeft met ze gestoeid, ze wilden alledrie wel een kus van hem voor het slapengaan. Nu zitten ze bij elkaar. Ze heeft Wiener melange gemaakt, samen zitten ze te genieten.

„Ik heb een geweldige dag gehad." Ruud heeft zijn arm losjes rond haar schouders gelegd. „Ik heb het echt als heel bijzonder ervaren. De kinderen die me heel vanzelfsprekend accepteerden, het samen genieten van de maaltijd en later spelletjes doen. Ik vond het werkelijk heel bijzonder."

Ze kruipt wat dichter naar hem toe. „Ik was zo zenuwachtig, zo bang dat het niet goed zou gaan."

„Wat had je dan gedaan?" wil hij weten.

„Als het niet geklikt had tussen jou en de kinderen had ik niet anders kunnen doen dan je vanavond vriendelijk maar dringend verzoeken niet meer terug te komen. Mijn kinderen komen op de eerste plaats."

Ze voelt zich warm en rozig.

„Dat is moeders eigen," weet hij. „De kinderen op de eerste plaats."

„Je kunt toch ook niet anders?"

„Voor Jolanda komen de meiden ook op de eerste plaats. Ik heb me vanmiddag aan tafel heel stiekem voorgesteld hoe het zou zijn als mijn dochters er ook bij zouden zijn."

„Denk je dat ze met mijn kinderen kunnen opschieten?"

„Marloes is twaalf, die zal het vast prachtig vinden om met die kruimel van een Marnix op te trekken en die een beetje te bemoederen. De tweeling is vreselijk aan het puberen. Ik geloof niet dat ze echt op kleine kinderen gesteld zijn, maar misschien zouden ze het toch wel leuk hebben gevonden. Ik denk dat ze goed met jou op zullen kunnen schieten. Stel je voor, samen hebben we een gezin met zes kinderen."

Ze vraagt zich af hoe ze die allemaal een plekje rond haar tafel moet geven. Ze weet zeker dat ze de ruimte zal kunnen vinden, zowel aan tafel als in haar hart. Kinderen van Ruud, hoe zal ze daar niet van kunnen houden?

De avond van eerste kerstdag is een avond vol warmte en intimiteit. Veel te snel kondigt Ruud aan dat hij naar huis zal gaan. Het warme gevoel blijft, ook nadat zijn auto allang uit het zicht verdwenen is.

5

Een nieuw jaar is gekomen. De boodschap van Kerst lijkt z'n glans te verliezen, zoals het dagelijks leven steeds meer ontdaan wordt van de feestelijke versiering. Hier en daar blijven de lichten tot na Driekoningen hangen maar dan is het onherroepelijk voorbij. Na de donkere dagen van Kerst volgen de donkere dagen van januari. De balans wordt opgemaakt, in de winkels is het rustig, wintermode wordt in de uitverkoop gehangen, de laatste kerstkransjes gaan voor de helft van de prijs de deur uit. Berry probeert het dagelijkse leven weer op te pakken. De lessen op school, maar ook de muzieklessen thuis, gaan weer van start. In de lerarenkamer hoort hij verhalen over kerstdiners, wintersportvakanties en plannen voor de voorjaarsvakantie. Hij is altijd een vreemde eend in die lerarenkamer geweest. Af en toe maakt hij een praatje maar het lijkt of er nooit iemand in de lerarenkamer zit waar hij werkelijk iets mee kan delen. Laatst had hij nog een gesprek met de rector gehad naar aanleiding van zijn functioneren in de klas. In een les had hij de helft van de klas eruit gestuurd omdat ze zo rumoerig waren. De rector had hem voorgehouden dat hij daar een andere oplossing voor had moeten vinden. Hij had het aangekaart bij zijn collega's in de pauze, verwachtte van hen bijval, begrip. Hij wist dat hij niet de enige was die problemen had met het handhaven van de orde in de klas. Op dat moment had het toch werkelijk zo geleken. Het was net of hen een spreekverbod was opgelegd. Schouders werden opgehaald, er werd opgemerkt dat het tijdens hun lessen nog nooit zó erg was geweest. Sinds die dag wist hij zeker dat hij hier nooit werkelijk bij zou horen en dat hij dat aan zichzelf te wijten had. Hij had immers geen behoefte gevoeld om deel te nemen aan gesprekken die zijn interesse niet opriepen.

Er zijn nooit veel gesprekken geweest die hem interesseerden, bedenkt hij nu, terwijl hij rustig van school naar huis loopt. Alleen de gesprekken die over muziek gingen en de gesprekken die hij met Christine voerde, vielen onder die noemer. Leerlingen op fietsen, scooters en bromfietsen passeren hem. Geen mens voelt de behoefte om hem te groeten, alleen een paar collega's steken plichtsgetrouw de hand op. Hij groet gedachteloos terug, verzonken in zijn eigen wereld waarvan Christine nog altijd het middelpunt is. Hij durft weer met enig optimisme aan haar te denken. Alles bij elkaar is de afgelopen kerstvakantie een goede vakantie geweest. Na de kerstdagen hadden ze bij zijn ouders het oude jaar uitgeluid. Christine was er anders nooit zo voor maar dit keer had ze het zelf voorgesteld. De avond was in harmonie verlopen. Om twaalf uur had hij haar vastgehouden en hij had haar gezegd dat hij wenste dat het komende jaar een heel gelukkig jaar voor hen samen zou worden. Heel stil had ze even tegen hem aan gelegen, daarna had ze hem heftig gekust. Ook toen had hij zich even met haar alleen gewaand en dat gevoel had hij behouden tot hun dochters vonden dat ze aan de beurt waren om nieuwjaar te wensen. De laatste dagen van de vakantie had Christine vrijgenomen van haar werk. Ze waren met z'n vieren naar de bioscoop geweest, naar de dierentuin, naar een hamburgerrestaurant, dat zowel Christine als hij verfoeide, maar voor de kinderen bijna de grootste attractie betekende. Vanmorgen was het gewone leven weer begonnen. Gisteravond hadden Christine en hij afscheid van de heerlijke vrije dagen genomen. Heel lang was het al geleden dat ze samen zo hartstochtelijk gevrijd hadden, daarna waren ze in elkaars armen in slaap gevallen. Vanmorgen was hij tegelijk met de kinderen van huis gegaan. Christine had nog een dag vrij. Bij het afscheid had ze hem gezegd dat ze genoten had van de vakantie en dat ze van hem hield. Hij glimlacht terwijl zijn passen groter worden. Het wordt allemaal weer goed, hij is er zeker van.

Heel lang is ze voor het raam blijven staan toen ze vanmorgen het huis hadden verlaten en hun stemmen nog leken na te echoën. De heldere, hoge stemmen van Anouk en Ingrid, de rustige, zware bas van Berry. Ze had hun gezichten in zich opgenomen toen ze samen ontbeten, hun conversatie ingedronken, zonder er zich zelf veel mee te bemoeien. Daarna waren ze gegaan. Eerst had ze Anouk tegen zich aangehouden. „Mam, wat doe je? Ik ga alleen maar naar school, hoor."

Ingrid vond het prettig om geknuffeld te worden. Ze had gezegd dat van haar de vakantie nog wel veel langer had mogen duren. Ingrid was haar altijd zo dierbaar geweest. Ze herkende zoveel in Ingrid en elke keer als ze dan naar Anouk keek voelde ze zich schuldig. Nooit had ze het hardop gezegd, ze schaamde zich dat ze het dacht, maar ze wist in haar hart dat ze meer van Ingrid hield dan van Anouk.

Berry had vanmorgen haar haren gestreeld, zijn hand had vluchtig haar wang beroerd en ze had hem gezegd hoezeer ze genoten had van alle dingen die ze deze vakantie samen hadden gedaan. Ze had hem gezegd dat ze van hem hield en toen had ze hem laten gaan. Berry ging altijd lopend naar school, hoewel ze allebei een auto hadden. Hij vond het prettig om te lopen, vooral als hij uit school kwam. Tegen de tijd dat hij thuis arriveerde had hij alle perikelen van zich af kunnen zetten. Misschien zou hij eens moeten kijken of hij ergens anders aan de slag kon, ergens waar ze hem niet zo lieten zwemmen als op deze school. Lesgeven aan een muziekschool was wellicht nog beter maar dan kwam hij weer in de problemen met de muzieklessen thuis. Ze hadden er samen al zovaak over gepraat. Het had nooit iets opgeleverd en zo was Berry ook vanmorgen weer gewoon naar school gegaan. Alles was net zo gegaan als anders en toch wist ze dat het niet hetzelfde was. Even had het geleken alsof Berry dat ook gevoeld had. Hij had haar zo lang en intens aangekeken, maar misschien verbeeldde ze het zich maar en kwam het doordat zij wist waar hij nog geen idee van had.

Ze voelt hoe ze ineens haar handen niet meer kan stilhouden, hoe ze trilt op haar benen. In de keuken schenkt ze een restant wijn uit de fles op het aanrecht in een kopje en gaat aan de tafel zitten. Door de kamer klinkt een half uur later het opgewekte deuntje van de telefoon. Ze neemt niet op, met haar hoofd rustend in de handen. Een stem in haar hoofd zegt dat ze haar plannen niet door hoeft te zetten.

Niemand weet van haar gedachten, niemand zal haar iets kwalijk nemen. Ze ademt diep in en uit, voelt hoe het beven wat minder wordt. Ze schenkt zichzelf nog een kop wijn in en dan dringt de zekerheid zich aan haar op dat blijven geen optie is. Traag, heel traag neemt ze even later de trap naar boven. Op het aanrecht staat het kopje nog voor de helft gevuld met wijn.

Grijs is de wereld, grauw zijn de tuinen waar hij langsloopt, kaal de bomen die hij passeert. Berry schopt een steentje aan de kant en haalt diep adem. De lucht is fris en prikkelend. Eindeloos heeft deze eerste schooldag geduurd, het was net of de kerstvakantie alle leerlingen een tomeloze energie had gegeven, die ze juist in zijn les kwijt moesten. Het is goed om nu dit stuk naar huis te lopen, om even bij te komen. Op zijn horloge ziet hij dat de kinderen nog niet thuis zullen zijn. Waarschijnlijk zal Christine de koffie klaar hebben. Morgen hoeft ze pas weer te werken, vandaag is ze de hele dag thuis geweest. In alle rust zullen ze nog even samen kunnen koffiedrinken. Hij passeert ontelbare rijtjeshuizen waar mensen in een soort van wanhoop winterviolen in manden hebben gezet om alle grijze januaridagen toch iets in te kleuren. De rijtjeshuizen maken plaats voor vrijstaande woningen met grote, glazen puien. Hij loopt het pad op dat naar de achteringang van hun huis leidt. Misschien moet hij als verrassing binnenkort voor Christine ook maar eens winterviolen meenemen. Ze heeft moeite met die grijze dagen. Hij opent de schutting en loopt over het tuinpad. In het vogelhuisje vechten mussen om een paar stukjes brood die hij er vanmorgen al neer heeft gelegd. Een koolmeesje hangt aan een streng pinda's, een eindje verderop hipt een roodborstje door het gras. Als hij door het raam naar binnen kijkt ziet hij Christine niet. Hij wil de achterdeur opentrekken en ontdekt dan dat die op slot is. Vanuit zijn tas haalt hij sleutels tevoorschijn, hij fluit. Waarschijnlijk is ze een paar boodschappen aan het doen. Iets lekkers bij de koffie of zo, hij heeft er best zin in. Hij fluit nog steeds, gooit zijn tas in de gang en na een schreeuw door het huis moet hij constateren dat ze er inderdaad niet is. Hij zet vast koffie en loopt dan naar de kamer. Het is kil. Een blik op de thermostaat leert hem dat de verwarming laag staat. Dan is ze al langer weg. Waar kan ze naartoe zijn? Hij kijkt speurend rond en ontdekt dan het briefje op de eetkamertafel. Wat vreemd dat ze hem vanmorgen niet op de hoogte heeft gesteld van haar plannen voor deze dag. Of zou er iets onverwachts tussengekomen zijn?

Hij houdt het briefje in zijn hand, maar als hij de eerste woorden leest, wil het niet meer stilhouden, de letters lopen in elkaar over, zijn hand beeft, hij moet gaan zitten. Hij leest en gelooft zijn ogen niet.

Lieve Berry,

De afgelopen tijd heb ik geworsteld. Je hebt het gemerkt en ik ben je dankbaar voor de ruimte die je me hebt gegeven. De afgelopen week is voor mij de kostbaarste week van mijn leven geweest omdat ik wist dat het een afscheid zou zijn. Afscheid van de mensen die me in mijn leven het meest dierbaar zijn, jij en mijn beide meisjes. Ik weet wat ze voor je betekenen. Ik weet wat jij voor hen betekent en ik wist dat ik maar een weg kon gaan.

Lieverd, ik realiseer me dat ik je bestaan op de kop zet. Ik weet dat je niet zult begrijpen wat ik heb gedaan, maar ik hoop toch dat je me op een dag zult kunnen vergeven. Als ik was gebleven zou ik je nog ongelukkiger hebben gemaakt dan nu. Dat heb je niet verdiend. Ik heb besloten om weg te gaan en afstand te doen van mijn beide meisjes. Ik hoop dat ze ooit zullen weten hoeveel ik van ze houd en hoeveel pijn deze beslissing me doet. Ik duik voorlopig ergens onder en ik wil je vragen om geen pogingen te doen om me op te zoeken. Ik geef je alle ruimte om de echtscheidingsprocedure in werking te zetten. Er zijn vrouwen die beter bij je passen dan ik. Berry, ik heb je in je leven heel veel pijn gedaan en dat spijt me heel erg. Je gelooft me misschien niet, maar toch is het beter zo. Maak je om mij niet bezorgd. Ik wens je een goede toekomst en hoop dat je het zult kunnen opbrengen om net zoveel van Ingrid te houden als van Anouk. Ik heb ontzettend veel respect voor je omdat je dat tot nu toe altijd hebt gedaan.

In mijn hart zullen jij en de kinderen een vaste plaats hebben.

Ik houd van jullie.

Liefs van Christine.

Hij leest en herleest de brief tot de letters niet langer leesbaar zijn door de mist van tranen van ongeloof, woede en tomeloos verdriet. Schreeuwen wil hij, maar zijn stem weigert. In machteloosheid slaat hij met zijn knokkels op tafel, voelt niets van de pijn. Hij verfrommelt de brief tot een prop en gooit die van zich af. Het verandert de werkelijkheid niet. Zijn wereld is net zo grijs geworden als de dagen van januari.

„Christine is weg!" Hij zegt z'n naam niet aan de telefoon maar ze hoort direct dat het Berry is.

„Weg?" herhaalt ze. In de wachtkamer zitten patiënten te wachten. Een van de arts-assistenten wil iets van haar weten.

„Wacht even," zegt ze tegen Berry en geeft de jongeman antwoord.

„Hoe bedoel je dat?" wil ze weten als de arts weer wegloopt. Ze wendt haar blik af van de wachtkamer.

„Gewoon weg. Ze komt niet meer terug. Weet jij daar niets van?" wil Berry weten.

„Waarvan? Dat ze weg is? Hoe moet ik dat weten? Waar is ze naartoe?"

Haar collega komt door de gang aanlopen. Ze bedekt het spreekstuk van de telefoon. „Wil jij dit gesprek even op het andere toestel zetten en mijn taak overnemen? Ik heb een dringend gesprek."

„Toch geen narigheid?" wil Aline weten.

„Toch wel."

Even later heeft ze zich teruggetrokken.

„Weet jij er werkelijk niets van, Diana?" wil Berry nog eens weten. Er klinkt iets van hoop door. „Je bent toch altijd haar beste vriendin geweest? Jullie vertelden elkaar alles!"

„Dit heeft ze me niet verteld. Waar is ze dan naartoe, Berry?"

„Als ik dat toch wist zou ik jou nu niet bellen. Ik weet het niet. Ze heeft een brief achtergelaten waarvan ik eigenlijk geen woord begrijp. Het zou beter voor me zijn dat ze weggaat. Waarom zou dat beter zijn? Volgens Christine zijn er vrouwen die beter bij mij passen dan zij. Hoe komt ze erbij?"

„Christine zal nooit de kinderen achterlaten," beweert ze hoopvol.

„In de brief staat echt dat ze afstand van de kinderen doet."

„Ze is dus echt van plan om niet meer terug te komen?" begint het geleidelijk tot haar door te dringen.

„Het lijkt er op." Ineens klinkt die stem aan de andere kant niet opgewonden meer. „Het spijt me dat ik je lastiggevallen heb op je werk."

„Over een uurtje ben ik vrij. Ik zal mijn ouders vragen of ze de kinderen uit school willen halen en Marnix nog een poosje mag blijven. Ik kom uit m'n werk direct naar je toe."

Ze krijgt geen antwoord. Een beetje wezenloos kijkt ze naar de hoorn, die een regelmatige toon laat horen waaruit blijkt dat hij heeft opgehangen.

Christine weg. Ze kan het niet geloven. Aan niets was de laatste tijd ook maar te merken geweest dat haar vriendin iets van plan was. Integendeel, ze leek opgewekt, leefde mee met haar verhalen over Ruud. Over huwelijksproblemen had ze het niet meer gehad. Laatst had ze er nog naar gevraagd maar Christine had gezegd dat het voorbij was. Was het dan toch niet voorbij? Zou er een ander zijn? Destijds had ze dat met kracht ontkend.

Opnieuw gaat de telefoon. Iemand wil dokter De Heij spreken. Ze legt uit dat dokter De Heij met een patiënt bezig is en geeft het tijdstip door waarop er teruggebeld kan worden. Na dat gesprek realiseert ze zich dat ze het hier geen uur meer uit zal kunnen houden, terwijl Berry thuis zit en iemand nodig heeft om mee te praten. Ze probeert het nog even, merkt dat haar concentratievermogen aanzienlijk is afgenomen en regelt dan met haar collega's een uurtje eerder vrij.

Een minuut of twintig later stopt haar auto voor het adres van Berry. Terwijl ze achterom steekt weet ze nog zeker dat het zo'n vaart niet zal lopen, dat Christine niet weg kan zijn, dat ze haar kinderen nooit in de steek zal laten, dat het een misverstand moet zijn. Ze vindt Berry in de woonkamer, temidden van mappen met bankafschriften.

„Er gaan zoveel gedachten door me heen," zegt hij. „Ik heb boven gekeken en zag dat ze haar kleding en sieraden vrijwel allemaal heeft meegenomen. Ineens vroeg ik me af hoe ze dat met geld wilde doen. Een mens heeft toch geld nodig om te overleven. Ik heb inmiddels naar de winkel gebeld en daar bleek dat ze in stilte al een maand geleden haar baan heeft opgezegd. Een maand geleden al en ik had er geen idee van!" Hij heft zijn handen in een dramatisch gebaar ten hemel. „Ik dacht dat het goed ging tussen ons en ondertussen was zij bezig voorbereidingen voor haar vertrek te treffen! Ze heeft een bankrekening op haar naam geopend en daar de laatste maanden haar salaris op laten storten. Bovendien heeft ze met grote regelmaat bedragen van onze spaarrekening op die rekening overgemaakt. Christine wikkelde bij ons altijd de financiële zaken af. Dat had nooit problemen gegeven. Christine is een echt cijfertjesmens. Ik heb er een hekel aan, maar door die verdeling heeft ze alle kans gehad om voor zichzelf geld opzij te zetten. Het is niet te geloven..."

Ze wil het nog niet geloven. Christine is haar beste vriendin. Ze kent haar door en door. Christine doet zoiets niet.

„Hier heb je de brief." De gedachten lijken op haar gezicht te lezen. Zij leest de woorden op het verkreukelde papier in het handschrift van haar vriendin en dan kan ze er niet langer omheen, ook niet als ze de brief nog eens leest. „Wat bedoelt ze toch met die opmerking dat ze hoopt dat je van Ingrid even veel zult kunnen houden als van Anouk? Je houdt toch van allebei je kinderen? Daar maak je toch geen onderscheid in?"

„Ik houd van ze allebei," zegt hij. „Zijzelf hield meer van Ingrid dan van Anouk. Ze zei dat Anouk zo helemaal mijn kind is en dat Ingrid meer haar kind was."

„Wat raar… Ik heb daar nooit iets van gemerkt." Ze gaat tegenover hem aan de tafel zitten.

„Straks komen de kinderen thuis," zegt hij zacht. „Wat moet ik ze dan vertellen?"

Ze zwijgt.

„Ik begrijp niet waarom ze vond dat ze het zo moest doen," hoort ze hem dan zeggen. „Natuurlijk merkte ik wel dat ze zich af en toe ongelukkig voelde. Christine is niet zo gauw tevreden. Er is zoveel onrust in haar, dat ik denk dat ze zich nergens gelukkig zal kunnen voelen. Ik had het vreselijk gevonden als ze tegen me had gezegd dat ze van me wilde scheiden, maar ik had het beter gevonden dan deze manier. Ze heeft het erover dat ik niet zonder de kinderen kan maar voor haar is dit toch ook vreselijk. We hadden over co-ouderschap kunnen praten. We zijn volwassen mensen die er allebei van overtuigd zijn dat we verantwoordelijk zijn voor de kinderen. Ik begrijp het niet, werkelijk niet."

„Denk je dat ze naar het buitenland is gegaan?"

„Ze heeft haar paspoort in ieder geval meegenomen. Zelfs de verzekeringspapieren van haar auto is ze niet vergeten, terwijl ze die normaal gesproken nooit bij zich droeg."

Opnieuw is er een stilte. Diana kijkt de kamer rond, haar ogen vangen de foto die op het moderne dressoir staat. Christine met de kinderen, een brede lach op haar gezicht. Christine, hoe kon je?

„Het is zo onwezenlijk," zegt hij. „Zo onwezenlijk dat ik eigenlijk niet goed weet wat ik nu moet doen. Ik wil helemaal niet scheiden. Ik ben ook niet van plan om daar werk van te maken."

„Wacht even af," raadt ze hem aan. „Misschien verandert ze nog van mening, krijgt ze spijt en komt terug."

„Ze komt niet terug."

„Je weet het niet, Berry."

„Ik weet dat Christine hier heel lang en heel goed over heeft nagedacht. Het is geen opwelling geweest maar een weldoordacht plan. Christine weet over het algemeen heel goed wat ze doet. Dat heeft ze in dit geval ook geweten. Ze komt niet terug."

Het geeft haar een raar gevoel om te ontdekken dat ze iemand die ze zo goed dacht te kennen in feite veel slechter kende dan ze dacht.

Waarom heeft hij Diana's aanbod niet aangenomen toen ze voorstelde te wachten tot de kinderen thuiskwamen uit school? Hoe had hij kunnen menen dat het beter was dat hij alleen met hen zou zijn als hij het slechte nieuws moest vertellen? Tergend langzaam kruipen de minuten in de richting van de tijd dat de school uitgaat. Hij hoeft de kinderen niet op te halen. De school is zo dichtbij. Anouk neemt Ingrid altijd mee op sleeptouw. Aan de ene kant voelt hij zich gevangen in een koortsachtige roes, anderzijds is er een vreemd soort helderheid over hem gekomen waarin hij heel duidelijk weet wat hem te doen staat. Zo heeft hij naar zijn werk gebeld om door te geven dat hij de rest van de week niet zal komen, maar inmiddels ook naar de ouders van de leerlingen die hij vandaag verwacht om met een smoes de lessen af te bellen. Het is onmogelijk om vandaag les te geven. Morgen misschien ook wel niet. Hij kan zich nauwelijks voorstellen dat er een dag zal komen dat hij dat weer met overgave zal kunnen doen. Hij kan zich eigenlijk helemaal niets meer van de toekomst voorstellen.

Dan is het zover, het moment dat hij gevreesd heeft nadert met rasse schreden als Anouk en Ingrid vrolijk pratend het achterpad opkomen. Ingrid zwaait naar hem als ze hem voor het raam ontwaart. Hij heeft thee gezet, zoals Christine elke middag gewend was om te doen.

„Hé pap, waar is mama?"

Koude gezichten met rode wangen kijken naar hem op. Hij balt z'n vuisten.

„Ik moet zo even met jullie praten," zegt hij moeilijk. „Doe eerst jullie jassen maar uit, dan schenk ik onderwijl thee in."

„Is mama ziek?" wil Anouk weten.

„Nee, mama is niet ziek."

„Waarom is ze er dan niet?"

„Jassen uit. Ik schenk thee in. Anouk, pak je vast de trommel met koekjes?"

Hij weet nog steeds niet wat hij zal moeten zeggen. Juist dat maakt dat hij zachtjesaan woedend is geworden. Waarom heeft ze hem voor zo'n voldongen feit geplaatst? Heeft ze er wel bij nagedacht wat dit voor de kinderen zou betekenen? Waarom heeft ze alleen aan zichzelf gedacht?

Hij laveert met een blad met koppen thee naar de kamer. De meisjes zitten naast elkaar op de bank, de trommel staat ongeopend op tafel. Het is alsof ze iets voorvoelen. Hij zet de kopjes op tafel en houdt ze de koekjestrommel voor. Ze weigeren allebei, schuiven een eindje opzij als hij aangeeft dat hij tussen hen in wil zitten.

„Tja..." Hij legt zijn armen rond hun smalle schouders. „Mama is de laatste tijd een beetje verdrietig geweest. Ze voelde zich rot."

„Daar heb ik niets van gemerkt," zegt Anouk.

„Nee, ik heb er ook niets van gemerkt," echoot Ingrid. Ze heeft haar blonde kopje tegen zijn schouder gelegd.

„Grote mensen kunnen soms verdrietig zijn zonder dat je dat merkt," probeert hij uit te leggen. „Ze vond het heel erg moeilijk om te zeggen maar om weer een beetje vrolijk te worden zou ze een poosje ergens anders naartoe moeten."

„Ergens anders?" Hij ziet hoe Anouk hem verbaasd aankijkt. „Waar dan?"

„Ik weet het niet precies. Ze heeft het mij niet verteld maar ze heeft wel een brief geschreven. Vanmorgen is ze weggegaan. Ze heeft een brief voor ons achtergelaten. In die brief schrijft ze dat ze heel veel van ons houdt en dat ze ons geen verdriet wil doen maar dat het beter is dat ze nu een poosje ergens anders is."

„Vindt mama ons niet meer lief?" wil Anouk weten.

„Nee lieverd, het heeft niets met jullie te maken. Ze vond het juist zo moeilijk om weg te gaan omdat ze zoveel van jullie houdt. Daarom heeft ze het vanmorgen ook nog niet verteld. Ze was heel bang dat jullie erg verdrietig zouden zijn. Ze dacht dat ze dan misschien zelf ook zou moeten huilen en ze vond het naar dat jullie dat zouden zien."

„Wanneer komt mama terug?" wil Ingrid weten.

Hij kan de waarheid niet zeggen. Hijzelf kan die waarheid

nog niet bevatten. „Ik weet het niet," zegt hij daarom. „Maar waarschijnlijk zal het nog wel een poosje duren."
„Wie moet er nu voor ons zorgen?" informeert Anouk.
„Ik ben er nog." Hij drukt haar stevig tegen zich aan.
„Jij moet toch werken."
„We moeten er samen uitkomen. Als ik op school lesgeef zijn jullie meestal ook op school. Als ik hier thuis lesgeef zullen jullie het even zonder mij moeten doen, maar je kunt me wel altijd wat vragen als er iets is."
„Dan wordt jij boos," weet Ingrid uit ervaring.
„Ja, ik word boos als mama er is en jullie komen me iets vragen terwijl ik les moet geven. Jullie weten dat je dan naar mama moet gaan. Nu mama er niet is kan het niet anders en zal ik niet boos worden. Zullen we dan nu de thee maar gaan opdrinken?"
„Gaan jullie scheiden?" Anouk laat zich niet afleiden. „De vader en moeder van Claudia gaan ook scheiden en Claudia moet steeds maar huilen."
„We moeten even afwachten hoe het allemaal gaat. Misschien komt mama toch eerder terug dan we denken."
„Is ze er al weer als ik jarig word?" wil Ingrid weten.
„Misschien wel."
Als Ingrid zes jaar wordt zijn er drie weken voorbij. In drie weken kan er veel gebeuren. Ondanks de woorden die hij vanmiddag tegen Diana heeft uitgesproken leeft er nog steeds een heel klein sprankje hoop in zijn hart.
„Ik vind het stom." Hij zou willen dat hij Anouk de mond kon snoeren maar hij ziet geen mogelijkheden. „Ik vind het echt stom dat mama zomaar is weggegaan. Ze heeft vanmorgen niets gezegd. Dat is toch stom?"
„Stomme mama," is Ingrid het met haar grote zus eens.
„Dat wil ik niet van jullie horen. Mama heeft veel verdriet gehad. Ze wilde jullie helemaal niet alleen laten maar ze kon niet anders. Vergeet niet dat ze heel veel van jullie houdt."
„En toch vind ik het stom," mompelt Anouk nog eens. Hij doet net of hij het niet gehoord heeft.

6

Sinds Ruud had haar leven weer kleur en toekomst gekregen. Met zijn komst had ze iets van het verdriet van de laatste jaren achter zich weten te laten. Ze had dat kunnen delen met Christine, zoals ze al die jaren alles had gedeeld met Christine. Is ze daarom nu zo laaiend? Is ze woedend omdat ze de pijn van dit onverwachte afscheid juist nu niet meer met Christine kan delen? Of betreft haar woede het feit dat ze machteloos is om ook maar iets aan de nieuwe situatie te doen?

„Bij de politie zegt men dat ze niets kunnen uitrichten," had Berry haar gezegd, nadat ze had aangedrongen om het te melden op het bureau.

„Wat een onzin, waarom niet?" Ze had het wel geweten. Eigenlijk had ze al wel geweten dat er niets met de melding zou worden gedaan maar ze hoopte tegen beter weten in.

„Christine is een volwassen vrouw die een duidelijke afscheidsbrief heeft achtergelaten."

„Je hebt toch wel gezegd dat je haar niet terug wilt halen maar dat je wilt weten waar ze is voor de kinderen?" Ze had willen stampvoeten.

„Natuurlijk heb ik dat gezegd. Ik heb hemel en aarde bewogen maar er valt gewoon niets aan te doen! Christine heeft duidelijk de keuze gemaakt om zelf weg te gaan."

„Je doet er niet genoeg aan. Als ik jou was..."

„Ja, als je mij was? Wat had je dan gedaan?" had hij gevraagd.

„Ik had me heus niet met een kluitje in het riet laten sturen. Ik was niet eerder weggegaan dan dat ze me hadden toegezegd dat ze een of ander opsporingsbericht zouden laten uitgaan."

„Probeer het maar," had hij geantwoord en ze was woedend geworden om die rustige reactie. Ze had geschreeuwd. „Een mens kan hier toch niet zomaar verdwijnen? Nee toch?"

„Blijkbaar wel," had hij gezegd en ze had nog veel meer willen schreeuwen maar ineens was ze gaan huilen. Ze had haar hoofd tegen Berry's schouder aangelegd en had eindeloos gehuild.

Sinds het vertrek van Christine was dat vreselijke gevoel teruggekomen dat ze herkende uit de tijd na het overlijden van Erik-Jan. Het gevoel dat ze niet meer wilde opstaan, dat ze geen idee had hoe ze de dag moest doorkomen.

Zelfs Ruud kan daar niets aan veranderen. Hij is uit z'n werk naar haar toegekomen. „Ik hoorde dat je het moeilijk had, ik wil even bij je zijn," had hij gezegd en ze had het zo in hem gewaardeerd. Met z'n vijven hebben ze gegeten, nu zit hij op de bank en drinkt koffie. Hij stelt vragen, zij zoekt naar antwoorden en vraagt zich af waar haar blijdschap om zijn komst is gebleven. Hij wil haar steunen maar het is net of hij steeds de verkeerde dingen zegt. „Ik denk dat er gewoon een ander in het spel is," meent hij en ze kan zijn opmerking bijna niet verdragen.

„Ik weet zeker van niet!" reageert ze fel. „Ik heb het haar een tijd geleden gevraagd. Christine kan niet goed liegen. Ze heeft mij gezegd dat er geen ander was. Ik weet zeker dat ik het aan haar had gezien als ze op dat moment de waarheid niet had gesproken."

„Waarom doet ze dan zo moeilijk en vertrekt met de noorderzon? Waarom heeft ze er niet voor gekozen om gewoon te scheiden?"

"Ik denk dat ze het moeilijk vond om Berry de kinderen af te nemen."

„Zo dramatisch hoeft het toch niet te zijn? Tegenwoordig zijn er allerlei regelingen te treffen. Ze had ook tegen hem kunnen zeggen dat ze de kinderen alleen in het weekend wilde. Samen zouden ze er toch wel uit zijn gekomen? Jolanda en ik hebben dat toen ook zo goed mogelijk geregeld en we hebben daarbij vooral het welzijn van de kinderen op het oog gehad."

„Ik weet het net zomin als jij," zegt ze geïrriteerd. „Ik snap ook niet waarom ze het op deze manier heeft aangepakt. Niemand snapt er iets van."

„Waarom gaat Berry niet op zoek?"

„Denk je dat hij dat niet heeft gedaan? Hij is bij de politie geweest maar daar is hij geen steek verder mee gekomen. Jij weet toch ook wel dat de politie niets doet als duidelijk is dat ze vrijwillig is gegaan? Nou, dat lijkt me inderdaad duidelijk. Bovendien vraagt ze in haar brief nadrukkelijk om geen pogingen te doen om haar op te zoeken."

„Iemand die man en kinderen zo achterlaat verdient niet dat er nog langer met haar wensen rekening wordt gehouden," vindt Ruud. „Ik zou het er zelf niet bij laten zitten. Hoe kan een vrouw zo voor haar verantwoordelijkheden weglopen? Het is toch niet te bevatten dat een moeder haar kinderen zo in de steek laat? Hoe is het mogelijk dat jij met zo'n vrouw vriendin kunt zijn. Jij bent het toonbeeld van de zichzelf wegcijferende moeder die alles voor haar kinderen over heeft."

Zelf is ze af en toe ook woedend op Christine maar als Ruud zulke dingen over haar zegt kan ze het niet verdragen. „Zo is Christine ook altijd geweest," neemt ze het voor haar vriendin op. „Waarschijnlijk is ze overspannen. Een andere reden kan ik er niet voor bedenken."

„Achter overspannenheid kan een mens zich altijd mooi verschuilen. Ik denk werkelijk aan heel andere dingen. Op een dag hoor je vast dat er toch een ander in het spel is. Soms denk je mensen goed te kennen maar dan blijkt dat naderhand toch niet het geval te zijn."

„Ik kan het nog niet geloven. Ik weet gewoon zeker dat er geen ander is maar ik begrijp niet waarom ze niets tegen me heeft gezegd. We waren toch vriendinnen? Ik had haar kunnen helpen."

„Je voelt je bedrogen," begrijpt Ruud. Ze kijkt hem aan en laat zijn woorden tot zich doordringen.

„Ja, dat is het," erkent ze dan. „Ik voel me verschrikkelijk bedrogen."

De afgelopen dagen heeft ze de laatste gesprekken die ze met Christine gevoerd heeft proberen te analyseren op zoek naar aanwijzingen. Misschien heeft Christine haar iets duidelijk willen maken en heeft ze dat gewoon over het hoofd gezien. Ergens moet een aanwijzing zijn maar ze vindt die aanwijzing niet. Elke keer komt ze tot dezelfde conclusie.

Christine heeft niets aangekondigd. Met geen woord heeft ze gewezen op haar plannen. Helemaal alleen heeft ze geworsteld en is daarna gegaan. Dat ze geworsteld heeft is voor haar een zekerheid. Dat ze die worsteling niet heeft willen delen met haar voelt als verraad.

„Ik zou willen dat ik je weer een beetje uit de put kon helpen." Ruud trekt haar tegen zich aan. „Ik vind het beroerd om je zo somber te zien. We waren zo gelukkig samen. Ik neem het Christine in stilte kwalijk dat ze je nu zo ongelukkig maakt."

Het is toch goed dat hij er is. Wat zou ze hebben moeten beginnen als hij er niet was geweest?

„Het voelt een beetje alsof ze is overleden," merkt ze zacht op. „Op Erik-Jan ben ik ook boos geweest. Waarom moest hij zo nodig weer onder het rijden telefoneren? Ik had hem zo vaak gevraagd om het niet te doen en toch deed hij het. Zogenaamde zakelijke gesprekken die niet konden wachten. Ik voelde me echt heel erg in de steek gelaten, ik was woedend en tegelijkertijd schaamde ik me voor die woede. Alsof Erik-Jan dit zelf had gewild!"

Ruud neemt haar gezicht in zijn handen. „Ik blijf bij je." Hij glimlacht, hij kust haar. Eigenlijk wil ze niet dat hij haar kust maar ze laat het over zich komen, zijn liefkozingen, zijn warmte, zijn nauw verholen hartstocht. Ze sluit haar ogen. Alle woorden die ze nog had willen zeggen worden door zijn mond gesmoord.

„Morgen kom ik langs om de kamer een goede beurt te geven." Clara Zwiep zit op het puntje van de stoel, wrijft met haar smalle, bleke handen onophoudelijk over de donkergrijze stof van haar rok en kijkt haar schoonzoon uitdagend aan. „Christine zou niet willen dat de boel zo verslonst." Haar voeten, in de degelijke, zwarte schoenen staan keurig naast elkaar. Moeilijke voeten heeft ze, die het niet mogelijk maken om op elegantere modellen te lopen. Het grijze vest is tot aan haar dunne, geplooide hals dichtgeknoopt. Daaronder is nog net een stukje van de kraag van de blauwe, gebloemde bloes te zien.

„Volgens mij interesseert het Christine helemaal niet of de boel hier nu netjes is of niet," brengt Berry er zuur tegenin. „Bovendien kunt u Christine veel goede eigenschappen toedichten maar niet die van een voorbeeldige huisvrouw."

„Tegenwoordig moeten vrouwen ook allemaal aan het werk alsof het niet voldoende is om je kinderen op te voeden en een goede huisvrouw te zijn."

„Christine wilde zich ontwikkelen."

„Je ziet wat dat gebracht heeft." Willem Zwiep mengt zich met zijn zware basstem nu ook in het gesprek. Zijn groene ogen vertrekken zich tot spleetjes. „Wij hebben haar zo niet opgevoed. Van ons heeft ze altijd te horen gekregen dat een vrouw de prachtige plicht heeft om haar kinderen tot een voorbeeld te zijn, om ze op te voeden tot eer van God."

„Met als enige recht het aanrecht," waagt Berry het op te merken. Hij heeft zich de laatste jaren niet meer laten verleiden tot een discussie maar toen zat Christine altijd naast hem. Hij wilde haar beschermen en dat kon alleen door zijn schoonouders te verhinderen in discussie te gaan.

„Dat is het enige waar jullie tegenwoordig mee kunnen schermen," gaat zijn schoonvader er nu direct op in. „De mooie taak waarvoor de vrouw geschapen is wordt belachelijk gemaakt."

„Zo is het, zo is het," knikt Clara. Een streng van haar zware, grijze haar is losgeraakt en beweegt langs haar wang. Willem lijkt deze betuiging van instemming te zien als het startschot om van wal te steken met een tirade over de verderfelijkheid van de moderne tijd.

„Je ziet wat er allemaal van gekomen is. Elke dag kun je in de krant lezen dat de criminaliteit is toegenomen en de daders worden steeds jeugdiger. Waar is dat aan te wijten, denk je?"

Hij houdt zijn hoofd een beetje scheef, wacht op antwoord dat niet komt, glimlacht een beetje laatdunkend. Zijn kale schedel glanst in het licht van de lamp, hij leunt voorover, drukt zijn vingertoppen tegen elkaar. Berry ziet de zwarte haren op de rug van zijn handen, op zijn vingers. „Je weet het wel," zegt zijn schoonvader gemelijk. „Je wilt het alleen niet zeggen omdat dan blijkt dat die moderne ideeën van jou niets goeds brengen. De kinderen groeien op in crèches, als ze ouder worden krijgen ze een sleutel om hun nek gehangen. De sleutel van hun mooie huis dat er is gekomen van het geld dat vader en moeder bij elkaar gewerkt hebben. Dagelijks komen ze binnen in dat mooie huis en vinden er enkel leegte. Er zijn geen moeders meer die op hun kinderen wachten om te horen wat ze te vertellen hebben."

„Christine was er altijd als de kinderen uit school kwamen," merkt Berry op. Hij kijkt zijn schoonvader niet aan maar volgt de zwarte strepen die de grijsheid van zijn colbert doorbreken. Er zit een vlek op het witte overhemd, het opzij geschoven colbert laat een stukje van de gespannen bretels zien. Zo mager als zijn schoonmoeder is, zo gezet is zijn schoonvader.

„Ik had het niet over Christine," buldert die nu. „Ik had het over de geestelijke armoede in Nederland en de gevolgen daarvan. Mensen zijn zo druk met vergaren van schatten op de aarde dat ze helemaal vergeten zich bezig te houden met het vergaren van hemelse schatten."

„Vader, we dwalen af." Hij wil van dit gesprek af, hij wil van deze schoonouders af die hem nooit hebben geaccepteerd als partner voor hun enige dochter. Eenenveertig was Clara al toen Christine zich aankondigde. Willem was vier jaar ouder. Dolgelukkig waren ze met hun onverwachte geschenk. Een geschenk van God dat ze tot eer van God wilden opvoeden. Dat hadden ze gedaan. Christine had hem vaak genoeg verteld hoe haar ouders haar probeerden van de buitenwereld af te schermen. Vriendinnetjes werden gekeurd en uitgevraagd als ze de eerste keer met Christine mee naar huis gingen. Beviel het Willem en Clara niet dan verboden zij hun dochter er nog mee om te gaan. Elke ongehoorzaamheid werd met harde hand bestraft. Elk initiatief van haar kant werd onmiddellijk in de kiem gesmoord.

„Jullie willen er nooit iets over horen," gaat zijn schoonvader door. „Jullie sluiten je ogen voor de waarheid. Christine was nooit zo, maar jij hebt haar erin meegesleept."

„Ze is heel erg veranderd sinds ze met jou getrouwd is,"

beaamt zijn schoonmoeder met zuinig toegeknepen lippen.

Hij zou willen dat hij hen gewoon de toegang tot dit huis kon ontzeggen. Hij heeft dat al heel lang willen zeggen maar Christine heeft hem daar altijd van weerhouden. Christine, die hij tijdens hun huwelijk had zien opbloeien. Op het moment dat hij haar leerde kennen, werkte ze in een cadeauwinkel van kennissen van haar ouders, die van dezelfde kerkelijke gemeente waren als zij. Een half jaar na hun kennismaking had ze gesolliciteerd in een andere geschenkenwinkel en was daar aangenomen. Haar inbreng werd daar gewaardeerd, ze werd een stuk beter betaald en nadat Anouk was geboren kon ze er parttime blijven werken.

Als hij er nu over nadenkt dan is ze zeker veranderd sinds hun trouwen. In de loop der tijd is haar zelfvertrouwen toegenomen. Het had tijd nodig maar op een gegeven moment wat het schuchtere meisje toch uitgegroeid tot een vrouw die plezier had in haar werk, deel uitmaakte van het bestuur van de school van haar kinderen, een betrokken moeder was.

„Ze is zeker heel erg veranderd sinds ons trouwen," zeg hij nu. „Toen ik haar pas kende durfde ze de tandarts nauwelijks te bellen om een afspraak te maken. Als we bezoek kregen dan was ze dagen van tevoren nerveus omdat ze zo bang was dat ze geen goede gastvrouw zou zijn. Ze was een meisje dat niemand vertrouwde."

„Wat een onzin," briest zijn schoonvader. „We hebben haar opgevoed tot een zelfstandige jonge vrouw."

„Alleen binnen jullie eigen kringetje, vader." Hij ziet hoe zijn schoonvader verstoord met zijn hoofd schudt, zijn wangen schudden mee. „Wel waar, vader," zegt hij nadrukkelijk. „Jullie hoopten dat het zo kon blijven. Na school kon Christine zo aan het werk bij Bras in de winkel. Ze verdiende er weinig, ze moest hard werken en had het er niet naar de zin maar de familie Bras behoorde tot jullie kerk. Er kwamen veel mensen in de winkel van jullie kerk. In stilte hoopte jullie dat het iets zou worden tussen de zoon van Bras en Christine."

„Ik vind het nog altijd jammer dat het niets geworden is," snerpt de stem van zijn schoonmoeder er doorheen. Ze heeft rode blosjes op haar wangen.

„Ik weet het, moeder. Tot op de dag van vandaag vinden jullie het nog jammer dat ze mij is tegengekomen. Negen jaar ouder dan jullie onschuldige meisje, iemand die over kerkmuren heenkijkt om God werkelijk te kunnen zien. Iemand die maar een ding wilde en dat was jullie dochter gelukkig maken."

„Dat is dan duidelijk niet gelukt." Clara kijkt bijna triomfantelijk en hij heeft even geen woorden meer.

„Ik wil nu graag dat jullie weggaan," zegt hij als de stilte te pijnlijk wordt. „Van het aanbod om te komen schoonmaken wil ik geen gebruik maken, hoewel ik het natuurlijk erg waardeer."

„Probeer dan een meisje te krijgen dat zo nu en dan eens komt schoonmaken," adviseert Clara.

„Ik zal eens kijken of dat haalbaar is."

„Zo duur hoeft dat niet te zijn."

„Ik kan momenteel mijn geld heel goed gebruiken."

„Ik zou toch ook nog eens bij de politie informeren,' raadt Willem nu aan. „Je kunt het er toch niet zo bij laten zitten."

„Jullie waren toch laatst ook al geweest?"

„Ja, maar wij..."

„Tegen jullie hebben ze hetzelfde gezegd als tegen mij. Dat zal in een paar dagen niet veranderd zijn. Christine is vrijwillig gegaan."

„Zou ze niet in zo'n tehuis zitten voor vrouwen die even op adem moeten komen?" waagt zijn schoonmoeder het op te merken.

„Vrouwen die mishandeld worden, bedoel je," begrijpt hij meteen en hij ziet hoe de blos donkerder wordt. „Waarom zou ze daarheen zijn gegaan?"

„Clara, drijf nu niet zo door." Zijn schoonvader is opgestaan. „Toch is het misschien nog een idee om een privédetective in te zetten." In de zak van zijn colbert zoekt hij naar een sigaar die hij even later omstandig aansteekt. Grote, blauwe wolken zoeken een weg door de kamer. „Als je dat financieel niet aankunt, willen wij je graag helpen."

„Ze heeft nadrukkelijk gevraagd om haar met rust te laten."

„Soms denk ik dat je niets om haar geeft." Zijn schoonmoeder is ook opgestaan.

Hij zucht, hij zwijgt. Er is alleen opluchting als hij de auto eindelijk uit de straat ziet vertrekken.

Wanhopig zoekt Diana naar manieren om de pijn te verzachten. Het helpt soms om met Berry te praten, om hem haar hulp aan te bieden. Ze loopt bij Berry aan als ze ook maar even tijd heeft en vermoedt dat hij thuis is. Ze is deze woensdag ook even bij hem langsgelopen nadat ze haar eigen kinderen van school heeft gehaald.

„Hebben jullie zin om met mij mee naar huis te gaan?" stelt ze voor aan de beide meisjes die net hun jassen aan de kapstokken hebben gehangen.

„We gaan pannenkoeken bakken," verklapt Dimitri.

„Ik hoef geen pannenkoeken. Ik wil hier blijven." Stellig schudt Anouk haar hoofd, haar ogen op de grond gericht. „We gaan naar de kinderboerderij," probeert Diana het uitje nog aantrekkelijker te maken.

Anouk blijft haar hoofd schudden."

„Anouk, je vindt het altijd zo fijn bij tante Diana." Berry staat er wat ongemakkelijk bij.

„Het geeft niet," stelt ze hem gerust. „Als Anouk liever thuisblijft dan mag ze dat zelf weten. Ingrid, ga jij met me mee?"

Ingrid aarzelt even maar knikt dan toch.

„Anouk, waarom ga je niet mee?" zeurt Kelly.

„Daarom niet."

„Ik vind er niets aan zonder jou," houdt Kelly aan.

„Een andere keer," belooft Anouk.

„Je hebt Anouk gehoord," schiet Diana het meisje te hulp. „Zal ik een paar pannenkoeken voor je bewaren zodat Ingrid ze mee naar huis kan nemen?"

Verlegen schudt Anouk haar hoofd, haar blonde haren zwiepen heen en weer.

„Anouk, je houdt altijd zo van pannenkoeken," kan Berry zich opnieuw niet langer inhouden.

„Nu niet."

Ze zou het kind op willen pakken en heel dicht tegen zich aan willen houden. Ze zou haar willen zeggen dat ze een geweldig kind is, ze zou haar zoveel liefde willen geven en het enige wat ze op dit moment kan doen is haar een aai over haar bol geven. Ze ziet dat Anouk naar Berry toeloopt en hem iets in het oor fluistert. Heel duidelijk ziet ze zijn ontroering, hij vecht tegen z'n tranen. „Ga maar vast naar de auto," probeert ze de kinderen de kamer uit te krijgen. Dimitri, help jij Ingrid met haar jas?" Tot haar opluchting verdwijnen ze direct naar de gang.

„Mag ik het tegen tante Diana vertellen?" hoort ze Berry zeggen en zachtjes knikt het blonde hoofd van Anouk. „Anouk wil liever thuisblijven," legt hij uit, zonder haar aan te kijken. Hij veegt langs z'n ogen. „Niet omdat ze het niet fijn vindt bij jou maar omdat ze thuis wil zijn als mama toch ineens naar huis komt. Ze is een beetje bang dat je nu boos op haar zult zijn."

„Boos?" Ze slaat haar armen om het onwillige kind heen. „Ach kind, hoe kan ik nou boos op je zijn. Weet je wat? Ik bak toch een paar extra pannenkoeken en die geef ik vanavond aan Ingrid mee. Kijk dan maar of je zin hebt om ze op te eten."

„Met stroop?" informeert Anouk. Ze heeft zich weten los te worstelen.

„Ja, natuurlijk met stroop." Ze kijkt Berry niet aan en volgt snel de kinderen naar buiten. De wereld is gehuld in mist.

„Het is al tien dagen geleden dat Christine is vertrokken," zegt Berry de volgende middag nadenkend. Hij draagt een felrood fleeceshirt met een donkergrijze kraag. Zijn voeten, met de hoge suède schoenen, rusten op de sporten van de stoel naast hem. „Als je me van tevoren verteld had wat er zou gaan gebeuren dan zou ik je hebben gezegd dat ik dat niet zou overleven."

„En toch...” begrijpt Diana.

„Ja, en toch ga je door. Ik heb de laatste dagen wel eens aan jou moeten denken. Je hebt me eens verteld van je gevoelens na de dood van Erik-Jan. Je wist niet meer hoe je verder moest en toch ging je door. Je moest wel omdat je niet alleen was. Ik herken dat. Vanaf het moment dat Christine is vertrokken denk ik elke morgen dat ik niet meer op wil staan. Toch sta ik op. Er zijn twee meisjes die me nodig hebben. Ik moet flink zijn, kan niet laten merken wat ik werkelijk voel. Ze zijn zo bang dat ik op een dag ook zomaar verdwenen zal zijn.”

Hij heeft direct koffie ingeschonken toen ze binnenkwam. Nu zit hij tegenover haar aan de keukentafel in de lichte, moderne keuken. Op de achtergrond klinkt de muziek van een cd van Franz Liszt die hij heeft opgezet. Lichte klanken van een piano worden door de keuken gestrooid, even later valt een orkest in, dan neemt de piano het weer over. Berry trommelt met zijn vingers op de antieke, eiken tafel die desondanks totaal in harmonie is met de moderne keuken. Zijn vingers volgen de muziek maar toch lijkt het niet werkelijk tot hem door te dringen. „Ik vind toch dat ik pogingen moet ondernemen om achter Christines verblijfplaats te komen,” zegt hij dan nadrukkelijk. Zijn donkere ogen zoeken haar gezicht.

„Ze heeft je nadrukkelijk gevraagd om geen pogingen te ondernemen haar op te zoeken.”

„Heeft ze recht op het respecteren van haar wensen?” informeert hij. „Iemand die overleden is heeft daar recht op maar iemand die alles achter zich laat, die haar kinderen gewoon laat stikken?”

Ze heeft geen antwoord.

„Mijn kinderen denken dat hun moeder niet meer van hen houdt. Ik probeer ze duidelijk te maken dat het niet de reden is waarom hun moeder is weggegaan maar ik weet nauwelijks hoe ik ze dat aan het verstand moet brengen. Anouk denkt zelfs dat het haar schuld is!”

Zijn woorden komen kort en bijtend.

„Kinderen denken dat gauw,” probeert ze voorzichtig.

„Kinderen denken dat niet als hun moeder gewoon voor ze blijft zorgen. Ik heb Anouk natuurlijk verteld dat het haar schuld niet is. Ik heb haar gezegd dat ik de schuldige ben. Vanmorgen heb ik me afgevraagd of dat zo is. Denk je dat het mijn schuld is, Diana?"

„Meestal is er in zo'n geval sprake van twee schuldigen," merkt ze voorzichtig op.

„Ja natuurlijk. Uiteraard heb ik hier ook schuld aan. Weet je dat mijn schoonouders er net zo over denken?"

„Natuurlijk denken die er zo over. Ouders houden hun kinderen altijd de hand boven het hoofd. Ik wil je niet tekort doen, Berry. Ik ben woedend op Christine omdat ze zomaar is vertrokken. Ik snap er helemaal niets van maar ergens heeft er iets verkeerd gezeten en jij hebt dat niet opgemerkt. Ik ook niet. Ze heeft er in haar eentje mee geworsteld en geen andere uitweg gezien."

Hij drinkt zijn koffie op, schenkt zichzelf direct nieuwe in. „Ik drink teveel koffie," zegt hij verontschuldigend. „Nou ja, het is beter dan alcohol."

„Stel je voor dat ze op een dag weer voor je neus zou staan," wil ze nu van hem weten. „Is je hart dan groot genoeg om haar binnen te laten?"

Even is het heel stil. Hij opent z'n mond en sluit die weer. Nerveus tikt hij met z'n lange, slanke vingers op tafel. „Weet jij nog hoe het vroeger bij Christine thuis was?" wil hij dan weten.

„Verschrikkelijk! Ik kwam er niet graag. Er hing altijd zo'n droefgeestige stemming. Misschien had het te maken met die zware, donkere meubels maar er was ook nooit iets van vrolijkheid te bekennen. Christines ouders deden altijd of het een zonde was als je lachte. Ze mocht ook niets. Niet naar de klassenavonden van school, niet naar de bioscoop en uiteraard niet uit op de zaterdagavond. Ik ging wel eens met haar mee naar de jongerenclub van de kerk. Niet dat ik het daar gezellig vond maar dat was het enige waar Christine wel naartoe mocht. We spijbelden soms. Dan gingen we toch stiekem in een kroeg wat drinken maar Christine was dan altijd zo bang dat haar ouders ervan zouden horen, dat we dat niet zovaak hebben gedaan."

„Toen ik haar leerde kennen was Christine een jonge vrouw van eenentwintig jaar maar ik had vaak het idee dat ze geestelijk veel jonger was."

„Dat was ze ook. Ze kon zo onnozel zijn. We lachten haar wel eens uit maar ik heb haar op een gegeven moment toch maar voorgelicht. Haar ouders vertelden vooral dat seks zondig was. Ik heb vaak gedacht dat die mensen uit een vorige eeuw stammen. Hun leefwijze was voor mij onvoorstelbaar en later heb ik me gerealiseerd dat ze Christine heel erg tekort hebben gedaan."

„Nadat ik haar leerde kennen veranderde ze snel. Voor mijn idee is ze echt opgebloeid."

„Zo heb ik dat ook ervaren. Haar ouders noemden dat anders."

„Nog steeds komen ze ervoor uit dat ze haar veel liever met een ander getrouwd hadden gezien."

„Met een jongen van hun eigen kerk," weet ze.

Hij knikt nadenkend. „Ik dacht dat het verleden voor Christine voorbij was maar nu vraag ik me af of juist dat verleden niet te maken heeft met haar vertrek."

„Waarom?"

„Waarom is ze met mij getrouwd?" is zijn wedervraag.

„Omdat ze van je hield."

„Of omdat ze dat verstikkende milieu wilde ontvluchten?"

„Dat was bijzaak. Ik weet zeker dat Christine heel veel van je hield en nog houdt. Ze was alleen zo onrustig, het leek alsof ze altijd meer wilde dan ze kon krijgen. Zelf noemde ze dat ook zo."

„Er werd bij haar thuis heel erg gehamerd op zonde, op schuld..."

„Ja, en?"

„Ik vraag me af in hoeverre dat meegespeeld heeft."

„Zou ze dan nu nog schuldgevoelens hebben over haar huwelijk met jou?"

„Nee, ik denk het niet. Een mens kan over zoveel dingen schuldgevoelens hebben."

„Zoals?"

„Vergeet het. Jij lust zeker ook nog wel een kop koffie?" Hij staat op, praat over het weer, weet haar een verhaal over haar werk te ontfutselen en dan wordt het tijd om naar huis te gaan.

Veel later realiseert ze zich pas dat hij haar vraag niet heeft beantwoord.

„Mijn kinderen willen graag met je kennismaken," deelt Ruud haar die avond mee. „In het begin heb ik het een beetje stil gehouden maar ik vond dat ze het nu toch moesten weten."

Waarom ziet ze daar nu tegenop? Heeft dat ook met Christine te maken? Komt het doordat ze zich zoveel zorgen om haar vriendin maakt of omdat ze haar zo mist. In het gevoel dat ze nu heeft herkent ze haar gevoelens die na de dood van Erik-Jan haar leven hadden beheerst. Ze wil niets meer en toch moet ze. Ruud is er en hij verwacht nu een antwoord, woorden waaruit blijkt dat ze het leuk vindt om zijn kinderen te ontmoeten. Ze krijgt nog even uitstel want Ruud ontvouwt opgewekt zijn plannen. „Dit weekend zijn ze bij mij. Wat zou je ervan vinden om zaterdagmiddag met jouw kinderen bij mij te komen? Ik wil je heel graag laten zien waar ik woon en hoe ik woon."

„Het lijkt me erg leuk om je dochters te leren kennen." Het klinkt heel onecht maar Ruud lijkt daar niets van in de gaten te hebben.

„Mooi, dan zal ik mijn dochters vast op de hoogte gaan brengen," reageert hij tevreden.

Zo rijdt ze die zaterdagmiddag met de kinderen in de richting van de woonplaats van Ruud.

„Zijn die kinderen wel leuk?" wil Dimitri weten.

„Ik heb ze ook nog nooit gezien maar ik denk wel dat ze leuk zijn. Ze zijn veel groter dan jullie."

„Hoe oud zijn ze ook alweer, mama?" informeert Kelly.

„Jovancka en Kimberley zijn allebei vijftien."

„Dat is hartstikke groot," vindt Dimitri bewonderend.

„Dan is Marloes er ook nog. Zij is twaalf jaar."

„Als ze niet leuk zijn gaan we dan naar huis?" vraagt

Kelly. Diana kan een glimlach nauwelijks onderdrukken. „Nee, dan gaan we niet naar huis. Ruud heeft voor ons gekookt. We kunnen hem dan niet zomaar laten zitten. We moeten allemaal ons best doen om er een gezellige middag van te maken.”

„Komen ze ook bij ons wonen als jullie gaan trouwen?” Kelly heeft een nieuwe, verontrustende gedachte ontdekt.

„Het zal nog wel even duren voordat wij gaan trouwen,” probeert ze haar dochter gerust te stellen. „Als het zover is zullen de kinderen van Ruud waarschijnlijk gewoon bij hun moeder blijven wonen.”

„Gelukkig...” Gerustgesteld leunt Kelly weer achterover. Marnix zit in zijn autostoeltje en kijkt rustig naar buiten met rode wangen en de duim in zijn mond. Het is niet echt druk op de weg deze grauwe zaterdagmiddag. Ze kan lekker doorrijden, vindt even later heel gemakkelijk het huis van Ruud en haalt dan diep adem. Tot haar verwondering beseft ze dat ze werkelijk zenuwachtig is, dat ze het gevoel heeft op zicht te komen, net zoals ze dat vroeger had toen ze kennismaakte met de ouders van Erik-Jan. Ook dat verandert als je ouder wordt. Het is niet belangrijk hoe de ouders van je geliefde over je denken maar hoe zijn kinderen dat doen. Als ze de auto parkeert voor het rijtjeshuis staat er voor het raam een meisje te zwaaien. Ze zwaait terug en bedenkt dat het Marloes moet zijn. In de visie van Ruud een zachtaardig meisje dat zich erg verheugt op de kennismaking. Kelly staat wat onwennig naast de auto, Dimitri klimt er ook uit. Diana haalt Marnix uit zijn stoeltje. Het meisje verdwijnt en staat even later samen met Ruud in de deuropening van zijn huis. Ze heeft hetzelfde donkere haar als Ruud, dezelfde donkere ogen. Haar haren zijn modieus geknipt, ze draagt een kort truitje op een strak, kort felrood rokje. De lange, rood, zwart gestreepte kousen reiken tot over haar knieën. Ruud heeft zijn hand op haar schouder gelegd maar een beetje ongeduldig schudt ze die af en loopt op Diana toe. „Hallo, ik ben Marloes. Ben jij Diana?” Als ze praat bewegen de grote, kleurige oorbellen die ze draagt mee. Haar ogen lijken groter en sprekend door de donkere lijnen.

Twaalf jaar is ze maar ze lijkt veel ouder. „Ik vind het leuk om je te leren kennen," zegt Diana. Ze loopt op Ruud toe en weet niet goed wat te doen. Hij trekt haar naar zich toe en kust haar maar ze merkt dat hij net zo goed nerveus is als zij. „De koffie is klaar," kondigt hij aan.

„Ik vind jouw oorbellen mooi," hoort ze Kelly, achter zich, tegen Marloes zeggen.

„Die heb ik zelfgemaakt. Misschien kunnen we straks samen voor jou ook wel oorbellen maken," biedt Marloes direct aan.

„Ik heb geen gaatjes in mijn oren."

„Bij de juwelier kun je zo gaatjes laten prikken."

„Van mijn moeder mag ik dat niet," vertelt Kelly monter. „Ik mag dat pas als ik tien jaar ben."

„Ik had al gaatjes toen ik zes was."

Diana voelt het warme handje van Marnix in de hare. Samen lopen ze de kleine hal binnen, waarin ontelbare attributen getuigen van de aanwezigheid van pubermeisjes in huis. Een kam, make-uptasjes, sporttassen, drie paar skeelers en een stapel jassen op een hoop.

„Let niet op de troep," verontschuldigt Ruud zich. „Ik zeg wel steeds dat ze moeten opruimen maar ze komen op een leeftijd dat ze zich niet zo heel veel meer van hun oude vader aantrekken."

De kamer is ruim maar lijkt nog ruimer door de spaarzame meubilering, de lichte laminaatvloer en witte muren. „Ik ga koffie inschenken." Ruud maakt zich uit de voeten. Zij loopt rustig door de kamer, bekijkt het grote, kleurige schilderij aan de muur waarvan Marloes vertelt dat haar vader dat zelf geschilderd heeft. Tegen het achterraam staat een grote, hardblauwe bank, geflankeerd door twee donkerrode kuipstoeltjes. Naast de bank staan twee kleine bijzettafels. Aan de andere kant van de kamer staat een eethoek, bestaande uit een tafel met een dikke glazen plaat en zes moderne, chromen stoelen met een leren zitting. In het midden van de kamer staat, prominent opgesteld, een vrouwenfiguur van koper. Een enorme kokospalm is de enige plant in de kamer. Alles is fraai en duur, weet ze, maar het is geen kamer waarin ze zich snel thuis zal voelen. Haar kinderen lijken er net zo over te denken. Wat beduusd flankeren ze haar als ze op de grote bank gaat zitten.

„Ik heb speelgoed voor jullie." Ruud weet even later het ijs te breken als hij binnenkomt met een enorme kunststoffen opbergbox vol met speelgoed waar ooit zijn eigen kroost druk mee in de weer is geweest. Veel poppen met kleertjes maar toch ook een paar auto's en een hele zak met felgekleurde bouwstenen.

„Waar zijn jouw andere dochters?" wil Diana dan weten.

„Ze zijn nog boven. Waarschijnlijk komen ze zo beneden." Ruud is bij Marnix en Dimitri op de grond gaan zitten en demonstreert hoe er met de bouwstenen een prachtige garage te bouwen is.

„Jolanda kwam vanmorgen op het idee dat het wel heel handig zou zijn als er bij mij thuis wat speelgoed zou staan," verklaart hij even later de aanwezigheid van al het moois waar de kinderen al snel enthousiast mee aan het spelen zijn. Zelfs Marloes is erbij gaan zitten. Ruud heeft een plek naast haar op de bank gezocht.

„Wat aardig van jouw ex-vrouw om aan zulke dingen te denken."

„Jolanda en ik hebben tegenwoordig een goede verstandhouding. Zij had destijds een vriend met wie ik het ook best kon vinden. Na verloop van tijd is hun relatie beëindigd en daar had ik zelfs wat moeite mee. Ik denk wel eens dat Jolanda en ik na de scheiding beter met elkaar overweg kunnen dan toen we getrouwd waren. We zijn elkaar blijven respecteren en dat is heel belangrijk, ook voor de kinderen."

„Grappig, dat je daarvoor eerst moet scheiden."

Van boven klinkt muziek. Een heftige bas lijkt door het plafond naar beneden te dreunen. Ruud haalt zijn schouders op. „Ik kan ze wel alles gaan verbieden maar dan vinden ze het niet fijn meer om hier te komen."

„En je buren?" wil Diana weten.

„Die hebben aan weerszijden gelukkig ook een paar pubers in huis, dus ze kennen het verschijnsel." Hij glimlacht verontschuldigend, informeert even later of het gebak goed smaakt. „Heeft Jolanda gemaakt. Ze kan geweldig koken en bakken en doet het ook nog heel graag."

Het moet wennen, de naam van Jolanda die in dit huis steeds om haar heen lijkt te hangen. De muziek boven zwijgt ineens, even later klinkt er gebonk op de trap. „Daar zullen mijn twee oudste dochters komen," kondigt Ruud aan en het is net of hij nu echt nerveus wordt. Zij wordt het ook, als de deur wordt opengegooid en twee identieke meisjes haar nieuwsgierig van top tot teen opnemen. „Hoi," zeggen ze achteloos, om zich vervolgens tot hun vader te wenden. „Pap, heb je nog niets voor ons ingeschonken?"

Ze verwacht dat Ruud zal zeggen dat ze dat zelf wel even kunnen doen maar hij staat op en informeert wat de dames gehad hadden willen hebben. Ze bestellen allebei cola en ploffen vervolgens in de kuipstoeltjes.

„Wie is nu Jovancka en wie is Kimberley?" informeert Diana om maar wat te zeggen als Ruud naar de keuken is gegaan.

„We kunnen het wel zeggen maar als we straks van plaats gaan veranderen weet je weer niet wie nu de een en wie de ander is," bedenkt een van de twee.

„Jovancka heeft een klein moedervlekje vlakbij haar neus," helpt Marloes haar. Als je dat eenmaal weet kan ze je nooit meer voor de gek houden."

„Bemoei je er toch niet mee," wordt ze hardvochtig door Kimberley terecht gewezen.

Diana heeft inderdaad het moedervlekje opgemerkt. Ze is Marloes dankbaar. De tweeling lijkt verder in niets van elkaar te onderscheiden. Voor twee vijftienjarige meisjes is het hoogst ongebruikelijk dat ze identiek gekleed en gekapt zijn maar zowel Jovancka als Kimberley draagt een strakke, knalroze broek met daarop een zwart truitje dat hun navel, voorzien van een glimmende navelpiercing, onbedekt laat. Daaronder complementeren glanzende, zwarte laarzen met hoge hakken het geheel. Hun krullende, donkere haren zijn voorzien van hardroze highlights, hun bruine ogen zijn opgemaakt met een opvallende kleur oogschaduw en dezelfde zwarte lijnen die haar ook al bij Marloes zijn opgevallen.

„Het is zeker wel leuk om zo op elkaar te lijken," probeert Diana een gesprek aan te knopen.

„Het is maar wat je leuk vindt." Jovancka haalt ongeïnteresseerd haar schouders op. Ze speelt met haar grote, gekleurde oorbellen, dezelfde die Kimberley ook draagt.

„Meestal vinden anderen het leuker dan wij." Kimberley haalt een pakje sigaretten tevoorschijn, gooit haar zusje een sigaret toe en steekt er zelf ook een op."

„Zou je dat nou wel doen?" probeert Ruud even later. „Je weet dat ik het niet prettig vind als er in mijn huis gerookt wordt."

„Bij mama mag het wel," is het antwoord uit twee monden. Heel vaag voelt ze zich schuldig als ze zich realiseert dat ze nu al moeite moet doen om aardig tegen de meisjes te blijven. De middag lijkt eindeloos voor haar te liggen.

7

„Hé Berry, wat een verrassing. Man, dat is een hele tijd geleden dat we elkaar hebben gesproken,” reageert een enthousiaste mannenstem. Hij zou de hoorn direct weer op de haak willen gooien, wetend dat het geen zin heeft om door te praten. Ook hier is Christine niet naartoe gegaan. Iemand die zou weten wat er aan de hand is, zou anders reageren. Hij probeert het gesprek zo snel mogelijk te beëindigen, kan nog net het verzoek voor het maken van een afspraak ontwijken. Zijn ogen glijden over het volgende adres. Hij schudt z'n hoofd, zijn vinger glijdt langs de lijst met namen tot hij opnieuw een naam ziet waarbij het hem niet ondenkbaar lijkt dat Christine daar tijdelijk onderdak heeft gevraagd. Hij is direct begonnen nadat de meisjes naar bed zijn gegaan met iets van hoop in zijn hart maar naarmate hij de lijst verder afgewerkt heeft is die hoop vervlogen. Allemaal aardige mensen die het zeer waarderen dat hij belt maar iedereen informeert naar zowel zijn welzijn als naar dat van Christine. Hij laat ze allemaal in het ongewisse. Ook bij dit telefoonnummer krijgt hij dezelfde reactie. Hij smijt de telefoon op tafel en blijft stil zitten.

Er zijn twee weken verstreken sinds het moment waarop hij haar briefje op de tafel vond. Twee weken waarin hij in eerste instantie haar verzoek wilde respecteren om haar rust te gunnen. Als hij eerlijk is moet hij toegeven dat hij niet had verwacht dat ze zolang weg zou blijven. Met hangende pootjes had hij haar terug verwacht en hij had zich voorgesteld hoe hij haar opnieuw zou vergeven. Hij had haar al zoveel vergeven. Hij kon haar nog veel meer vergeven. Zei Christus het niet in de bijbel? “Niet tot zevenmaal toe, maar tot zeventig maal zevenmaal” moest een mens vergeven. Het was geen probleem. Hij hield van haar, hij houdt nog steeds van haar en daarom is de onrust in de loop der tijd toegenomen. Steeds vaker loopt hij langs de winkel waar ze werkte. Alsof hij verwacht dat ze daar op een dag zal opduiken. Als hij een enkele keer de kinderen van school haalt, kijkt hij om zich heen of ze niet ergens verdekt staat opgesteld. Stille dromen willen maar geen werkelijkheid worden. Er zijn geen bankafschriften binnengekomen waaruit blijkt dat ze nog ergens in leven is. Hij heeft geen idee waar ze zit, wat ze doet, wat ze voelt. De zekerheid dat ze terug zou komen is beetje bij beetje afgebrokkeld. Dieper wordt de put waarin hij zit. Dagelijks wordt het zwaarder om voor zijn kinderen te zorgen. Hij wordt heen en weer geslingerd tussen een wirwar van gevoelens. Bezorgdheid, pijn, verdriet, woede wisselen elkaar af. Twee weken heeft hij werkeloos gewacht, heeft hij een eindeloze reeks adviezen, van meelevende mensen om hem heen, gekregen, heeft hij zich almaar machtelozer gevoeld. Vandaag voelde hij dat die onmacht hem steeds verder meezoog in een neerwaartse spiraal. Hij kon niet langer wachten en hopen. Hij moest iets ondernemen voor hij stapelgek zou worden. Er was hem niets anders ingevallen dan de adressenlijst die Christine altijd met een haast pijnlijke precisie bijhield. Ergens was een vaag gevoel van hoop opgelaaid. In de loop van de tijd waren vriendschappen verwaterd maar misschien had ze er toch voor gekozen om juist die vrienden van weleer op te zoeken. Waar zou hij anders moeten beginnen? Hij was zich sterk bewust van het feit dat het een zoeken naar een speld in een hooiberg zou zijn. Hij kijkt op de lijst, ontdekt nog drie adressen die hem iets zouden kunnen opleveren maar de moed ontbreekt hem om verder te bellen.

Hij steunt z'n hoofd in handen en staart naar buiten. Twee weken is ze nu weg. Twee weken waarin hij taal noch teken van haar vernomen heeft. Twee ellendige lange weken waarin hij had getracht om vader en moeder tegelijk te zijn, iets waarin hij steeds weer tekort schiet. Het idee dat hij misschien nooit zal weten waar ze is gebleven is hem gaandeweg tot schrikbeeld geworden.

Buiten is de duisternis allang ingetreden. Hij ziet zichzelf in het licht van de keukenlamp en wordt daar niet vrolijk van. Zelfs in het zwarte raam ziet hij dat zijn donkere haren opvallend veel grijze strepen zijn gaan vertonen. Vanmorgen heeft hij voor de spiegel de diepe lijnen naast zijn mond ontdekt, zijn wangen zijn ingevallen, zijn lange lijf is een mager lijf geworden. Deze twee weken lijken hem in een klap jaren ouder te hebben gemaakt. Twee weken staat de wereld nu stil maar de buitenwereld lijkt besloten te hebben om hem niet met rust te laten. Voor volgende week staat een bezoek aan de bedrijfsarts en de rector van de school op het programma. Financieel kan hij zich niet permitteren om nog langer werkeloos thuis te zitten. Volgende week komen zijn leerlingen weer om pianolessen te volgen, ook al kan hij zich nauwelijks voorstellen dat hij in staat zal zijn om ook maar enig geduld op te brengen voor leerlingen zonder talent. Nu hij erover nadenkt lijkt het hem een onmogelijke opgave.

De afgelopen weken had hij gemerkt hoeveel taken Christine op haar schouders had voelen rusten. Nooit had hij geweten dat zoveel tijd ging zitten in het brengen en halen van zijn kinderen naar balletles, naar zwemles, naar een vriendinnetje. Vanzelfsprekend waren dat haar taken geweest naast haar parttime baan. Was het dat wat haar misschien steeds meer dwars was gaan zitten? Al die verplichtingen die op haar schouders rustten?

Hij zucht, staat op en schenkt zichzelf een glas cognac in. Een diep verlangen overvalt hem. Een verlangen naar haar aanwezigheid. Ze hoefde niet eens te praten. Hij had altijd alleen al van haar aanwezigheid genoten, van de manier waarop ze op de bank een boek zat te lezen, totaal opgaand in het verhaal. Hij hield ervan om naar haar te kijken als ze 's zomers door de tuin liep en de planten water gaf. Hij vond haar prachtig als ze een lange jurk van soepele stof droeg die gracieus meebewoog op haar bewegingen. Hij was gelukkig als hij haar met de kinderen op de bank zag zitten. Hij wil dat ze terugkomt. Hij wil het voor zichzelf maar net zo goed voor de kinderen. Wellicht nog meer voor de kinderen. Elke dag wordt hij geconfronteerd met die verdrietige koppies, met vragen waarop hij geen antwoord weet. De woorden in de brief van Christine verhelderen niets.

Hij neemt een slok cognac. Het brandt hem in de keel. Hij drinkt zelden maar de laatste dagen maakt zo'n glas cognac het leven toch net iets beter te dragen. Diana had hem laatst gezegd dat het niet de oplossing was. Diana leek alles te zien, had aan een leeg cognacglas op het aanrecht en een fles die steeds minder inhoud vertoonde, genoeg om conclusies te trekken.

„De kinderen hebben je nodig, Berry..."

Alsof hij dat niet wist. Diana kende dat niet, dat gevoel als je 's morgens opstond en niet wist hoe je de dag door moest komen. Diana had makkelijk praten.

Het glas is al leeg, hij schenkt zichzelf een nieuwe in. Morgen sloeg hij wel een keer over. Vanavond voelde hij de onweerstaanbare drang om zichzelf een stuk in de kraag te drinken. Diana zag het niet. Hij zou morgen zorgen dat de fles en het glas uit het zicht zouden staan. Diana had makkelijk praten. Zij had een nieuwe liefde.

Of zou Diana dat gevoel toch kennen? Zij was immers Erik-Jan ook van de ene op de andere dag kwijtgeraakt. Waarschijnlijk had ze nooit geweten dat ze Erik-Jan al veel langer kwijt was. Het was goed dat ze dat nooit geweten had. Het was beter dat ze dat nooit zou weten.

Waarom heeft ze toegestemd? Waarom heeft ze niet tegen Ruud gezegd dat ze er nog niet aan toe was om zijn kinderen in huis te ontvangen? Ze begrijpt helemaal niets van de wens van de tweeling om deze zondag bij haar door te brengen. Die middag bij Ruud had ze bepaald niet het idee gehad dat die meiden zich ook maar op enige wijze tot haar aangetrokken hadden gevoeld. Ruud had echter beweerd dat ze geweldig over haar te spreken waren. Zij waagt het te betwijfelen. Nu drentelt ze door het huis in afwachting van Ruud met de kinderen en ze is nerveus als een juffershondje. Het is of ze haar huis plotseling ziet door de ogen van twee verwende tienermeisjes en al die dingen die haar normaal dierbaar zijn, blinken nu uit van oubolligheid.

Marloes is anders. Onder invloed van haar twee modebewuste, oudere zusjes doet ze ook mee aan de laatste mode, voorziet zichzelf van een dikke laag make-up maar daaronder is nog heel duidelijk het onzekere kind te onderscheiden. Het kind dat er zichtbaar van had genoten met Kelly en Dimitri tussen het speelgoed te zitten en daarna met eindeloos geduld Marnix had voorgelezen. Ze had Marloes in haar hart gesloten maar de tweeling maakt haar onzeker. Opnieuw staat ze voor de spiegel in de gang, ziet in het vale licht dat door het matte glas van de voordeur valt, heel duidelijk de tekenen die haar duidelijk maken dat ze ouder wordt. Kraaienpootjes rond haar ogen, die in de loop der jaren steeds minder zijn gaan stralen. Ze drentelt terug naar de kamer, kijkt daar nog eens kritisch rond. Tevergeefs zal de tweeling zoeken naar een asbak. In haar kamer wordt niet gerookt. Ruud weet dat, hij zal ze vast op het hart binden om daar rekening mee te houden.

Ze pakt een beeldje van serpentijn op dat Christine eens voor haar heeft gemaakt. „Vriendschap" had ze het genoemd, twee figuren omhelsden elkaar. Haar hand glijdt over het gladde oppervlak, dan zet ze het terug op de plek.

Steeds schrijnender lijkt het gemis van Christine te worden, juist nu ze zich zo onzeker voelt in haar omgang met de kinderen van Ruud. Vorige maand nog zou ze eindeloos met Christine hebben getelefoneerd over de kwestie of ze zou na werktijd een kop koffie bij haar vriendin hebben gedronken. Bij het overlijden van Erik-Jan had de pijn in de wetenschap gelegen dat hij nooit meer terug zou komen. Nu bij Christine is het de onzekerheid. Soms is ze woedend, vaak voelt ze zich verdrietig, afgewezen.

Voor Berry en de kinderen is het nog erger. Een maand is ze nu weg. Ze weet dat Berry getracht heeft een aanknopingspunt te vinden van waaruit hij haar zou kunnen zoeken. Hij heeft het nog niet gevonden. In die maand heeft ze gezien hoe Berry wanhopig probeerde de pijn voor zijn kinderen te verzachten. Ze zag hoe hij de taken van Christine trachtte over te nemen. Hij probeerde zelf te koken, zat bij de zwemlessen van Ingrid, bracht Anouk naar balletles en als hem dat zelf niet lukte, zorgde hij ervoor dat iemand anders dat deed. Hij vergiftigde zijn kinderen niet met negatieve verhalen over hun moeder. Heel bewust probeerde hij af en toe juist de goede herinneringen op te halen.

Ogenschijnlijk leek hij de draad op te pakken maar zij weet beter.

„Ze zijn er," hoort ze Marnix zeggen en even moet ze tot zichzelf komen. Haar blik volgt zijn uitgestoken vinger. Hij laat zich van de stoel glijden en rent naar de voordeur om open te doen. Zij volgt langzamer, ziet door het raam in de kamer nog hoe Ruud uit de auto stapt. De meisjes staan al op de stoep. Ze verwondert zich er zelf over dat het gevoel van verwachting, dat ze normaal altijd heeft bij het vooruitzicht van een hele middag met Ruud, nu helemaal ontbreekt. Alles lijkt anders geworden sinds ze zijn kinderen heeft leren kennen. Het voelt alsof ze hem leuker vond voor ze de meisjes kende en ze schaamt zich voor die gevoelens. Marnix staat al in de deuropening. „Ruud! Ruud!" roept hij enthousiast.

De meisjes lopen voor hem uit. Marnix loopt naar Ruud toe en wordt door hem opgetild. „Zo, grote kerel van me. Heb je me deze week nog een beetje gemist?"

Zijn lachende ogen zoeken de hare. Ze probeert de meisjes vriendelijk te begroeten, voelt zich wat onzeker als hij haar kust waar zij bij zijn. „Het is koud," huivert hij, als ze de deur achter hem dicht heeft gedaan. „Hier binnen is het gelukkig aangenaam."

Kimberley en Jovancka leggen hun jassen achteloos op de trap. Marloes staat wat aarzelend met die van haar in de hand. Ruud neemt haar jas over en hangt die aan de kapstok. Zij doet hetzelfde met de jassen van de tweeling. De meisjes lopen voor haar uit de kamer in, kijken keurend rond. Jovancka staat al snel met de foto van Erik-Jan in haar handen. „Wie is die vent?"

„Die vent was mijn man," reageert ze scherp.

„Is hij dood?" wil Kimberley weten.

„Ja Kimberley, die man heette Erik-Jan en hij is overleden," bemoeit Ruud zich ermee.

„Dat is papa," zegt Marnix trots.

Jovancka legt de lijst met de foto neer. Diana pakt hem op en zet hem zorgvuldig op zijn vaste plek naast de glazen vaas terug. „Wat willen jullie drinken?"

Drie dames wensen cola. Marnix wil ook maar legt zich er direct bij neer als Diana hem te kennen geeft dat het niet goed voor hem is.

„Waarom niet?" wil Kimberley weten.

„Ik vind die frisdranken voor kleine kinderen niet goed," legt Diana uit. „Bij mij thuis geldt de regel dat ze vanaf hun zesde jaar af en toe een glas cola mogen drinken. Voor die tijd krijgen ze vruchtensap of limonade."

„Gelukkig dat dat bij ons niet zo is," vindt Jovancka. „Wij mochten altijd drinken waar we zin in hadden.

„Zo zie je maar weer dat het overal weer anders is." Diana verdwijnt in de keuken nadat ze Kelly en Dimitri van boven heeft geroepen. Ze schenkt koffie in, cola en vruchtensap. Als ze met een blad vol de kamer binnenkomt, drijven de rookwolken haar tegemoet.

„Er is geen asbak," deelt Kimberley mee.

Diana haalt diep adem. „In dit huis wordt ook nooit gerookt. Mensen die willen roken moeten dat maar buiten doen."

„Liefje, het is nogal koud buiten," schiet Ruud zijn dochters te hulp. „Daarom heb ik hen toestemming gegeven om er hier eentje op te steken. Heb je niet een oud schoteltje of zo?"

Ze kijkt hem aan, ze wil iets zeggen maar de woorden blijven haar in de keel steken. Plotseling lijkt het kinderachtig dat ze de geur van een kamer waarin gerookt is, smerig vindt. Ze knikt. „Ik heb nog wel ergens een oude asbak staan."

„Het is wel leuk hier," vindt Marloes even later als ze gezamenlijk koffiedrinken. „Een beetje klein, maar wel leuk."

Ruud grijnst. „Zoveel kleiner dan bij mij is het niet maar Diana heeft veel meer in de kamer staan. Daardoor lijkt het kleiner."

Ze krijgt de neiging om zich te verdedigen maar Marloes zegt, „Ik vind dit gezelliger." Diana zegt niets meer.

„We vervelen ons," kondigt Kimberley aan als ze net haar laatste slok cola naar binnen heeft gewerkt. Ze neemt nog een koek van de schaal die Diana op tafel heeft gezet.

„Dat mogen wij nooit zomaar!" protesteert Kelly.

„Wij wel!" Kimberley steekt haar tong uit en neemt een grote hap. Kelly kijkt verontwaardigd naar Diana. Diana kijkt naar Ruud. Ruud doet alsof hij het hele verhaal niet heeft meegekregen en verschuilt zich achter een gesprek met Marnix.

„Hebben jullie geen computer?" informeert Jovancka even later.

„We hebben boven een computer," vertelt Dimitri.

„Heb je er leuke spelletjes opstaan?"

„Autorally."

„Dat wil ik wel eens proberen."

„Je moet het eerst aan mama vragen."

Er volgt een verontwaardigde blik van Jovancka die niet echt gewend lijkt om iets aan haar ouders te vragen. „Wij mogen altijd achter de computer als we dat willen."

„Jullie moeten ook vaak iets voor school maken," probeert Ruud haar woorden wat af te zwakken.

Diana kan nog net een zucht binnenhouden. Ze vindt het niet prettig als vreemde kinderen achter de computer zitten maar op de een of andere manier lijkt ze op deze dag een ontzettend strenge moeder. Bovendien zullen deze kinderen in de toekomst geen vreemde kinderen blijven. Ze zijn nu al geen vreemde kinderen. Ze zijn de dochters van Ruud.

„Ga maar naar boven." Zes kinderen rennen naar boven. Alleen met Ruud blijft ze achter in de kamer. „Zal ik nog maar een kop koffie inschenken?"

Hij leunt gemakkelijk achterover, terwijl zij de lege glazen en de kop en schotels op een blad zet. Als ze terugkomt, ziet ze dat hij een tijdschrift heeft gepakt en dat geïnteresseerd doorbladert. „Kom eens lekker bij me zitten." Hij legt het blad aan de kant. Van boven klinkt het geluid van schuivende stoelen. Lijkt het zo of huilt Marnix werkelijk?

„Bezorgd moedertje," zegt hij vertederd. „Als jouw kinderen de leeftijd van de mijne hebben zul je zien dat je ook een stuk makkelijker geworden bent. Je kunt nu echt merken dat die van mij een stuk ouder zijn."

„Ik denk ook dat ik thuis andere regels hanteer dan Jolanda doet."

„Jolanda is zo makkelijk in de opvoeding." Het klinkt als een compliment. „Ze vindt het belangrijk dat kinderen eigen keuzes maken en ook zelf verantwoordelijk zijn voor de fouten."

„Dat klinkt goed," moet ze toegeven.

„Je kunt je kinderen niet altijd behoeden voor gevaren," steekt hij nu van wal, enthousiast gemaakt door haar woorden die als een compliment hebben geklonken. „Jolanda en ik zijn ons dat ook heel goed bewust geweest en we hebben daar altijd een lijn in getrokken."

„Die stelling kun je wel aanhangen maar dat wil toch niet zeggen dat er in een huis geen regels moeten zijn."

„Natuurlijk moeten er regels zijn. Kinderen moeten weten dat ze op tijd thuis moeten zijn voor het eten. Als ze 's avonds uitgaan wil ik dat ze om twee uur uiterlijk thuis zijn. Jolanda hanteert dezelfde tijd."

„Ik bedoel dat je ze ook kunt verbieden om in de huiskamer te roken."

„Waarom? Als je dat soort dingen doet gaan ze hun geluk elders zoeken."

„Je kunt ze wijzen op de gevaren van het roken. Ik besef wel dat verbieden geen optie is. Dan gaan ze het stiekem doen. Je kunt ze verbieden om in huis te roken. Het zal ze ervan weerhouden heel veel te roken en jij zit niet met een stinkend huis."

„Het is heel ongezellig en als kinderen het thuis ongezellig vinden zoeken ze hun geluk ook ergens anders."

„Gezelligheid hangt toch niet af van een sigaret die wel of niet in huis gerookt mag worden?" vraagt ze zich verbaasd af.

„Ik hoor het al. Je kent mijn kinderen nog maar net en je hebt nu al van alles op ze aan te merken."

„Je bent niet eerlijk. Ik heb niets op ze aan te merken. Ik zou het alleen fijn vinden als ze zich in dit huis aan mijn regels willen houden. Ik vind dat jij daar best iets van kunt zeggen als ze dat niet doen."

„Ze zijn dat van mij helemaal niet gewend."

„Ik ben in deze tijd toch niet meer de enige die het niet prettig vindt als er in huis gerookt wordt," vraagt ze zich vertwijfeld af.

„Vast niet, maar ik heb dat altijd heel overdreven gevonden."

„Waarom is dat overdreven? Het stinkt verschrikkelijk."

„Heb jij vroeger nooit gerookt?"

„Ja, ik heb vroeger wel gerookt maar dat wil toch niet zeggen dat ik er daarom nu niet op tegen mag zijn?"

Hij klemt z'n kaken op elkaar. Boven is het stil geworden. Op de een of andere manier stelt het haar niet gerust maar ze wil niet nog eens voor overbezorgd versleten worden.

„Misschien is het beter dat we zo weer weggaan," merkt hij op.

„Wat ontzettend flauw. Ben je van plan elke keer te vluchten als we het ergens niet over eens zijn? Je denkt toch niet dat ik hier blijf zitten met een enorme salade, die ik gisteren voor acht personen heb gemaakt?"

„Nou ja..." Hij staat op. „We moeten er een andere keer nog maar eens over praten. Een feit is dat we kinderen in heel verschillende leeftijdscategorieën hebben en dat het onmogelijk is om pubers net zo te behandelen als een stel schoolkinderen."

Ze wil erop reageren maar bedenkt zich dan.

„We moeten er binnenkort eens met z'n tweeën tussenuit," stelt Ruud even later voor. „In een weekend dat ik de kinderen niet heb. Willen je ouders of schoonouders een keer oppassen, denk je? We kunnen een weekend naar zee gaan of naar België of Duitsland. Als we een paar dagen extra nemen kunnen we zelfs naar Londen of Parijs. Wat denk je ervan?"

„Ik vind het moeilijk om ze ook nog het weekend bij m'n ouders of schoonouders onder te brengen. In de week zitten ze daar ook al zo vaak."

„Voor een keer moet dat toch kunnen. We zien elkaar alleen in het bijzijn van de kinderen. Nu vind ik dat je heerlijke kinderen hebt maar het is heel anders als je er een keer met z'n tweeën tussenuit knijpt."

„Aan mijn schoonouders durf ik het eigenlijk niet te vragen. Ze hebben het er al moeilijk genoeg mee dat jij in mijn leven bent gekomen."

„Je wilt het gewoon niet."

„Dat is niet eerlijk. Jij weet niet wat het is om alleen verantwoordelijk te zijn voor je kinderen. Jij hebt jouw kinderen een keer in de twee weken een weekend. Jij kunt overleggen met Jolanda als er iets is. Jullie kunnen op elkaar terugvallen maar op wie moet ik terugvallen?"

„Ik ben er toch?"

Ze kijkt naar hem, ze hapt naar adem, wil iets zeggen en zwijgt opnieuw. „Ja," zegt ze dan zacht. „Jij bent er nu." Hij slaat z'n armen om haar heen en houdt haar stevig vast.

„Je mag met mij alles overleggen," hoort ze hem zeggen en ze weet dat hij het goed bedoelt maar dat het toch anders is.

8

Hoewel de temperaturen al enigszins naar voorjaar neigen, laat de hemel grijze wolken zien die met enige tussenpozen hun inhoud laten vallen. Vanmorgen heeft Diana de kinderen eerst naar school gebracht. Marnix wordt over een maand vier jaar en mag vast een morgen proefdraaien. Een rustige woensdagmorgen ligt voor haar. Ze was van plan ervan te profiteren en eens flink in huis aan de gang te gaan.

Bij die plannen is het gebleven. Misschien ligt het aan het weer of is het toch een zeker gemis van Marnix'opgewekte aanwezigheid om haar heen, maar ze voelt zich moe, neerslachtig en lusteloos. Tegen elven besluit ze Berry te bellen. Ze weet dat hij op woensdagmorgen vrij heeft, terwijl hij op woensdagmiddag juist veel leerlingen krijgt.

„Ik wilde weten of je thuis bent," zegt ze als ze zijn stem hoort. „Vanmorgen wil me niets uit handen komen, het is net of alles op me af komt. Ik wil er heel graag even uit en ik vroeg me af of je even tijd voor me hebt."

„Graag." Zijn stem is warm en donker. Veel zwaarder dan de stem van Ruud, veel vertrouwder eigenlijk. „Ik had een half uurtje geleden mijn schoonmoeder aan de telefoon. Dan snak je naar wat afleiding."

Ze moet er om lachen maar het houdt haar bezig als ze naar zijn huis rijdt. Laatst heeft ook zij Clara Zwiep gesproken. Van spreken was eigenlijk geen sprake geweest. Ze had een hele litanie aan klachten over Berry aan moeten horen, variërend van het feit dat Berry zijn kinderen zo weinig uit handen geeft tot een klaagzang over zijn invloed op Christine in hun huwelijk. „Vroeger was ze heel anders."

Waarom ze daar niet tegenin was gegaan wist ze eigenlijk zelf niet. Waarschijnlijk om dezelfde reden als waarom Berry en Christine altijd gezwegen hadden. Clara wenste geen tegenspraak en liet dat zo nadrukkelijk blijken dat vrijwel niemand er tegenin durfde te gaan. Christine had geprobeerd zich te ontworstelen aan haar invloed maar heel vaak had ze verzucht dat dit bijna onmogelijk was.

Een felle bui bezorgt haar ruitenwissers handenvol werk. Ze past haar snelheid aan, probeert plassen te ontwijken.

Als ze de auto voor het huis parkeert ziet ze Berry niet in de kamer. Ze loopt om het huis heen, opent de schuttingdeur en loopt over het tuinpad naar de achterdeur. In de deuropening staat hij al te wachten. „Wat fijn dat je er bent. Je hoeft me nooit meer te vragen of ik wel tijd voor je heb. Voor jou maak ik tijd. Er is niemand met wie ik mijn gedachten zo goed kan delen als juist met jou."

„Ik wist niet of je druk was met belangrijke bezigheden," merkt ze wat aarzelend op.

„Niets is belangrijker dan een gesprek met jou," beweert hij stellig en doet een stap aan de kant. „Kom er gauw in, het is hondenweer. Aangezien ik de hele dag koffie drink, staat er ook nu weer genoeg klaar. Zal ik jou ook maar een kop inschenken?"

De grote keukentafel ligt vol papieren. Hij schuift ze aan de kant en zet koffie voor haar neer. „Vanmorgen heb ik de administratie eens uitgezocht," meldt hij met een knik naar de papieren. „Christine deed die klussen allemaal en ik zal nu toch moeten weten hoe het in elkaar zit. Het is dom van me dat ik het niet eerder heb gedaan. Ze heeft me meer dan eens gevraagd om eens te kijken hoe dat ging. Tenslotte zou ze ook kunnen overlijden, zei ze dan en daar had ze gelijk in. In dat geval had ik het ook allemaal moeten uitzoeken."

Hij gaat bij haar aan tafel zitten. „Nu schieten me dat soort uitspraken van Christine steeds weer in gedachten en ik zie ze nu in het licht van haar verdwijning. Ze wilde me voorbereiden zodat ik in dat opzicht niet met de handen in het haar zou zitten. Aangezien ik er maar steeds geen tijd voor vrij wist te maken heeft ze het anders aangepakt." Hij trekt een paar papieren uit de stapel. „Kijk, hier staan pincodes en toegangscodes voor de computer op vermeld. Alle gegevens zitten keurig in de mappen waarbij vermeld staat waarvoor ik ze moet gebruiken. Het geeft een heel wrang gevoel te weten dat ze er echt al een hele tijd mee bezig is geweest en dat ik dat gewoon niet heb gezien."

„Ik ken dat gevoel ook. Ze was mijn beste vriendin maar

ik krijg steeds meer het idee dat ik haar niet werkelijk heb gekend."

„Christine was een uitstekende toneelspeelster."

„Ik zou haar zo graag nog een keer willen vragen waarom ze het nu juist zo heeft gedaan."

„Christine was geen vechter. Ze kon heel slecht de confrontatie aan. Ik vermoed dat ze is weggelopen voor de beslissing om te scheiden. Als ik er nu over nadenk zijn dan weet ik dat ze in ons huwelijk al langere tijd eenzaam is geweest."

„Ik kan het met niet voorstellen," reageert ze ineens heftig. „Hoe kan ze nou eenzaam zijn met een man als jij? Je was er toch altijd als ze je haar nodig had, je hebt haar op handen gedragen. Hoe kon ze eenzaam zijn? Ik was eenzaam, met een man die altijd met zijn werk bezig was. Hij leek voor de buitenwereld de ideale echtgenoot maar ik heb me vaak eenzaam gevoeld." Ze schrikt zelf van haar woorden, probeert ze te verzachten. „Ieder mens zal zich wel eens eenzaam voelen binnen het huwelijk. Er blijven altijd dingen die je niet kunt delen."

„Christine zal zich waarschijnlijk altijd eenzaam voelen, haar hele leven op zoek blijven. Ze is als een heel eenzaam kind opgegroeid, dat weet jij misschien nog wel beter dan ik."

„In die tijd speelde ze al toneel. Op school had niemand een idee in wat voor een verstikkende sfeer ze thuis opgroeide. Niemand merkte hoe onzeker ze vaak was."

„Behalve als je dichterbij haar kwam," weet hij.

„Weinig mensen kregen daar gelegenheid voor."

„Ja..." Hij wrijft met zijn hand langs zijn stoppelige kin. „Van de week heb ik allerlei vakantieparken gebeld. Ik heb me voorgesteld waar ze naartoe zou kunnen gaan. Ik weet dat ze erg genoot van de vakanties die we de laatste jaren met de kinderen in die parken doorbrachten."

„Ik geloof niet..." begint ze maar hij heft z'n hand op. „Nee, ik geloofde het ook niet maar ik wist niet waar ik het dan wel moest zoeken. Ik heb me afgevraagd of ik een advertentie in de krant moest zetten. Er zijn ook mogelijkheden op Internet, ik kan zelfs nog een oproep in een televisieprogramma doen. Op de een of andere manier vind ik dat nog te ver gaan. Misschien komt dat later. Ik weet wel dat ik iets moet doen om haar te vinden. Die vakantieparken leverden niets op. Het klinkt misschien raar maar, ondanks dat, gaf dat bellen me toch een goed gevoel. Al die tijd heb ik werkeloos afgewacht, nu kon ik iets doen. Ik wil dat ze weet dat ik mijn best voor haar heb gedaan, zodat ze zal begrijpen dat ik haar nog steeds de moeite waard vind."

„Ik begrijp niet dat er nog steeds geen bankafschrift is binnengekomen."

„Ze heeft niets opgenomen."

„Hoelang houdt ze dat vol?"

„Het enige afschrift dat ik heb laat een groot bedrag zien dat ze heeft opgenomen kort voordat ze vertrok. Ik heb het idee dat het niet zo heel lang meer zal duren voordat ze door dat bedrag heen is. Momenteel is dat mijn enige hoop. Ik wil nog even wachten. Als er dan nog niets is gebeurd ga ik een advertentie in een paar landelijke kranten zetten, waar ze niet omheen zal kunnen."

„Weet je wel wat dat kost?" schrikt ze.

„Veel geld," weet hij. „Ik heb ook andere mogelijkheden overwogen. Mijn schoonvader heeft het over een privédetective gehad en me aangeboden daarbij financieel te steunen. Het probleem is dat ik niet wil dat hij daarin ook iets bijdraagt. Ik wil het alleen doen en daarom zal er eerst zo'n advertentie komen. Weliswaar kostbaar, maar nog niet zo kostbaar als een detective. Als dat niets oplevert, zal ik kijken of ik alsnog de hulp van zo'n man moet inroepen. Ik hoop eigenlijk niet dat het zover zal moeten komen."

„Je verwacht nog altijd dat ze binnenkort terug zal komen," begrijpt ze.

„Dat hoop ik van harte."

Hij staat op, schenkt nog eens koffie in. „Nu hebben we genoeg over Christine gepraat. Hoe is het met jou?"

Ze antwoordt werktuigelijk dat het haar goed gaat.

„Je hebt inmiddels kennisgemaakt met de kinderen van Ruud?" Ondanks zijn eigen problemen is hij het nog niet vergeten. „Je bent niet echt enthousiast," begrijpt hij.

„Elk gezin heeft zijn eigen regels en dat botst als je gezinnen wilt samenvoegen."

„Volgens mij zijn de dochters van Ruud ook wat ouder dan jouw kinderen."

„De jongste is twaalf, de tweeling is vijftien en dat het pubers zijn kun je goed merken."

„Die moeten dan ook weer wat anders aangepakt worden dan schoolkinderen."

„Ruud zei dat ook."

„Was je het daar niet mee eens?"

„Jawel, maar ik vind dat hij zo weinig regels heeft en bovendien vind ik dat ook pubers zich best aan de regels van een ander mogen houden. Ik vind het niet prettig als er in mijn huis gerookt wordt maar daar trekken ze zich niets van aan. Als ik daarover tegen Ruud klaag, krijg ik het gevoel dat ik erg overdreven reageer."

„Als het om roken gaat is het zeker niet overdreven. Het is behoorlijk smerig om de volgende dag in een kamer te komen waar gerookt is, als je dat niet gewend bent."

„Het ergste vond ik dat later bleek dat ze zelfs op de kamer van Dimitri hadden zitten roken."

„En hoe reageerde Ruud toen?"

„Hij werd eindelijk boos. Hij wees hen op hun onverantwoordelijke gedrag. Later heeft hij z'n excuus aangeboden."

„Hij?"

„Ja, hij. Hij was verantwoordelijk voor het gedrag van zijn kinderen, zei hij."

„Een meisje van vijftien lijkt me toch ook groot genoeg om zelf verantwoordelijkheid te dragen."

„Het ligt nogal gevoelig. Ik heb gemerkt dat hij snel denkt dat ik zijn kinderen afwijs. Hij ziet het verschil niet tussen het afwijzen van de dingen die ze doen en het afwijzen van de kinderen zelf. Ik verwachtte ook dat de meiden zelf hun excuus zouden aanbieden. Ruud zei dat ze tegen hem hadden gezegd dat ze er spijt van hadden en hij vond dat voldoende."

„En jij?"

„Je kent het antwoord al. Je weet dat ik dat niet voldoende vind. Als het om mijn kinderen ging had ik erop gestaan dat ze zelf hun verontschuldigingen zouden aanbieden. Ook als ze jong zijn kun je ze dat soort dingen aanleren. Christine dacht er net zo over. Dat was het prettige van de vriendschap met Christine. We dachten over zoveel dingen hetzelfde."

Het blijft heel stil na haar woorden. Berry pakt zijn kopje van tafel, ontdekt dat het leeg is en zet het weer terug. „Je praat in de verleden tijd," zegt hij nadenkend. „Alsof ze niet meer leeft."

„Misschien maakt het niet zoveel verschil." Diana staat op. Ze bijt op haar lip. „Het spijt me," zegt ze zacht.

„Het hoeft je niet te spijten." Hij staat ook op. Heel even legt hij zijn hand op haar schouder. „Het vreselijke is dat ik me er zelf op betrapt heb dat ik ook al niet meer in de tegenwoordige tijd over Christine praat. Ze maakt geen onderdeel uit van mijn huidige leven, dat zal er mee te maken hebben. Alles wat Christine aangaat is verleden tijd geworden." Zijn vinger volgt een nerf op het tafelblad. „Christine is verleden tijd," zegt hij. Het is een zin die in haar hoofd blijft gonzen, nog lang nadat ze bij hem is weggegaan.

In de week erna wordt de zachte lucht verdreven door kilte uit het oosten. 's Nachts vriest het matig tot streng, overdag weet het kwik maar net boven het vriespunt te komen. In de tuin is een wit bed van sneeuwklokjes verschenen, de groene punten van de narcissen steken aarzelend boven de harde grond uit. Ondanks de kou zijn de eerste tekenen van de lente zichtbaar. Diana heeft de kinderen uit school gehaald. Kelly heeft een vriendin meegenomen, Dimitri krijgt een vriendje te spelen. Woensdagmiddag is kinderdag. Op die middag mag iedereen meenemen wie hij mee wil nemen. Meestal worden er plannen gemaakt om iets leuks te gaan doen maar af en toe wordt ook een rustige middag ingelast. Die middag wordt dan ingevuld met lezen, voorlezen, knutselen of video kijken. Tussen de middag wordt er iets bijzonders gegeten, wat varieert tussen pannenkoeken, patat of pizza die de kinderen zelf met allerlei heerlijkheden mogen beleggen.

Vaak haalt ze de kinderen met de auto op, deze keer heeft ze ervoor gekozen om te lopen. Dimitri en Kelly lopen met Guus en Linsey vooruit. Marnix houdt haar hand vast. Hij ziet van alles waar hij haar even op moet wijzen. Uitgebreid heeft hij bij de school gezwaaid naar de onderwijzeres bij wie hij over een paar weken in de klas zal zitten. Nu wijst hij haar op een merel in het gras, vertelt haar welke automerken er zoal passeren en deelt haar mee dat hij later ook op voetbal wil. Geen moment staat zijn mond stil. Zij antwoordt af en toe zonder werkelijk te horen wat hij zegt. Voor hen loopt Kelly alweer te bekvechten met Dimitri. Linsey bemoeit zich ermee, wat uiteindelijk in een ware splitsing resulteert. De jongens lopen vooraan, de meisjes een eind erachter.

„Ik rook!" zegt Marnix trots. Zijn adem vormt wolkjes in de kou. „Net als Kimmely."

„Roken is vies," verzucht ze hartgrondig.

„Kleine kinderen vinden roken vies. Grote kinderen niet," weet Marnix te vertellen en ze weet zeker dat de tweeling hem dat wijs heeft gemaakt.

„Roken is altijd vies," houdt ze hem voor. „Het maakt niet uit of je groot of klein bent. Je kunt er ziek van worden."

Het onderwerp heeft de aandacht van Marnix niet langer. „Marloes is daar," wijst hij.

Het dringt niet direct tot haar door.

„Marloes? Welke Marloes?"

„Gewoon Marloes..."

„Dat kan niet."

„Welles!"

Ze kijkt en ziet het dan ook. Vlakbij hun huis staat een meisje tegen een boom geleund.

„Wat moet die hier nou?" vraagt ze zich hardop af.

„Spelen," denkt Marnix te weten. Hij zet het vast op een rennen.

Kelly en Dimitri hebben haar nu ook gezien. „Hé Marloes!" Enthousiast wordt ze begroet.

Langzaam komt Diana dichterbij, een stuk minder enthousiast dan haar kinderen, op haar hoede, straks is de tweeling er ook nog.

„Je vindt het toch niet erg?" wil Marloes weten als ze voor haar staat.

„Wat? Dat je hier bent?"

„Ja, dat ik zomaar gekomen ben."

„Ik vind het niet erg maar ik vraag me af wat je had gedaan als ik vandaag besloten had om de kinderen direct uit school ergens mee naartoe te nemen."

Marloes haalt haar schouders op.

„Hoe ben je hier gekomen?" wil Diana dan weten.

„Met de auto."

„Heeft je moeder je gebracht?"

Marloes schudt haar hoofd.

„Je vader dan?"

Opnieuw wordt er driftig geschud.

„Met welke auto ben je dan gekomen?"

„Gewoon, ik heb gelift."

„Marloes, je bent twaalf!"

„Ik zie er veel ouder uit."

„Weet je moeder dat je hier bent?"

„Mijn moeder is aan het werk."

Diana zucht, ze haalt haar sleutels tevoorschijn en opent de deur.

„Je bent boos," concludeert Marloes.

„Nee, ik ben niet boos. Ik vraag me af hoelang je erover hebt gedaan om hier te komen. Had je vanmorgen vrij van school?"

Marloes haalt haar schouders op.

„Je hebt zelf vrij genomen," concludeert Diana. „Doe je dat vaker?"

„Ik had vandaag geen belangrijke lessen," verdedigt Marloes zich.

„Lieve kind, je zit in de brugklas. Je moet nog zeker een jaar of vier op die school zitten. Als je nu al begint met spijbelen, hoe denk je dan ooit je opleiding af te maken?"

„Ik wilde vandaag naar jou. Mama moet de hele dag werken en Kimberley en Jovancka zijn altijd samen."

„Je had toch ook naar een vriendin kunnen gaan?"

„Ik heb niet echt een vriendin. Als ik eens iemand mee naar huis neem dan stellen Kimberley en Jovancka zich zo aan dat ze nooit weer komt. Hier vind ik het veel fijner."

„Ik begrijp het best, maar een volgende keer moet je dat toch anders regelen." Diana glimlacht. Marloes ziet er plotseling zo kwetsbaar uit onder de dikke laag make-up en de modieuze kleren.

„Blijf je?" wil Kelly weten.

„Natuurlijk blijft ze," antwoordt Diana in de plaats van Marloes. „Ik kan wel een beetje extra hulp gebruiken bij het bakken van de pizza's."

Ze glimlacht naar Marloes. „Je lust toch zeker wel pizza?"

„Ik ben dol op pizza."

„Waar wachten we dan nog op?"

Op het aanrecht in de keuken stalt ze de ingrediënten uit die verdeeld moeten worden over de verschillende bodems. Marloes is eerst nog wat stilletjes maar na verloop van tijd begint ze toch te vertellen. Over school, over thuis, over de tweeling die onafscheidelijk blijkt te zijn en een eigen taal heeft ontwikkeld. Een taal die zij niet verstaat en haar steeds vaker tot buitenstaander maakt. Haar onbevangen verhalen schetsen een beeld van een jong meisje dat zich vaak verloren voelt maar nu geniet van het gevoel erbij te horen. Terwijl ze de bodems met tomaat en salami bedekt ziet ze ook nog kans om Marnix te bemoederen alsof ze zijn grote zus is. Wil Marnix daar bij Kelly nooit iets van weten, in het geval van Marloes maakt hij een uitzondering. Hij laat zich haar goede zorgen rustig aanleunen. Als ze even later samen aan tafel zitten te eten verwondert Diana zich over de harmonie aan tafel. Het is alsof Marloes al heel lang deel uitmaakt van hun gezin.

„Ik zit middenin een vergadering," hoort ze de stem van Ruud wrevelig in haar oor zeggen. Ze heeft gewacht met bellen tot na het eten.

„Ik vind dat je moet weten dat Marloes bij mij is, zodat je

Jolanda daarover kunt bellen," negeert ze zijn ergernis. „Ze zal ongerust zijn als ze uit haar werk komt en Marloes niet thuis treft."

„Jolanda is niet zo snel ongerust." Hij kucht en dempt z'n stem. „Het spijt me, Diana. Dit is werkelijk een belangrijke vergadering. Misschien kun je Jolanda zelf bellen? Marloes heeft haar telefoonnummer wel."

„Ik bel Jolanda niet."

„Dan zul je nog even geduld moeten hebben. Ik bel je straks terug, oké?"

Hij wacht niet op antwoord. Met een frons drukt ze de telefoon uit. Hoe had hij dat in het begin van hun relatie ook weer gezegd? Hij wilde er helemaal voor zijn kinderen zijn op de dagen dat ze bij hem waren. Het schijnt dat er daarbuiten ook werkelijk geen ruimte voor ze is.

„Was dat mijn vader?" wil Marloes weten. Ze vraagt zich af hoelang het kind daar gestaan heeft. Ze knikt.

„Hij had zeker geen tijd om me te halen?"

„Hij zat in vergadering," geeft ze wat onwillig toe.

„Als hij niet in vergadering zit heeft hij ook geen tijd." Het klinkt niet bitter, eerder berustend.

„Nou ja, zijn werk is natuurlijk belangrijk voor hem. Zo'n eigen zaak is een hele verantwoording."

„Kinderen toch ook?"

Ze is veel te wijs voor een meisje van twaalf, realiseert Diana zich met een schok.

„Je hebt gelijk."

„Jij hebt niet eens een man en toch doe je allerlei leuke dingen. Hoe kan dat?" wil Marloes dan weten.

„Ik vind het zelf leuk," erkent ze. „Mijn moeder deed vroeger ook altijd leuke dingen. Ik heb heel veel geknutseld en gebakken. Omdat ik dat zelf leuk vond wil ik dat mijn kinderen dat ook doen."

„Geluksvogels."

Ze weet niet wat ze moet zeggen. Ze kent Jolanda alleen uit verhalen en van daaruit heeft ze zich een beeld gevormd maar het is haar niet duidelijk of dat beeld klopt. Ze wil Ruud ook niet afvallen. Hij wil het beste voor zijn kinderen.

Dat hij met het beste heel andere dingen bedoelt dan zij is niet iets wat ze hem kwalijk kan nemen. Ze zijn twee verschillende mensen, met verschillende achtergronden en van daaruit ook verschillende ideeën over opvoeding van kinderen.

„Ik ben ook niet altijd leuk hoor," probeert ze een beetje onhandig.

„Nee, Kimberley en Jovancka vinden je ook niet leuk. Ze vinden het stom dat je hier niets mag."

„Niets?" Diana trekt haar wenkbrauwen op.

„Nou ja, niet zomaar een koek pakken en niet roken in de kamer. Zelfs papa werd kwaad toen ze boven gerookt hadden. Hij wordt daar anders nooit boos over."

Ze weet niet wat ze moet zeggen maar Marloes schijnt geen reactie van haar te verwachten. Rustig gaat ze door. „Ik heb gezegd dat ik het niet stom vind. Ik vind het fijn hier. Ik zou Marnix best als broertje willen hebben. Toen ik klein was wilde ik graag een broertje of zusje hebben. De tweeling was altijd samen. Ik voelde me best alleen."

„Dat krijg je natuurlijk met tweelingen," bedenkt Diana. „Ze zijn even oud, vinden dezelfde dingen leuk."

„Mama zegt dat ik jaloers ben."

„Ik zou ook jaloers zijn." Ze kijkt naar het smalle gezicht tegenover haar dat haar nu verwachtingsvol aankijkt. „Zou jij ook jaloers zijn?" klinkt het ongelovig.

„Natuurlijk. Het is toch fijn om iemand te hebben met wie je altijd samen bent."

„Malloes!" Het stemmetje van Marnix verstoort hun gesprek.

„Ik geloof dat Marnix ook wel blij is met jou," zegt Diana.

„Hij zegt Malloes..." Marloes gniffelt en verdwijnt dan vrolijk naar de slaapkamer van Marnix.

Een halfuur later belt Ruud. „Het spijt me dat ik je niet te woord kon staan. Die vergadering was echt erg belangrijk. Ik kon niet zomaar even weg."

„Dat begrijp ik," zegt ze. „Ik wilde je ook niet lastigvallen maar ik vond het wel belangrijk dat je wist waar Marloes uithing."

„Ze is nog steeds bij jou?"

„Ze speelt boven met Marnix."

„Hoe komt ze op het idee? Heeft ze Jolanda al gebeld?"

„Ze zei dat Jolanda op haar werk was."

„Dat klopt wel maar ik vind dat ze het toch even moet weten."

„Ik heb jou gebeld om je te vragen of jij Jolanda zou willen bellen."

„Ik zal zien of ik haar kan bereiken. Waar is de tweeling dan?"

„Vraag het mij niet, Ruud. Marloes stond hier vanmiddag onverwacht voor de deur toen ik de kinderen uit school had gehaald. Ik geloofde m'n ogen niet."

„Hoe komt het kind op dat idee."

„Ik denk dat ze graag een keer hier wilde zijn zonder de tweeling."

„Waarom zou ze dat in vredesnaam willen?"

„De tweeling is nogal op elkaar gericht en daarbij ook tamelijk aanwezig. Ik denk dat ze het gevoel heeft vaak in de schaduw van die twee te staan."

„Ze begint ook al te puberen."

„Ik weet niet of je dit als puberen kunt aanduiden."

„Het is toch zeker een vorm van aandacht trekken."

„De vraag is dan waarom ze aandacht wil trekken."

„De vraag is ook hoe dat nest weer terug naar huis denkt te gaan."

„Ik ben ervan uitgegaan dat jij haar wel zou willen ophalen."

„Ik zou graag willen maar momenteel zit ik met een opdracht die ik vanavond af moet maken. Ik zie werkelijk geen kans om eerst nog zestig kilometer naar jou te rijden en ook nog weer terug te gaan. Zie jij geen mogelijkheid om haar naar Jolanda te brengen?"

„Ik heb drie kinderen, een vriendje en een vriendinnetje in huis. Die laatste twee worden tegen etenstijd opgehaald. Marnix gaat kort na het eten naar bed. Morgenochtend moet hij weer vroeg uit z'n bed omdat ik moet werken. Ik ga bovendien geen honderdtwintig kilometer rijden met drie kinderen in de auto."

„Ik zal Jolanda vragen."

„Ruud, ik voel geen behoefte om kennis te maken met Jolanda."

„Hoe wil je dan dat ik het regel?"

Ze zwijgt.

„Kan ze bij jou blijven slapen dan?"

„Morgenochtend moet ze weer gewoon op school zitten."

„Hoe is ze eigenlijk gekomen?" informeert hij.

„Ik dacht werkelijk dat je het nooit zou vragen. Ze is vanmorgen liftend gekomen."

„Liftend?"

„Wil je dat ze ook weer liftend teruggaat?"

„Ik begrijp niet dat ik Jolanda niet gewoon kan vragen."

„Zijn de kinderen alleen eens in de twee weken een weekend van jou en vallen ze voor de rest onder Jolanda's verantwoordelijkheid?" informeert ze scherp.

„Jij je zin... tegen vijf uur kan ik me wel even vrijmaken."

„Niet even, Ruud. Rijdt voorzichtig. Wil je bij mij eten?"

„Dat is dan een geluk bij een ongeluk." Ze hoort hem nu lachen. „Het spijt me dat mijn dochter je lastig heeft gevallen."

„Zo zie ik dat niet. Marloes is een schat van een kind. Ze mag best vaker komen, maar dan graag op een wat veiliger manier."

„Afgesproken." Opnieuw klinkt zijn lach in haar oor. „Je bent een goede moeder, weet je dat? Volgens mij heb jij meer verantwoordelijkheidsgevoel voor die kinderen in je pink dan ik in mijn hele lichaam."

Pas veel later vraagt ze zich af of ze dat als een compliment moet opnemen.

9

„Is het erg raar dat ik er niets voor voel om Jolanda te ontmoeten, op wat voor wijze dan ook?" Diana leunt met haar ellebogen op de keukentafel en kijkt Berry afwachtend aan. Hij is na het eten zomaar even aan komen lopen. Zijn schoonouders zijn er en hebben aangeboden een poosje op de kinderen te passen, zodat hij even zijn gang kan gaan. Het is het eerste warme gebaar in zijn richting sinds lange tijd en hij heeft het dankbaar geaccepteerd. Bovendien heeft hij nieuws. Hij houdt het nog even voor zich, nu Diana haar problemen aan hem voorlegt. Hij is op het juiste moment gekomen. Ruud is even eerder met Marloes vertrokken, Marnix ligt al in bed, Dimitri zit nog in zijn pyjama voor de televisie te kijken, Kelly leest een boek op haar slaapkamer. Ze heeft Berry naar de keuken geloodst.

Hij haalt z'n schouders op. „Als je verliefd wordt op een man hoeft dat niet te betekenen dat je z'n ex-vrouw erbij moet nemen."

„Ik voel me vaak zo zwaar op de hand, zo lastig, ouderwets en degelijk."

„Zo heb ik je nog nooit bekeken," bekent Berry geamuseerd. „Waar ontleen je dat gevoel aan?"

„In het gezin van Ruud lijkt het allemaal veel makkelijker te gaan. Die Jolanda lijkt ook nergens moeite mee te hebben."

„Toch is ze waarschijnlijk niet de ideale vrouw geweest, anders was hij er niet van gescheiden."

Berry kan zo heerlijk relativeren. Ze kijkt naar hem terwijl hij ontspannen achterover op de stoel lijkt te leunen. Er zijn meer lijnen in zijn smalle gezicht verschenen, meer grijze haren in zijn donkere kapsel dat bijna tot op zijn schouders hangt. Hij draagt een vaal jeansjasje op een versleten spijkerbroek. Zijn gestreepte poloshirt staat open en toont iets van zijn zwarte borsthaar. Met een paar muzikale vrienden geeft Berry af en toe een concert. Ze was door Christine eens uitgenodigd om met haar mee te gaan naar zo'n optreden. In zijn keurige smoking had hij een heel andere man geleken dan de nonchalante flierefluiter die hij in het dagelijks leven leek te zijn. Die dagelijkse nonchalance zette mensen vaak op het verkeerde been. Berry was een serieuze persoonlijkheid die weinig om uiterlijkheden gaf. Een heel andere man dan haar Erik-Jan was geweest. In zijn werk bij een bankinstelling droeg Erik-Jan meestal keurige kostuums, daarbuiten koos hij voor modieuze vrijetijdskleding van een bekend merk. Hij werkte hard aan zijn conditie door regelmatig te sporten, nooit te roken en zelden te drinken. Voor Erik-Jan was het belangrijk geweest om carrière te maken met alle daarbij behorende uiterlijkheden, zoals een fraai huis, een snelle auto en een mooie vrouw. Erik-Jan nam geen risico's. Hij was op alles voorbereid, hij had zich voor alles verzekerd waar een mens zich maar voor kon verzekeren. Hij spaarde voor zijn kinderen zodat ze verder zouden kunnen studeren, hij spaarde voor een goed pensioen, hij had een prima levensverzekering. Wat had het hem gebracht?

Zijn begrafenis was indrukwekkend geweest. De kerk was afgeladen vol, er hadden heel veel mensen achter de kist gelopen. Na de begrafenis had ze niet hoeven beknibbelen op de koffie met broodjes. Zelfs een kop soep had er nog afgekund en dat alles in een gerenommeerd restaurant. Zij was niet onbemiddeld achtergebleven. Nooit hadden ze samen gesproken over de dood, maar Erik-Jan had alles goed geregeld zoals het een man betaamde die in het bankwezen werkte. Na zijn dood had ze zich afgevraagd hoe goed ze hem had gekend. Hij werkte hard, hij ging naar de sportclub, het laatste halfjaar was hij jeugdouderling geweest. Als hij thuis was nam hij de zorg voor de kinderen graag van haar over. Als hij thuis was...

Zij had haar eigen leven met haar werk en de kinderen. Was er een kind ziek dan lag de verantwoordelijkheid bij haar. Zij belde naar haar werk om uit te leggen dat ze verhinderd was te komen. Zij probeerde de uren op andere dagen in te halen, zij leverde verlofdagen in als dat niet mogelijk was. Heel vanzelfsprekend had ze dat gevonden en toch was ze in stilte wel eens jaloers geweest op Christine. Berry nam in haar ogen veel meer verantwoordelijkheid voor de kinderen op zich. Ook in hun huwelijk kwam het leeuwendeel op Christine neer maar Berry ging niet naar de sportclub, hij zat niet in de kerkenraad, hij was niet altijd op pad voor zijn werk. Als een van de kinderen ziek was probeerde Berry zijn lessen wel eens wat te verschuiven. Hij dacht mee. Zij vond dat Christine een gelukkig mens was maar daar was Christine het niet mee-eens geweest.

„Ik wist niet dat mijn opmerking zoveel stof tot nadenken zou geven." Hij neemt haar geamuseerd op.

Een beetje gegeneerd biedt ze aan om koffie te zetten maar hij slaat het aanbod af. „Ik drink de hele dag al koffie. Ik zou eigenlijk wel een glas wijn lusten."

Het is nog vroeg in de avond maar ze doet toch met hem mee. Als ze de glazen op tafel zet, voelt ze zich als een schoolmeisje dat iets doet wat strikt verboden is.

„Kinderen spelen hun ouders tegen elkaar uit," weet hij even later te vertellen. „Die tweeling heeft vast al lang gemerkt dat je wel gevoelig bent voor kritiek. Ze hebben vast ook gemerkt dat ze hun vader daarmee kunnen raken. Bovendien kun je heel makkelijk zeggen dat het bij je moeder allemaal beter is. De kans is groot dat ze het tegen hun moeder net anders beweren."

„Wat weet je dat allemaal goed."

„Ik heb inmiddels ervaring." Hij glimlach "Het is pijnlijk maar waar, mijn kinderen maken zich er ook schuldig aan. Als ik ze iets verbied beweren ze dat ze dat van mama altijd wel mochten. Als ik kook vinden ze dat het bij mama beter smaakte. Dat is onzin, want ik heb altijd wel gekookt en ze hadden nooit commentaar. Vooral Anouk heeft daar een handje van. Ingrid kopieert dat gedrag, maar het komt vooral van mijn oudste dochter."

Hij draait het glas in zijn hand eindeloos rond. „Aan de andere kant is het ook mijn oudste dochter die 's avonds nog eens uit bed komt als ik alleen in de kamer zit. Ze komt me dan een extra knuffel brengen omdat ik zo alleen ben."

„Is het waar dat jij vooral een band hebt met Anouk en dat Ingrid dat meer met Christine had?"

Hij weifelt.

„Ik moet nog vaak aan de brief van Christine denken," gaat Diana verder. „Waarom vraagt ze jou daar zo nadrukkelijk in om net zoveel van Ingrid te houden als van Anouk? Het is toch nooit een probleem geweest? Ik heb nooit gemerkt dat je de een voortrok boven de ander. Soms had ik het idee dat Christine zelf Ingrid meer voortrok boven Anouk."

„Over een brief gesproken." Het wordt tijd om haar af te leiden. Bovendien kan hij het niet langer voor zich houden. Hij gaat rechtop zitten, drinkt een slok en ademt diep in. „Deze week heb ik eindelijk een bankafschrift van Christine ontvangen. Ik had het aardig goed ingeschat. Opnieuw heeft ze een groot bedrag opgenomen waar ze zeker een maand van zal kunnen leven. Ze heeft bij een automaat op de Veluwe gepind."

„De Veluwe? Dan zat ze hier helemaal niet zover vandaan."

„Ik weet ook niet wat ze daar wil vinden," erkent hij. „Zelf was ik nooit op het idee gekomen om op De Veluwe te gaan zoeken."

„Wanneer ga je erheen?"

Hij aarzelt nog. „Ik zou dit weekend kunnen gaan. Het risico zit erin dat ze elders heeft gepind om mij op een fout spoor te zetten."

„Als je niet gaat weet je zeker dat je haar niet vindt. Ik weet dat je nog steeds van haar houdt. Doe wat je denkt dat je moet doen."

Haar stem klinkt dringend. Ze kijkt naar hem, zoals hij daar zit, spelend met zijn glas wijn. „Is er nog iets dat ik niet weet?" grijpt ze dan weer terug op het onderwerp waar hij haar vanaf heeft geleid en ze ziet hoe hij opschrikt. „Nee, natuurlijk niet. Ik ga er dit weekend naartoe."

„Ik bedoel wat Anouk en Ingrid betreft," houdt ze aan. „Daar hadden we het net over."

„Ach Diana, een mens wordt vaak niet gelukkiger als hij alles weet."

„Is er een ander geweest?" houdt ze aan.

„Het was voor mij een heel pijnlijke periode, die ik heb afgesloten. Ik wil die gevoelens nu niet meer oprakelen."

„Er is dus een ander geweest."

„Wat doet dat er nu nog toe?"

„Ingrid is het kind van die andere man." Het is een gok maar als ze naar zijn gezicht kijkt ziet ze dat ze raak heeft geschoten.

Hij zucht. „Wat wil je met die wetenschap?"

„Waarom heeft ze me nooit in vertrouwen genomen?"

„Ik kan me voorstellen dat het niet makkelijk is om aan je beste vriendin te vertellen dat je een ander hebt. Ik ken je een beetje. Je zou haar hebben veroordeeld."

„Nee, ik zou haar niet hebben veroordeeld. Ik zou met haar over de consequenties hebben gepraat. Die man wilde niet met haar verdergaan toen ze zwanger was en vervolgens is ze met hangende pootjes naar jou gekomen?"

„Ze hebben er allebei voor gekozen om niet met elkaar verder te gaan."

„Bestaat de mogelijkheid dat Christine toch weer in contact is gekomen met die man?"

Hij schudt zijn hoofd.

„Hoe weet je dat zo zeker?" wil ze weten.

„Dat weet ik gewoon zeker."

Nadenkend drukt Diana haar vingertoppen tegen elkaar. „Ze heeft geluk gehad dat jij haar niet op straat hebt gezet."

„Ik ben altijd van haar blijven houden."

„Ze heeft een kind van een ander, Berry. Elke keer als je Ingrid ziet zul je daaraan moeten denken, dat kan toch niet anders?"

„Ingrid is mijn kind geworden op het moment dat ik haar in mijn armen hield."

„Ik vind je groots!" verzucht ze. „Absoluut groots."

Hij schudt z'n hoofd. „Als je de liefde hebt kun je vergeven. Als je vergeven kunt, is het mogelijk om los te laten."

„Ik weet niet of ik het zou kunnen. Zelfs nu ze er zomaar vandoor is gegaan ben je van plan haar te gaan zoeken. Voor mij zou de maat vol zijn. Sterker nog, voor mij is de maat vol. Het is net of Christine in de loop van deze tijd een heel ander gezicht heeft gekregen."

„Ik denk niet dat je haar ooit werkelijk hebt gekend."

„Ik heb het idee dat we haar geen van beiden werkelijke hebben gekend. Waarom zet je er geen punt achter?"

„Zonder Christine voel ik me geamputeerd. Ik wil haar spreken. Als zij nu werkelijk zonder me verder wil dan moet ik dat accepteren. Wat ik niet kan accepteren is dat de kinderen zonder moeder verder moeten leven. Dat wil ik haar vertellen. Ik ben dat ook aan de kinderen verplicht."

Hij heeft z'n glas leeg, kijkt op z'n horloge en staat op. „Is het al zo laat? Ik moet zien dat ik naar huis kom. Mijn schoonouders maken zich erg bezorgd over het welzijn van hun kleinkinderen. Ze denken werkelijk dat Christine is vertrokken omdat ik zo'n boeman ben. Als ik hier te lang blijf hangen zullen ze daaruit opmaken dat ik geen goede vader ben."

„Ik kan ze uit de droom helpen."

„Jij?" Hij grijnst breed. „Jij bent de partij waar ik ben blijven hangen, dat maakt geen indruk."

„Kom nog eens. Ik vind het fijn als je zomaar eens komt aanwaaien."

„Dan zal ik mijn schoonouders zeker te vriend moeten houden." Hij lacht en geeft haar een vriendschappelijke kus op haar wang. „Bedankt voor de warme ontvangst. Haal je geen muizenissen in het hoofd."

Ze kijkt hem na als hij met grote stappen het tuinpad afloopt. Hij kijkt niet meer om.

De wind laat de takken van de reusachtige dennen kraken. Boven de bomen hangen donkere wolken die af en toe een vracht regen laten vallen. Het water in de beek is de laatste dagen sterk gestegen. Christine heeft het bos voor zich alleen. Ze heeft een plekje op een stapel omgezaagde stammen bij de beek gezocht en probeert nu een sigaret op te steken. Als die poging uiteindelijk is geslaagd inhaleert ze diep en leunt op haar ellebogen achterover. Haar blik vangt de wolken boven de toppen die door het luchtruim worden voortgejaagd. Bijna twee maanden is ze nu weg. Twee maanden waarin ze had verwacht haar rust te hervinden maar ze heeft zich de afgelopen tijd net zo opgejaagd gevoeld als de wolken in het luchtruim. Erik-Jan had haar eens gezegd dat een mens zichzelf altijd meeneemt, waar hij ook naar toe vlucht. Het waren woorden waarvan de betekenis deze maanden pas goed tot haar was doorgedrongen.

Vrijheid had ze verwacht. Vrijheid door het nemen van afstand. De geur van de bossen, de vochtige grond, het geluid van knappend hout had haar altijd een gevoel van vrijheid gegeven. Nu het bos een dagelijkse werkelijkheid is geworden heeft ze dat gevoel nooit meer ervaren. De last, die ze meende achter zich te kunnen laten, was alleen maar zwaarder geworden. Misschien is het een verkeerd idee geweest om juist voor zo'n klein plaatsje op de Veluwe te kiezen. Iedereen ziet aan haar dat ze vreemd is. Men raadt en vult zelf in.

Waar ze ook komt lijken mensen haar bevreemd maar vooral beschuldigend aan te staren, alsof ze dwars door haar heen kunnen kijken. Alsof ze weten dat ze een moeder is die haar man en kinderen achter heeft gelaten om voor zichzelf te kiezen. Voor zichzelf kiezen, het klinkt zo mooi maar in feite is ze voor zichzelf weggelopen en dan komt ze weer bij die opmerking van Erik-Jan terecht. Hij wist het altijd zo mooi te zeggen.

Ze staat op, klopt haar broek af en drukt haar sigaret uit. Berry zou niet weten wat hij zag als hij haar zou zien roken. Als tiener had ze gerookt, later nooit weer. Berry had nooit gezien dat ze een sigaret opstak. Het was het eerste wat ze had gedaan toen de avonden te lang werden en ze eigenlijk geen idee had wat ze met haar tijd moest doen. Ze had zoveel plannen gehad. Ze had gedroomd over vrijheid, over het einde van al haar verplichtingen, nu bleek een leven zonder verplichtingen haast niet te verdragen. Ze had gemeend wel ergens werk te kunnen vinden maar de wintertijd maakte het vinden van een tijdelijke baan er niet makkelijker op. De lente is inmiddels in aantocht. Misschien kan ze het binnenkort ergens proberen als serveerster of kamermeisje. Ze had plannen gemaakt om ergens over de grens haar geluk te beproeven maar nu ze de sprong in het diepe eenmaal gemaakt had was ze bang kopje onder te gaan als ze nog verder weg trok. Er waren zoveel gedachten geweest. Gedachten waarvoor ze gevlucht was maar die gewoon met haar mee waren gereisd. Geleidelijk was ze tot haar positieven gekomen. In de stilte van dit Veluwse dorp drong het tot haar door dat ze Berry wel een mooie brief had geschreven maar dat het onmogelijk voor hem zou zijn om te gaan scheiden zonder dat zij daarbij betrokken zou worden. Ze moest ergens een advocaat zien te vinden die haar goed zou kunnen voorlichten. Berry zou vast meteen willen scheiden. Daarover was geen twijfel mogelijk. Hij had haar veel vergeven. Dit zou hij haar onmogelijk kunnen vergeven. Een nieuwe stortbui maakt zich uit een wolk los. Ze aarzelt even, trekt dan toch haar schoenen en sokken uit en laat zich huiverend in de ijskoude beek zakken. Het is een dagelijks ritueel geworden, sinds ze hier is neergestreken. De kilte trekt omhoog van haar enkels naar haar knieën. De regen gutst over haar haren die niet langer bedekt zijn door de capuchon. Ze blijft doodstil staan met haar gezicht naar de hemel geheven. De regen striemt op haar voorhoofd. De kou veroorzaakt een lijfelijke pijn. Het is alsof ze zichzelf op die manier straft, of de lichamelijke pijn de geestelijke moet verdrijven. Voorzichtig waadt ze door het water, moet oppassen dat ze niet uitglijdt. Een eind verderop klimt ze weer aan de kant en trekt met onwillige vingers haar sokken en schoenen weer aan. Opnieuw weet ze met veel moeite een sigaret op te steken. Dan loopt ze traag de weg terug, langs het uitgestorven restaurant aan de rand van het bos, over de bosweg, naar het dorp. Daar zitten in een klein restaurant mensen voor het raam. Het ademt warmte en gezelligheid uit. Ze loopt er voorbij tot ze bij het pension komt waar zij een tijdelijk onderkomen heeft gevonden. Vanuit de woonkamer klinkt het harde geluid van de televisie. Mevrouw Janssen is behoorlijk doof. Mededelingen worden over en weer op schreeuwvolume gedaan. Op dit moment komt die hardhorendheid van pas. Zonder dat mevrouw Janssen het in de gaten heeft glipt ze naar boven, ontdoet zich van haar natte kleren en loopt in haar badjas naar de kleine douche. De stralen zijn warm en doen pijn aan haar verkilde ledematen maar toch doortrekt de warmte haar uiteindelijk helemaal. Met de ruwe handdoek droogt ze zich naderhand langdurig af tot haar huid tintelt, dan trekt ze haar flanellen pyjama aan en loopt terug naar haar kamer. De verkalkte waterkoker voorziet haar van heet water, met een kop thee trekt ze zich terug op bed. Op de kleine televisie zoekt ze het journaal maar het nieuws boeit haar niet. De wereld is niet langer haar wereld. Wat er elders gebeurt heeft geen toegang tot haar geest die te vol is met haar eigen beslommeringen. Als haar kopje leeg is, drukt ze de televisie uit en kruipt onder het dekbed met de vale dekbedhoes. Mevrouw Janssen vraagt niet veel voor een nacht logies maar de kamer is dan ook verstoken van alle luxe. Het oude, eiken bed is maat twijfelaar en kraakt bij elke beweging. Alles lijkt zo uit de kringloopwinkel te zijn gehaald en op zijn minst derdehands te zijn. Het behang is ooit wit geweest maar talloze rokers hebben er een donkerbruine laag op achtergelaten. Boven het bed hangt een zeegezicht dat ook allang zijn oorspronkelijke kleuren heeft verloren. De kamer is net zo kleurloos als mevrouw Janssen zelf die graag alles van haar logee wil weten maar zo weinig hoort. Elke morgen voorziet ze Christine in de kleine voorkamer van een eenvoudig ontbijt, bestaande uit twee plakken bruin brood, een krentenbol, een plak kaas en een kuipje jam. Op zondagmorgen is er een ei. Voor deze gelegenheid brengt mevrouw Janssen dat ei speciaal op een roestvrijstalen schaaltje waarop het als een kostbaar kleinood in een roestvrijstalen eierdop staat. De zelfgehaakte eierwarmer stelt een haas voor en is waarschijnlijk ooit voor de Pasen gefabriceerd. Naast de eierdop ligt een rood, plastic eierlepeltje en daarnaast staat een glazen zoutvaatje. Het lijkt elke zondagmorgen met een haast pijnlijke precisie te worden neergelegd. Op de dag des Heren draagt mevrouw Janssen haar peper- en zoutkleurige haren opgestoken. Ze verwisselt de oude jurk met daarop een verwassen keukenschort voor een keurig donkerbruin mantelpakje. Tegen half tien verlaat ze het huis om naar de kerk te wandelen. Uit de kerk wordt het mantelpakje verruild voor haar dagelijkse, vale bloemetjesjurk met korte mouwen. Daarover wordt dan weer de bevlekte schort gedragen. Op maandagmorgen hangen de haren van mevrouw Janssen weer los rond haar bleke gezicht met de pafferige wangen en vlezige lippen. Ooit moet er een meneer Janssen zijn geweest. Christine had een bruine foto op het dressoir in de huiskamer zien staan van een man met een enorme bril op zijn neus. Naast die foto staat steevast een klein vaasje verse bloemen. De ene keer rozen, de andere keer gerbera's en nu de narcissen hun intrede hadden gedaan was mevrouw Janssen voordelig uit. Narcissen uit eigen tuin pronken naast de bruine foto. Vijf weken was Christine hier nu. Van de week had ze besloten dat ze hier haar langste tijd had gehad. Mevrouw Janssen begon op haar zenuwen te werken met haar doorlopende gevraag naar haar achtergronden. Bovendien had ze geld moeten pinnen om de wekelijkse huur van de kamer te kunnen voldoen. Voor Berry zou het een koud kunstje zijn om haar verblijfplaats te achterhalen. Waarom ze niet eenvoudig de auto heeft gepakt om een eind verderop te pinnen weet ze eigenlijk zelf niet. Er zijn zoveel dingen die ze niet begrijpt. Het is vaak net of ze zichzelf niet kent.

Ze knipt het licht uit en kruipt onder het vale dekbed. Het bed kraakt als ze zich omdraait. Door de straat lopen mensen voorbij. Ze hoort praten, een vrouw lacht hoog en luid. In het licht van de lantaarn voor het huis ziet ze de rotan lamp, de vage versierselen op het behang. Het bed kraakt heel vaak. Christine kan de slaap niet vatten.

10

„Weet je zeker dat je dit alleen aankunt?" wil Diana voor de zoveelste maal weten. Ze heeft haar slanke armen rond haar bovenlichaam geslagen in een poging de kou van deze morgen te weren. Ze kijkt naar Berry die zijn weekendtas in de auto deponeert.

„De enige die ik mee zou willen nemen ben jij en dat is nu eenmaal niet mogelijk. Waar zou ik mijn kinderen moeten laten?" Hij glimlacht maar dwars door die glimlach heeft ze al lang gezien hoe gespannen hij is. Ze zou met hem mee willen gaan.

„Ik ben blij dat jij mijn kinderen wilt opvangen. Ik heb nog even aan mijn eigen ouders gedacht maar die zijn eigenlijk te oud. Ik weet dat het ze al vaak te druk is als ik een dagje met de kinderen kom. Ze zijn allebei over de tachtig. Ik kan me daar ook wel iets bij voorstellen. Als mijn schoonouders ervan wisten, zouden ze het me kwalijk nemen. Kleinkinderen horen in dergelijke omstandigheden bij hun grootouders. Ik bedank daarvoor. Ik weiger mijn kinderen aan die verstikkende atmosfeer bloot te stellen."

„Ik geloof dat de kinderen er ook niet graag naartoe gaan," merkt ze op.

„Dat weet ik wel zeker. Ze zijn groot genoeg om te merken dat hun oma druk op ze uit wil oefenen. Nee, het is goed zoals het nu gaat. Ik zie ze er zelfs nog voor aan dat ze nog eerder op de Veluwe aan zouden komen dan ik, als ze ervan wisten. Ze weten er niets van en zo moet het blijven. Ik weet dat jij je mond kunt houden." Hij geeft een kus op haar voorhoofd.

„Ik kom zo snel mogelijk terug. Mocht er iets met de kinderen zijn laat het me dan meteen weten. Ik heb mijn mobiele telefoon meegenomen. Je kunt me de hele dag bereiken."

„Ik denk dat ik me best red met jouw meiden. Het is niet de eerste keer dat ze hier logeren."

„Ze zijn bang dat ik ook voorgoed weg zal gaan," zegt hij ernstig. „Anouk zegt dat ze het wel begrijpt maar ze is toch erg onzeker. Ingrid was gisteravond ronduit bang."

„Ik zal ze direct laten bellen als ze uit school komen, zodat ze met eigen oren kunnen horen dat het je goed gaat en dat je wel van plan bent om weer terug te komen."

„Ik weet dat ze bij jou in goede handen zijn."

Er gaat zoveel door hem heen als hij de motor start. Hij ziet hoe Diana naar hem zwaait. Ze blijft zwaaien tot hij de bocht om is gereden en hij zwaait al die tijd terug. Hij laveert de auto door het verkeer, passeert de school van zijn kinderen. Vanmorgen wilde Ingrid niet naar school. Huilend had ze zich aan hem vastgeklampt. Met moeite had hij haar weten te overtuigen dat hij niet ineens zou verdwijnen zoals Christine. Als ze wilde mocht ze hem bellen als ze uit school kwam. Op een wegenkaart had hij haar het dorp aangewezen waar hij naartoe ging. Een plaatsje dat niet bepaald aan het andere eind van de wereld lag. Als ze hem nodig had, zou het niet lang duren voor hij terug was.

Nu hij langs de school rijdt heeft hij er zelf moeite mee. Het voelt alsof hij hen werkelijk in de steek laat. Bovendien weet hij niet wat hem te wachten staat. Zal hij Christine kunnen vinden en zo ja, zal ze met hem willen praten? Wat zal hij voelen als hij haar tegenkomt? Zal ze hem duidelijkheid weten te verschaffen? Zal ze iets willen vertellen van het waarom?

Hij zoekt de snelweg op, doet de radio aan en neuriet af en toe mee met de muziek. Een diskjockey probeert een bekende Nederlander in de maling te nemen. Daarna is er weer muziek. Er is veel verkeer onderweg maar toch kan hij rustig doorrijden, hij laat zich meenemen in een sliert van auto's die allemaal richting zuiden gaan. Halverwege drinkt hij koffie in een wegrestaurant. Hij belt Diana om te vertellen dat alles goed met hem gaat. Ze vertelt dat ze de kinderen uit school gaat halen. Hij stelt zich voor hoe zijn twee meisjes bij haar aan tafel zullen zitten. Sinds het vertrek van Christine zijn ze onzeker geworden in contacten met anderen. Klaagde Christine eerder wel eens omdat ze om de haverklap bij kinderen uit hun klas wilden spelen, tegenwoordig komt dat nauwelijks voor. Alleen als hij aandringt, omdat het met z'n lessen goed uitkomt, willen ze nog wel eens gaan. De andere keren komen ze gewoon naar huis en spelen met z'n tweeën. Af en toe kunnen ze hun grote verdriet niet langer onder controle houden. Tranen zoeken zich dan zomaar een weg naar buiten, schijnbaar zonder enige reden.

Het duurt nu niet lang meer voor hij de grote weg moet verlaten. Voor hem lijkt het verkeer zich hier allemaal te verzamelen, een vrachtauto rijdt tergend langzaam. Rijen auto's naast hem maken het hem onmogelijk om de vrachtwagen in te halen. Er zit niets anders op dan geduld te hebben tot de betreffende afslag. Hoe langer hij onderweg is, hoe meer hij het onwezenlijke gevoel krijgt dat hij het niet is die hier rijdt, op zoek naar zijn vrouw. Hoe langer hij erover nadenkt, hoe absurder deze missie hem lijkt, bij voorbaat verloren. Als Christine toch ook maar enige spijt had gehad, als ze behoefte had gevoeld om hen terug te zien dan had ze daar toch alle kans voor gehad? Nu hij zo dicht bij de plaats komt waar hij haar hoopt te vinden voelt hij hoe hij steeds ongeruster wordt. Hij heeft geen idee wat hij moet verwachten als hij haar zal aantreffen. Hij is er steeds van uitgegaan dat ze ergens een veilige plek had gevonden maar plotseling is dat geen zekerheid meer. Hij mindert snelheid als hij de naam van het dorp ziet aangegeven op een bord en rijdt de weg af. De rest van het traject zal hij moeten afleggen op een provinciale weg die dwars door de heidevelden loopt. Normaal gesproken zou hij hebben genoten van het aparte landschap, de donkere heidevelden, dennen, berken en een eind verderop grillige vliegdennen in het stuifzand. Het landschap verandert. Even later rijdt hij tussen oude eiken en beuken in de richting van het dorp waar hij moet zijn. Nu worden zijn gedachten steeds meer door Christine in beslag genomen. Hij rijdt niet direct het dorp in maar volgt de bewegwijzering die een parkeerplaats aanduidt. Voor hij uitstapt, hoort hij het melodietje van zijn telefoon, krijgt zowel Anouk als Ingrid aan de lijn en voor de zoveelste maal moet hij hen verzekeren dat hij werkelijk van plan is om terug te komen. Even later slaat hij het portier van de auto achter hem dicht, voelt de frisse wind in zijn gezicht en rekt zich uit. De lange rit heeft hem vermoeid. Hij ademt diep in en loopt dan met lange passen een pad op dat hem dwars door het bos voert. Aan zijn rechterhand kabbelt een beek, het pad ligt vol dennennaalden, in een boom verraadt een vink zijn aanwezigheid, ergens schreeuwt een Vlaamse gaai. Via het pad komt hij bij een zandverstuiving uit. Opnieuw bepalen vliegdennen het beeld. Hun wijd uitstaande armen lijken een roep naar de donkere wolken aan de hemel.

In de verte ontwaart hij een wandelaar met een hond. Hij stelt zich voor hoe Christine hier misschien gelopen heeft, hij vraagt zich af wat ze gedacht heeft. Rustig aanvaardt hij de terugweg, ontdekt dan opnieuw een wandelaar. Hij knijpt z'n ogen tot spleetjes, denkt blonde haren te zien en net zo'n rood jack als Christine heeft. Hij versnelt zijn pas, voelt een hevige teleurstelling als hij dichterbij komt en die blonde haren grijs blijken te zijn. De vrouw is minstens twintig jaar ouder dan Christine. Ze knikt hem vriendelijk toe maar hij kan nauwelijks de moed opbrengen om haar te groeten. De wereld lijkt plotseling killer. Een donkere wolk heeft kans gezien om voor de zon te schuiven en lijkt van zins een bui te laten vallen. Hij maakt tempo en is net op tijd bij een restaurant aan de rand van het bos. Schilderachtig steekt de rieten kap af tegen de wit gepleisterde muren. Op het kale terras staan bloembakken, gevuld met kleurige violen. Binnen is het warm. Een verveelde ober groet hem. Hij schuift aan een tafel bij het raam. Het restaurant lijkt te wachten op betere tijden, op dagen van zonneschijn, op ouders met kinderen, op fietsers die op adem willen komen, op een groep ouderen die een dag uit zijn. In gedachten ziet hij het voor zich. Met Christine heeft hij zo vaak een dergelijk etablissement bezocht. Eerst met z'n tweeën, later kwamen daar de kinderen bij. Vanachter het glas ziet hij de boomtoppen buigen in de wind. De smalle weg langs het restaurant is verlaten, hij is de enige bezoeker hier. Moederziel alleen zit hij aan de tafel. Sinds het vertrek van Christine heeft hij zich niet zo verlaten gevoeld als nu. Ook de komst van de ober kan daar niets aan veranderen.

Veel later arriveert hij bij het hotel waar hij een kamer heeft gereserveerd. Nadat hij z'n spullen naar de kamer heeft gebracht, drinkt hij in het restaurantgedeelte nog een kop koffie. Daarna besluit hij een wandeling door het dorp te maken. Bij elke stap die hij zet lijkt hem het plan om hier Christine te zoeken onzinniger toe. Hoe moet hij dat straks gaan aanpakken? Moet hij zich net zo als detectives in televisieseries gaan gedragen en iedereen gewoon de foto van Christine onder de neus duwen? "Bent u van de politie?" zullen ze vragen en moet hij dan antwoorden dat hij haar echtgenoot is?

Alles wat thuis zo eenvoudig en logisch had geleken lijkt hem op dit moment belachelijk. Hij wandelt door het dorp, bekijkt zonder interesse etalages en loopt dan zomaar een restaurant binnen. Wat onwennig gaat hij aan een van de tafels zitten, bestelt alvast een pilsje en bekijkt dan de menukaart. Het voelt niet goed om hier alleen aan de tafel te zitten. Hij was altijd samen met Christine uit eten gegaan. Meestal met de kinderen erbij, af en toe met z'n tweeën. Ze werkten altijd de hele kaart door. Christine koos vaak voor een visgerecht, hij was degene die graag een stukje vlees nam. Vreemd, om juist hier het gemis te ervaren, terwijl de herinneringen pijnlijk levendig worden.

„Hebt u al iets kunnen vinden?" De serveerster zet een glas bier voor hem neer. Hij wijst maar zoiets aan.

„Wilt u de zalm doorbakken?"

Christine wilde de zalm altijd doorbakken. Hij nu ook.

„U wilt geen voorgerecht?"

„Soep," zegt hij.

„De soep van de dag?"

Hij knikt zonder te vragen wat de soep van deze dag is, kijkt haar na als ze wegloopt en vraagt zich af of ze misschien ook zo bij Christine aan de tafel heeft gestaan. De eenzaamheid lijkt bovenop hem te vallen. Om hem heen zijn mensen druk in gesprek. Er wordt gelachen, aan het tafeltje naast het zijne houdt een man de hand van een vrouw vast. Tussen hen in staat een fles champagne. Hij doet wat hij anders nooit doet en wat hij altijd vreselijk heeft gevonden als anderen het deden. Hij pak z'n mobiele telefoon en belt.

„Ik zit hier moederziel alleen in een restaurant," zegt hij als hij Diana's stem hoort. „Het klinkt misschien raar maar ik verlangde er ineens naar om iets van thuis te horen."

„Er is niets aan om in je eentje in een restaurant te zitten," begrijpt Diana meteen.

Het is goed om haar stem even te horen. Hij voelt zich rustiger worden.

„Wat heb je besteld?" wil ze weten.

„Zalm."

„Christine is dol op zalm."

„Misschien heeft dat ermee te maken en wil ik haar zo ongemerkt dichterbij halen. Hoe is het met de kinderen?" Hij kijkt het restaurant rond. Voor de ramen hangen zachtgroene gordijnen, die met donkergroene koorden zijn opgenomen. Over de tafels liggen kleden in dezelfde kleur. De serveerster heeft de kaars op zijn tafel aangestoken. Elke keer als ze langs zijn tafel loopt beweegt de vlam, haar hakken tikken op de fraaie houten vloer. Ze beweegt snel en gracieus.

„Met de kinderen gaat het steeds beter," hoort hij Diana zeggen. „Ze zijn nu boven aan het spelen. Wil je ze nog spreken?"

„Als ze aan het spelen zijn moet je ze maar niet storen. Misschien willen ze me nog even bellen voor ze naar bed gaan. Ik zal mijn telefoon aan laten staan."

„Hoe voel je je nu, Berry?" wil ze dan van hem weten.

De serveerster zet een kop tomatensoep voor hem neer. Ze glimlacht naar hem. Mooie witte tanden heeft ze. Haar korte, zwarte haar glanst in het licht van de lamp boven zijn tafel. Hoe oud zou ze zijn? Midden twintig? Zou ze hem een oude kerel vinden of vindt ze hem een interessante man zoals Christine hem in het begin ook gevonden had?

„Ik had hier niet aan moeten beginnen," zegt hij. „Het is zo naïef van me geweest om te denken dat Christine hier nog rondloopt. Het is toch helemaal niet ondenkbaar dat ze hier geld heeft gehaald en toen naar elders is vertrokken.

Christine is niet op haar achterhoofd gevallen. Ze zal drommels goed in de gaten hebben dat ik op de afschriften kan zien waar ze geld heeft gehaald."

„Het kan ook zijn dat ze je bewust op een spoor zet in de hoop dat je naar haar op zoek gaat."

„Waarom zou ze dat doen?"

„Ik zou het doen als ik spijt had."

„Christine niet."

„Misschien kun je in ieder geval meer te weten komen. Ergens moet ze daar onderdak hebben gehad."

„Of ze heeft hier alleen maar gepind."

„Berry, probeer een beetje optimistisch te zijn. Als ze nog steeds vastbesloten is om te scheiden, zal ze vast doorkrijgen dat daarvoor haar aanwezigheid ook vereist is. Misschien is dit een tactiek om met je in contact te treden. Ik zou het niet raar vinden."

„Denk je werkelijk dat ze hier is geweest?"

„Ik raad je aan straks gewoon haar foto eens aan de serveerster te laten zien. Misschien heb je al gauw beet."

Hij moet lachen om de manier waarop ze het zegt. Hij lacht nog als hij de telefoon heeft uitgedrukt en de eerste scheppen soep naar binnen lepelt. De serveerster ziet het en glimlacht hem vriendelijk toe.

De kinderen slapen. Anouk slaapt op een luchtbed bij Kelly op de kamer. Voor Ingrid heeft ze een opklapbed op de kamer van Dimitri gezet. Als ze naar bed gaat kijkt ze nog even om het hoekje van de slaapkamers. Niets is mooier dan het kijken naar een slapend kind. Warrige haren op een kussen, een gezicht dat zo onschuldig lijkt dat het haar steeds weer ontroert. Anouk ligt op haar rug, haar armen uitgespreid. Als ze heel voorzichtig wat haren uit haar gezicht strijkt, beweegt ze even om na een zucht weer rustig verder te slapen. Kelly ligt op haar zij met haar knuffelkonijn vast tegen zich aangedrukt. In zijn knalrood geverfde bed ligt Marnix in diepe slaap. Zijn onafscheidelijke pluchen beer is naast zijn bed gezakt. Voor ze naar de volgende kamer loopt, steekt ze het beest weer zorgvuldig onder de dekens. Ook Dimitri slaapt in het gezelschap van een knuffelbeest. Bart Beer ligt bij hem onder het dekbed. Ingrid ligt bijna op de rand van het bed, met haar vuisten tegen haar rode wangen gedrukt. Ze neemt het kind in haar armen en schuift haar naar het midden van het bed. „Mama..." Slaapdronken kijken de blauwe kijkers in de hare.

„Ga maar gauw slapen," zegt ze zachtjes en drukt een kus op de rode wang.

Er verschijnt een glimlach op Ingrids gezicht. Ze schuift opnieuw naar de rand van het bed en krult zich behaaglijk in elkaar. Ze blijft staan en kijkt op het kind neer. Een kind met een geheim waarvan het zelf niet weet. Zou ze er ooit achter komen dat Berry haar vader niet is? Als het aan Berry zelf ligt niet, zover kent ze hem wel. Berry wil het beste voor zijn kinderen en hij lijkt Ingrid helemaal als zijn kind te zien. Hoe is het mogelijk dat ze nooit iets heeft gemerkt van het geheim dat Christine met zich meedroeg? Hoe zal ze zich gevoeld hebben toen bleek dat ze zwanger was en zelf wist dat het niet van Berry zou zijn? Wist Berry er van het begin af aan van? Weet hij wel wie de echte vader is? Is het wel helemaal zeker dat het kind van die ander is? De afgelopen tijd hebben zich zoveel vragen opgeworpen. Vragen die ze niet aan Berry durft te stellen, al liggen ze elke keer weer op het puntje van haar tong. Met een frons in haar voorhoofd draait ze zich om, verlaat de kamer en trekt de deur zachtjes achter zich dicht.

Na twee biertjes en anderhalf glas rode wijn, heeft hij eindelijk de moed gevonden om een gesprek met de serveerster aan te knopen. De meeste gasten hebben het etablissement inmiddels verlaten. De jonge vrouw loopt niet meer zo vaak langs hem heen. Af en toe hoort hij haar stem vanuit de keuken opklinken. Elke keer als ze langs hem loopt kijkt ze even naar hem, vangt zijn blik en glimlacht. Ze heeft al drie keer gevraagd of alles naar wens was. Hij heeft een kop koffie als afsluiting van de maaltijd besteld.

„Mag ik je iets vragen?" vraagt hij als ze de kop en schotel voor hem neerzet.

„Natuurlijk." Welwillend blijft ze bij zijn tafel staan.

Een beetje onhandig haalt hij de foto van Christine uit de binnenzak van zijn colbert. „Kun jij me ook vertellen of je de laatste tijd deze vrouw hier ergens hebt ontmoet? Misschien heeft ze hier zelfs gegeten."

Hoopvol kijkt hij naar haar gezicht. Ze fronst haar wenkbrauwen, legt haar wijsvinger nadenkend langs haar mondhoek en neusvleugel. Ze bestudeert de foto aandachtig. „Er komen hier natuurlijk zoveel mensen."

„Het is niet lang geleden dat ze hier geweest is. In het winterseizoen komen hier toch niet zo heel veel vreemde gasten," probeert hij nog hoopvol. Ze schudt haar hoofd. „En toch heb ik haar nog nooit gezien." Ze kijkt hem nu aan. „Bent u van de recherche?"

Hij schudt zijn hoofd.

„Jammer," zegt ze. „Ik had dat best interessant gevonden. Op televisie zie je dat ook vaak."

Hij reageert niet.

„Is ze misschien familie van u?" wil de serveerster dan weten.

Hij neemt de foto van tafel en steekt die weer zorgvuldig in zijn binnenzak. „Ze is een schoonzus," liegt hij. „Laatst heeft ze in een wat labiele toestand het huis van mijn broer verlaten en we weten niet waar ze is."

„U kunt dat ook via de televisie laten uitzoeken," bedenkt de vrouw.

„Liever niet. Toch bedankt voor je hulp."

„Als ze hier werkelijk geweest is moet je eens bij de pensions gaan navragen. Iemand die niet gevonden wil worden gaat natuurlijk niet in een hotel slapen. Er zitten hier in het dorp een aantal pensions. Daar zou ik zeker navraag gaan doen."

„Dank je, dat zal ik morgen zeker proberen."

„Komt u morgen hier weer eten?" Ze houdt haar hoofd schuin en hij ontdekt dat ze hele fraaie, donkere ogen heeft.

„Ik weet het nog niet."

„Ik zou graag willen weten of uw zoektocht iets oplevert. Als u haar niet vind, lijkt het me toch een goed idee om het via de televisie te proberen."

„Als het niet lukt, zal ik kijken welke stappen ik het beste kan ondernemen."

Hij betaalt, schenkt haar een warme glimlach en aanvaardt de terugweg. Hij is niets opgeschoten en toch voelt hij zich een stuk beter dan bij aankomst.

De volgende ochtend belt Ruud al vroeg. Ze heeft de kinderen net naar school gebracht, staat op het punt om naar haar werk te rijden als de mobiele telefoon zijn deuntje laat horen.

„Liefje, ik hoop niet dat ik je stoor."

„Jij stoort nooit." Onwillekeurig glimlacht ze.

„Ik heb een verzoek."

„Kom er maar mee voor de dag."

„Marloes heeft me laatst gevraagd of ze nog eens een middag bij je door zou mogen brengen. Ze zou heel graag met me mee willen rijden als ik toch jouw kant op moet, een poosje willen blijven en ik zou haar op de terugweg weer kunnen oppikken."

„Wat een schitterend idee."

„Heel toevallig moet ik vanmiddag bij jou in de buurt zijn. Mag ik haar bij je afzetten als je uit het werk komt?"

„Als ze het niet erg vindt dat Anouk en Ingrid er ook zijn, vind ik het prima."

„Is Berry al weg?" wil hij weten.

„Gisteren is hij vertrokken. In de loop van de dag zal hij wel bellen of hij nog vorderingen heeft gemaakt. Ik verwacht hem morgen of overmorgen terug. Het hangt ervan af of hij Christine zal vinden of niet."

„Ik ben heel benieuwd en ik weet zeker dat Marloes er geen problemen mee zal hebben dat ze er zijn. Het zijn ook leuke meiden, hè? Die Anouk is heel rustig en ook groot voor haar leeftijd. Ingrid is een heel ander type. Ze doet me altijd een beetje denken aan Marnix, die heeft ook dat frêle en dat kwikzilverige."

„Marnix..." herhaalt ze.

„Ja, vind je ook niet? Misschien zie je dat niet omdat ze allebei onder je ogen zijn opgegroeid."

„Ik denk ook niet dat ze maar iets van Marnix wegheeft of Marnix van haar. Ze is een heel ander kind. Zowel Marnix als Ingrid heeft blond haar maar dat is ook de enige overeenkomt die ik zie."

„Ik wist niet dat je boos werd."

„Ik word niet boos. Ik heb haast want ik stond op het punt om naar m'n werk te rijden. Als je nog langer doorpraat kom ik te laat."

„Ik houd je niet langer op. Vanmiddag zie je mij met m'n dochter verschijnen. Denk je dat je vanavond ook nog een aardappel over hebt voor een arme, hongerige man?"

„Zwerver... natuurlijk mag je bij me eten, maar nu moet ik echt weg."

„Ik houd van je, liefje."

„Ik houd ook van jou."

Zijn stem blijft nog heel lang in haar oor doorklinken maar niet zijn laatste woorden. „Ze doet me altijd een beetje denken aan Marnix..." Ze start de motor, zet de radio aan, wil die woorden kwijtraken maar ze rijden met haar mee. Ze rijdt te hard.

Het is vreemd in een dorp te lopen dat onbekend is en te zien hoe het leven daar zijn gewone loop heeft. Er worden kinderen naar school gebracht, een vrouw zeemt haar ramen, auto's rijden voorbij. Hij zit voor het raam van de ontbijtzaal en bekijkt het leven dat voorbij trekt. Hij verlangt ineens naar de kinderen, naar hun natte kussen op zijn wang, naar hun zwaaiende armen, hun opgewekte stemmen, „Tot straks, papa!"

Thuis lijkt zo eindeloos ver weg en toch is hij er nog geen anderhalf uur van verwijderd. Hij zou zo terug kunnen rijden en proberen zijn leven op te pakken. Wat praat hij over scheiden? Hij wil niet scheiden. Voor de rest van zijn leven wil hij met Christine verbonden blijven, al zal het alleen maar op papier zijn. Hij wil blijven dromen dat ze terugkomt.

Hij drinkt van z'n koffie, haalt nog een paar broodjes bij het buffet en belegt ze rijkelijk met kaas en vleeswaren. Als hij genoeg heeft gehad, informeert hij bij de receptie van het hotel naar de adressen van nabijgelegen pensions. Hij wordt verwezen naar de VVV en krijgt daar van een vriendelijke jongedame een lijstje mee.

Maart is goed begonnen, het lijkt al voorjaar. De wind is gaan liggen, de hemel is bijna wolkeloos, de zon laat merken dat hij aan kracht gewonnen heeft. Hij laat z'n jas openhangen. Op zijn horloge ziet hij dat het inmiddels over tienen is. Een fatsoenlijke tijd om bij mensen aan de bel te trekken. Hij ziet ertegen op om te beginnen maar de gedachte aan de vriendelijke serveerster die hem zo welwillend van advies heeft voorzien, doet hem toch besluiten om het eerste adres aan te doen. Het huis lijkt verlaten, de deur is behangen met spinnenwebben, de bel galmt door het huis maar ontlokt geen enkele reactie. Hij maakt een aantekening op zijn lijst en gaat op zoek naar het volgende adres. Hier wordt hij te woord gestaan door een jonge vrouw die hem hoofdschuddend te kennen geeft dat ze Christine nog nooit heeft gezien. Op het derde adres krijgt hij van een oudere vrouw een identieke reactie. Bij het volgende adres komt een echtpaar na rijp beraad tot de conclusie dat ze Christine niet kennen. De moed zakt hem in de schoenen. Bij een restaurant in de buurt drinkt hij zich moed in met een kop koffie om daarna zijn weg te vervolgen. De lijst brengt hem nu bij een adres met grauwe gordijnen voor de ramen. Voor hij heeft aangebeld wordt de deur al geopend. „U zoekt logies?"

Voor hem staat een oudere dame met loshangende haren langs een bleek, pafferig gezicht. Als ze glimlacht, verschijnen er een paar gele tanden vanachter de vlezige lippen.

Hij schudt zijn hoofd en haalt de foto tevoorschijn.

„Die dame ken ik," reageert ze nog voor hij iets heeft gevraagd.

„Weet u dat zeker?" Hij had er niet meer op gerekend en zeker niet hier.

„Ze heeft hier gelogeerd." Haast triomfantelijk kijkt de morsige vrouw hem aan.

„Ze logeert hier niet meer?" Een vage teleurstelling verdrijft ogenblikkelijk zijn eerste blijdschap.

„Nee, ze hééft hier gelogeerd, zeg ik toch? Mag ik u wat vragen? Bent u misschien van de politie?"

„Nee, ik heb niets met politie te maken. Deze vrouw is mijn schoonzuster. Ze was wat overspannen." De leugens rollen hem zonder enige moeite over de lippen. „Een tijd geleden heeft ze het huis verlaten zonder een boodschap achter te laten en u begrijpt dat we ons erg bezorgd over haar maken."

„Ze was ook wat verward," deelt mevrouw Janssen hem nu mee. „Ik begrijp dat natuurlijk nu ook wel als u zegt dat ze wat overspannen is."

„Hoezo verward?"

„Ze liep vaak met haar blote voeten door de beek in het bos. Ik heb het haar eens gevraagd omdat ze doornat thuis kwam. En dat in deze tijd. Ik heb haar al eens gezegd dat het onverantwoord was en dat ze er goed ziek van zou kunnen worden maar het was net of het niet goed door wilde dringen."

„Weet u misschien waar ze naartoe is gegaan?"

Mevrouw Janssen schudt haar hoofd. Haar grauwe haren fladderen om haar gezicht. „Dat heeft ze me niet verteld. Ze vertelde nooit veel. Ze heeft hier wel vijf weken gelogeerd en zoals ze zei, tot haar volle tevredenheid. Ineens wilde ze weg. Ik weet niet waarom. Het lag zeker niet aan de kamer, aan het ontbijt of aan mij, zei ze. Nee, ze vertelde nooit veel. Na die vijf weken dat ze hier was, wist ik minder van haar dan van sommige logé's die hier voor een paar dagen komen."

„Vijf weken?"

„Vijf hele weken. Eergisteren is ze plotseling vertrokken."

„Eergisteren?" Zijn teleurstelling is zo groot dat zijn stem het bijna begeeft. Als hij direct na ontvangst van het bankafschrift was gegaan dan had hij haar zeker getroffen. Waarom had hij eerst geaarzeld?

„U wilt hier niet blijven overnachten?" informeert mevrouw Janssen nog eens hoopvol.

Hij schudt zijn hoofd. „U hebt echt geen idee waar ze naartoe is gegaan?" wil hij nog eens weten.

„Ik zei u toch al dat ze me dat niet heeft verteld? Nee, voor de gezelligheid hoefde ik die mevrouw niet in huis te hebben. Ze betaalde wel grif en dat is in deze tijd niet vanzelfsprekend. Wat mij betreft had ze best langer mogen blijven. Meestal merkte ik niet eens dat ze er was."

„Bedankt."

„Bedankt waarvoor? Ik heb u niets verder kunnen helpen."

„Toch bedankt." Hij weet ook niet waarvoor hij haar bedankt. Hij weet alleen dat hij weg moet, dat hij ergens naartoe moet waar hij in alle rust zijn teleurstelling kan verwerken.

„Nou, als u nog eens een adresje zoekt. U bent welkom!" Ze probeert het echt hartelijk te zeggen maar hij is blij als hij eindelijk weer op de straat loopt. Hij heeft geen idee waarheen.

11

Ze weet niet wat ze tegen hem moet zeggen. Het is net of de teleurstelling hem alle hoop ontnomen heeft. Hij zit aan haar keukentafel en lijkt plotseling veel ouder.

„Wil je nog koffie?" informeert ze. Hij schudt zijn hoofd. „Ik heb meer zin in een borrel. Ik zou me zo dronken willen drinken dat ik niet eens meer weet waarom ik zo nodig richting Veluwe moest."

„Het is geen oplossing."

„Aangezien er helemaal geen oplossing is, lijkt me dit de meest aantrekkelijke optie."

„Wat had je eigenlijk verwacht?" probeert ze voorzichtig. Ze pakt toch wijnglazen. Wat kan het schelen? De kinderen liggen al in bed, desnoods moet hij de auto maar laten staan of op de bank blijven slapen.

„Wat ik had verwacht?" Hij steunt zijn hoofd in de handen. „Ik denk dat ik toch, tegen beter weten in, heb gehoopt dat ze daar was waar ze ook geld had gepind."

„Berry, ik kan niet begrijpen dat jij nog steeds van haar houdt. Ze heeft je de afgelopen jaren nogal wat aangedaan."

„Ik kan me niet voorstellen dat ik de rest van mijn leven werkelijk zonder haar zal moeten doorbrengen."

„Ze heeft jouw kinderen ook nogal wat aangedaan," houdt ze aan.

„Kinderen willen hun moeder, wat ze ook heeft gedaan."

„Als je haar vindt is de kans groot dat ze zelf zal willen scheiden."

Hij zwijgt. Ze ziet hoe hij z'n handen in elkaar wringt.

„Ik weet hoe het in de bijbel staat," zegt ze zacht. „De liefde zoekt zichzelf niet. Het is waarschijnlijk de meest bekende tekst uit de bijbel. Ik vraag me af hoever je daarin moet gaan. Wanneer houdt het op? Waarom houd je zo krampachtig vast aan iets wat geweest is?"

„Ze was zichzelf niet meer."

„Ze heeft alle tijd gehad om weer tot zichzelf te komen. Ze moet toch nog steeds enig gevoel bezitten? Het kan toch niet anders of ze moet de kinderen missen. Goed, ze kan wat overspannen zijn geweest toen ze vertrok."

„Laatst drong het tot me door dat we het niet eens zouden weten als ze zichzelf iets had aangedaan. Dat vind ik zo'n benauwende gedachte."

„Kwel jezelf niet zo," houdt ze hem voor. „Uit haar brief viel absoluut niet af te leiden dat ze ook maar iets in die richting van plan was. Nu weet je dat ze pas geld heeft gehaald. Ik geloof niet dat ze zichzelf nu wel iets aan zal willen doen, nu ook niet."

„Je vindt mijn manier van denken naïef," begrijpt hij.

„Misschien." Ze haalt haar schouders op. „Ze heeft haar kinderen laten stikken. Ik had nog begrip voor haar kunnen opbrengen als ze na een paar weken terug was gekomen. Nu is het voorbij. Deze dagen heb ik jouw dochters van dichtbij meegemaakt. Ik zag hoe Anouk over Ingrid moederde. Ik heb gemerkt hoe diep het in hun levens heeft ingegrepen. Ik kan er geen begrip meer voor opbrengen." Ze perst haar lippen op elkaar, dan kijkt ze Berry recht aan. „Blijf je erbij dat er nu geen ander in het spel is? Geloof je niet dat ze opnieuw contact met de vader van Ingrid kan hebben?"

„Ik heb gesproken met die vrouw waar ze gelogeerd heeft. Zij heeft met geen woord over mannelijk gezelschap gerept."

„Christine kan ervoor gezorgd hebben dat ze dat niet te weten kwam."

Hij haalt zijn schouders op, laat de wijn langs zijn verhemelte rollen en slikt het kostelijke vocht dan door. „Ik geloof niet dat ze met iemand samen was."

Diana aarzelt even. „Bestaat er werkelijk geen mogelijkheid dat de vader van Ingrid contact heeft gezocht? Kan het niet zijn dat hij haar heeft gechanteerd en dat ze daarom geen andere uitweg meer zag?"

„Nee, dat kan niet," antwoordt hij gedecideerd.

„Waarom kan dat niet?"

Ze ziet hoe hij wat ongemakkelijk gaat verzitten.

„Klopt het dat die man is overleden?" is haar volgende vraag.

Hulpeloos haalt hij zijn schouders op. „Het spijt me."

„Wat spijt je? Dat je me niet eerder hebt verteld dat Ingrid de dochter is van Erik-Jan en Christine?"

Hij slaat zijn handen voor zijn ogen maar ze heeft geen medelijden met hem. Haar stem klinkt schril. „Ik heb zoveel nagedacht, vooral deze laatste dagen. Ik had Ingrid heel dicht bij me. Waarschijnlijk was het me niet eens opgevallen als Ruud me niet had geattendeerd op het feit dat Ingrid en Marnix veel van elkaar weg hebben. Ik had het natuurlijk al veel eerder kunnen zien maar ik heb er nooit bij nagedacht. Christine was mijn beste vriendin. Van je beste vriendin verwacht je niet..."

„Het is niet zeker dat het zo is," valt hij haar in de rede. „Ik wist op een gegeven moment dat er een ander was. Ik heb haar gevraagd wie die ander dan was maar ze heeft het me nooit willen vertellen."

„Je hebt je kop in het zand gestoken. Wat je niet ziet bestaat niet."

„Ik heb het wel vermoed," zegt hij toonloos.

„Waarom heb je niets met dat vermoeden gedaan?"

„Ze was wanhopig. Dat had te maken met het feit dat jij haar beste vriendin was. Ze wilde het niet. Ik ben ervan overtuigd dat ze het niet wilde."

„Als je niet wilt dan is er niemand die je dwingt. Nee toch? Erik-Jan dwong haar toch niet?"

„In die tijd hield ze ook nog van mij. We hadden vlammende ruzies maar ook goede momenten en intense gesprekken. In die tijd gingen we niet met elkaar naar bed. Het werd me dan ook meteen duidelijk dat het nooit mijn kind kon zijn dat ze droeg maar ik kreeg ook in de gaten dat de man van wie ze hield haar had laten vallen. Ik denk dat ze lichamelijk op elkaar vielen maar geestelijk nog niet rijp waren om met elkaar verder te gaan."

„Op de een of andere manier weet je overal een mooie draai aan te geven. Je had ook kunnen zeggen dat ze het vooral voor de seks deden."

„Diana, toe..."

„Waarom heb je Erik-Jan nooit met dat vermoeden geconfronteerd?" Nu wil ze alles weten.

„Voor jou, Diana." Zijn glas is bijna leeg, hij draait het rond in zijn hand. „Je had twee kinderen. Jullie verhouding leek, ondanks alles, harmonieus, ik wist niet wat jij wist en ik wilde jouw leven niet op de kop zetten. Ik wilde dat je gelukkig bleef."

„Ik was in die tijd niet gelukkig," zegt ze toonloos. „Erik-Jan en ik waren uit elkaar gegroeid. Van alles wat ons gebonden had was niets meer over. Op een gegeven moment veranderde er iets en ik kon zelf niet onder woorden brengen wat dat precies was. Ik gaf de schuld aan zijn drukke werkzaamheden. Daarnaast was hij nog jeugdouderling en je weet ook hoe belangrijk sport voor hem was. Ik meende echt dat het daarmee te maken had. Nu realiseer ik me dat het Christine moet zijn geweest. Het wordt me bovendien duidelijk waarom Christine mij in die tijd niet in vertrouwen heeft genomen. Het wordt en beetje problematisch om tegen je beste vriendin te zeggen dat je een kind verwacht van haar man."

Ze hoort haar eigen cynisme maar kan het niet stoppen. „Nu begrijp ik ook waarom Christine zo overstuur was na het overlijden van Erik-Jan. Ik dacht dat het gewoon te maken had met het feit dat ze met mij meeleefde, en bovendien was hij een goede vriend. Nu blijkt hij de vader van haar kind te zijn geweest."

„Het is niet zeker."

„Oh nee? Hoeveel anderen heeft ze dan gehad?"

„Zeg dat niet."

„Waarom niet? Waarom moet ik het nu nog voor haar opnemen? Weet jij hoe het voelt om zo bedrogen te worden? Ik ben niet alleen bedrogen door Erik-Jan, maar ook door mijn beste vriendin en ook door jou."

„Zo moet je het niet zien."

„Hoe moet ik het dan zien, Berry? Heb je er een ander woord voor? Kun je het misschien zo omschrijven dat het minder pijn doet?"

„Ik begrijp wel dat je overstuur bent."

„Je begrijpt er helemaal niets van. Het enige wat jij wilt is me laten geloven dat iedereen gezwegen heeft om mij geen pijn te doen."

„Ik weet hoe Christine ermee geworsteld heeft. Erik-Jan was niet zomaar een avontuurtje. Ze heeft van hem gehouden."

„Net meende je nog dat ze zich vooral tot de seks met elkaar aangetrokken voelden."

„Jij weet net zo goed als ik dat Christine er de vrouw niet naar was om zomaar met een man naar bed te gaan. Vrouwen schijnen daar anders in te reageren dan mannen. Voor een man kan het een avontuurtje zijn, een vrouw slaapt niet met een andere man als er geen liefde bij is."

„Moet ik nu misschien medelijden met Christine hebben? Je moet jezelf eens horen praten. Nog altijd neem je het voor haar op. Realiseer je nu eindelijk eens wat ze je heeft aangedaan. Ze heeft een kind van een andere man gekregen. Ze heeft je bedrogen en zoveel jaar nadat ze je heeft bedrogen verdwijnt ze gewoon voor haar verantwoordelijkheden. Hoever wil jij in je liefde gaan? Waarom word je niet eens gewoon kwaad? Er is maar één reden waarom je haar moet opzoeken en dat is omdat je van haar moet scheiden. Dat mens verdient het niet om ooit weer in de buurt van haar kinderen te komen. Ik wil dat mens nooit meer zien, nooit meer!"

„Ik begrijp..."

„Nee, je begrijpt er helemaal niets van. Weet je hoe het voelt om dit te horen? Het voelt alsof iedereen rondom mij met maskers op heeft gelopen. Vriendelijke maskers waren het, waarbij het leek alsof iedereen het beste met mij voor had. Ikzelf moest die maskers aftrekken en onder die maskers bleek iedereen een ander gezicht te hebben. De hele wereld heeft een ander gezicht gekregen!"

„Je bent nu..."

„Woedend, ja. Terecht dacht ik zo. Ik wil niet alles met de mantel der liefde bedekken zoals jij. Ik voel me bedrogen en dat is eigenlijk nog een heel fatsoenlijk woord voor wat ik voel."

Hij drinkt z'n glas leeg, wil opnieuw de fles pakken om

nog eens in te schenken maar ze houdt hem tegen. „Ik wil nu graag dat je naar huis gaat. Neem het me alsjeblieft niet kwalijk maar ik moet alleen zijn."

„De kinderen..."

„Die kun je morgen ophalen. Wees niet bang, ik zal goed voor ze zorgen. Ik kan ook een masker opzetten. Ze zullen niets merken van wat ik voel, Ingrid ook niet. Ik weet dat ik met andere ogen naar haar kijk maar zelf zal ze het niet weten."

„Ik hoop dat we toch vrienden zullen kunnen blijven."

„Dat valt nog te bezien. Ik begin me af te vragen wat jouw vriendschap inhoudt. Voorlopig heb ik even tijd nodig om te zien hoe het nu verder moet gaan. Ik denk dat ik wel recht heb om die tijd van je te vragen."

Ze heeft de neiging om hem het huis uit te gooien. Als een geslagen hond zit hij daar. Ze veracht hem om zijn krachteloosheid. Zijn hele leven heeft hij zo aan zich voorbij laten gaan. Hij heeft zich laten vernederen. Hij heeft toegestaan dat zij vernederd werd. Hoe kan een man leven met de wetenschap dat het kind onder zijn dak niet het zijne is? Hij heeft haar verraden door al die tijd niets aan haar te laten merken. Hij heeft haar net zo goed verraden als Christine. Christine heeft haar bedrogen. Tijdens de begrafenis van Erik-Jan had Christine naast haar gestaan met haar arm rond haar schouder. Christine had gehuild maar om een heel andere reden dan ze had gedacht. Als ze erover nadenkt, ziet ze ineens elk gebaar, elke handeling, elk woord in een ander daglicht en alles lijkt op meedogenloos verraad.

Erik-Jan... In gedachten kreunt ze zijn naam. Marnix was geboren uit liefde, net zoals Kelly en Dimitri maar voor Erik-Jan had zijn geboorte iets anders betekend dan voor haar. Erik-Jan had niet werkelijk van haar gehouden. Hij hield van een ander en wilde dat niet laten merken. Hoe had hij zich gevoeld toen Ingrid geboren werd? Ingrid, zijn dochter! Heel scherp ziet ze nu weer voor zich hoe hij steeds weer een uitvlucht had gehad toen zij samen met hem op kraambezoek had gewild. Jaren is het geleden maar het is net alsof ze een film aan zich voorbij ziet trekken, een film die niet onder de tijd heeft geleden maar nog even scherp geregistreerd staat als vijf jaar geleden.

„Ik zet Marloes in Zwartburg op de bus. Wil jij haar afhalen? Tegen etenstijd zie je mij dan weer verschijnen. Is dat goed?" Ruuds stem klinkt opgewekt in haar oor. „Ik weet dat ze pas is geweest maar ze vindt het bij jou zo gezellig. Het is toch hopelijk niet teveel voor je op het ogenblik?" Hij klinkt alsof het geen moment in hem opkomt dat het haar werkelijk teveel zou kunnen zijn.

Ze sluit haar ogen. Vandaag is ze vrij maar morgen zal ze zich ziek melden op haar werk met de mededeling dat ze wat oververmoeid is. Ze kan niet langer gewoon doorgaan. Ze voelt zich alsof iemand haar opwindmechaniekje in de verkeerde richting heeft opgedraaid. Na de dood van Erik-Jan was het haar gelukt op de been te blijven. Met de moed der wanhoop was ze ook na de verdwijning van Christine doorgegaan waar ze was gebleven. Nu was het over. Vanmorgen had ze zich goed moeten houden voor de kinderen en haar twee logé's. Nadat ze de kinderen naar school had gebracht en Marnix bij de peuterspeelzaal had afgeleverd, was ze haar bed ingedoken maar ze had net zomin een oog dicht kunnen doen als de afgelopen nacht. Na anderhalf uur was ze er weer uitgekomen en was met de telefoon onder handbereik in de tuin gaan zitten. De tuin ademt al volop de lente uit. In de els die aan het uiteinde van de tuin staat heeft een vink zijn plaatsje gevonden. Ze hoort zijn opgewekte vinkenslag een paar tuinen verderop beantwoord worden. Narcissen kleuren de borders geel en worden afgewisseld met blauwe druifjes. Het is of de wereld zich tegen haar keert, of ze uitgelachen wordt om alle onrust en verdriet die ze voelt.

„Liefje, ben je er nog?" klinkt Ruuds stem in haar oor.

„Het is goed," zegt ze.

„Je moet eerlijk zeggen als het je teveel wordt."

„Nee, het is goed." Het is helemaal niet goed. Hoe kan ze vanmiddag opgewekt een kind van de bus afhalen? Hoe komt ze deze woensdagmiddag door met kinderen die gezellige dingen van haar verwachten? Ze is er niet toe in staat. Ze wil niet meer. Hoe had ze na de dood van Erik-Jan ooit kunnen denken dat het niet erger kon worden? Het was een foute gedachte. Nu ze wist van zijn ontrouw met haar beste vriendin was het veel erger geworden. Ingrid was het levende bewijs van hun liefde. Jarenlang had het kind rondgelopen zonder dat ze er iets van begreep. Ze had het kind liefgehad zonder in de gaten te hebben dat ze het kind van haar man liefhad. Nu ze het wist kon ze alleen de gedachte aan Ingrid al nauwelijks verdragen. Vanmorgen, tijdens het ontbijt, had ze bijna niet normaal tegen het kind kunnen doen en ze neemt het zichzelf kwalijk.

„Marloes mag zo graag bij je komen, hoort ze hem voldaan zeggen. Waarom houdt hij zijn mond niet? "Daar zullen we straks geen enkel probleem mee krijgen."

„Straks?"

„Nou ja, als we besluiten samen verder te gaan."

Dat besluit is ineens zover weg. Hoe kan ze verder gaan met een man met wie ze haar diepste gevoelens niet kan delen? Ze kan die vreselijke waarheid niet bij Ruud kwijt. Hij zal oordelen over Erik-Jan, over Christine, over Berry. Hij zal dingen over hen zeggen die ze niet wil horen. Het is net of haar vernedering nog groter zal worden als hij ervan weet. Ze ziet ineens heel duidelijk hoezeer hun toekomst samen aan een zijden draadje hangt."

„Ja, natuurlijk," zegt ze en ze hoopt dat het een beetje opgewekt klinkt. „Ik zie haar dan vanmiddag wel."

„Is het je echt niet teveel? Ik maak me zorgen om je. Jij bent er de vrouw niet naar om zomaar je werk af te bellen. Als je overwerkt bent moet je ook thuis natuurlijk niet teveel hooi op je vork nemen. Als het je teveel is, moet je het zeggen. Marloes kan ook een andere keer komen.

„Ik heb toch gezegd dat het goed is."

„Dus het is je niet teveel?"

„Nee, werkelijk niet."

„Je hoeft niet teveel werk van het eten te maken. Doe maar iets eenvoudigs."

Waarom gaat het leven toch gewoon door? Waarom verwacht iedereen van haar dat ze klaarstaat? Ze wil niet gewoon doorgaan. Ze wil naar bed, ze wil al haar gedachten een halt toeroepen en stil blijven liggen, diep onder de dekens, waar niemand haar ziet.

„Haal maar iets van de chinees als je toch deze kant opkomt," stelt ze voor.

„Zo ken ik je niet. Je moet echt oververmoeid zijn." Ze hoort een klein lachje in zijn stem en kan hem dan ineens niet meer verdragen, net zomin als ze Berry nog verdragen kan, of gedachten aan Erik-Jan.

„Ik zeg niet zomaar iets," reageert ze wat kribbig. „Als je het niet erg vindt dan hang ik nu op."

„Het was niet zo gemeend. Ik zorg natuurlijk voor iets lekkers van de chinees. Als ik nog meer voor je kan doen moet je het maar zeggen."

Het beste wat hij nu voor haar kan doen is zijn mond houden. Het is een opluchting als ze de knop van de telefoon kan indrukken en ze opnieuw alleen is met een tuin vol lentegeluiden en -geuren. Haar hoofd bonst pijnlijk. Haar blik hecht zich aan een merel die in haar tuin op zoek is naar voedsel. Vanmorgen in de ochtendschemering heeft de merel al een heel concert onder haar raam gegeven. Met verwondering had ze ernaar liggen luisteren. De wereld viert volop de nadering van het voorjaar terwijl zij niet meer weet hoe haar leven verder moet gaan. Gisteravond had ze tot laat in de avond fotoboeken doorgebladerd alsof ze zichzelf nog eens extra kwellen wilde. Al die dierbare foto's had ze nu met andere ogen bekeken. Marnix, pasgeboren op haar buik. Erik-Jan ernaast. Hij lachte en had zijn hand op zijn jongste zoon gelegd. Een paar foto's verder was Christine op kraambezoek gekomen. Christine was altijd een van de eersten geweest die op kraambezoek kwam. Jarenlang hadden ze elkaar bijna als familie beschouwd. Voor de grap zeiden ze wel eens dat ze zussen waren. Nu mengden al die herinneringen zich met bitterheid. De foto van Christine met Marnix in haar armen had haar het meest gegroffen. Erik-Jan had die foto gemaakt. Christine keek in de camera. Ze lachte en wat ze eerder nooit had opgemerkt, had ze nu heel duidelijk gezien, Christine keek naar de man die ze liefhad. Ze had die foto uit het album getrokken en verscheurd, net zoals ze die andere foto's van Christine allemaal had laten verdwijnen. De pijn was niet minder geworden. De pijn om het verraad.

Waarom bleef die vink maar doorgaan? Ze drukt haar handen tegen haar oren maar het is net of de vink luider gaat zingen. De vrolijke vinkenslag laat zich niet verdringen, net zoals al de zwarte gedachten die haar helemaal in beslag hebben genomen.

Vlak voordat ze besluit dat het tijd wordt om Marnix op te halen rinkelt haar telefoon opnieuw. Ze ziet ogenblikkelijk in de display dat het Berry is. Stil blijft ze op de bank in de tuin zitten en probeert het geluid te negeren. Eindeloos lijkt de vrolijke toon aan te houden. Vlak nadat het gestopt is, begint het opnieuw. De derde keer kan ze het niet langer negeren. „Ik wilde je niet zien maar net zomin horen," begint ze.

„Het spijt me. Ik wil gewoon weten hoe het met je gaat."

„Hoe denk je dat het met me gaat?"

„Niet goed waarschijnlijk. Daarom bel ik ook. Ik maak me bezorgd."

„Laat me dan alsjeblieft met rust."

„Het heeft geen zin om je af te sluiten."

„Ik begrijp niet waarom je me belt. Ik heb tijd nodig. Waarom gun je me die tijd niet? Wat is het verschil tussen Christine en mij? Christine heb je alle tijd van de wereld gegund, mij gun je nog geen dag."

„Diana, laat bitterheid je leven niet gaan overheersen. Er is er maar een die daar het meeste last van heeft en dat ben jij."

„Jij hebt makkelijk praten!"

„Heb ik niet evenveel recht op bitterheid als jij?"

„Je had er iets aan kunnen doen. Je had Christine weg kunnen sturen, je had Erik-Jan kunnen confronteren met zijn overspel."

„Er zouden twee gezinnen kapot zijn gegaan."

„Die zijn nu ook kapot!"

„Diana, zeg eens eerlijk. Jij wist het ook."

„Hoe kun je dat zeggen? Denk je dat ik dan nog had gewild dat Christine nog maar in m'n buurt zou komen? Denk je dat Marnix dan nog geboren zou zijn? Denk je dat werkelijk?"

„Jij sloot je ogen net zo goed als ik de mijne sloot. Ik kon er niet langer omheen. Ingrid werd geboren en ik wist absoluut zeker dat ze niet mijn kind kon zijn. Daardoor kon ik er niet langer omheen. Alleen daarom moest ik Christine ermee confronteren."

„Ik zou willen dat ik het nooit te weten was gekomen. Zelfs dat heeft ze me niet gegund. Als zij niet was vertrokken dan had ik het nooit geweten."

„Jij hebt, net zo goed als ik, hun blikken onderschept als we met z'n vieren waren. Jij herinnert je dat voorval ook nog toen we samen op vakantie waren en Kelly en Anouk verdwenen leken."

„We vonden de meiden en waren vervolgens Erik-Jan en Christine kwijt," weet ze direct.

„Je was niet voor niets zo vreselijk boos."

„Ik was doodongerust geweest en toen we de meiden dan eindelijk gevonden hadden vroeg ik me af waar..."

„Wees eerlijk!" valt hij haar in de rede. „Je dacht heel andere dingen. Je durfde ze niet hardop te zeggen. De consequenties zouden immers enorm zijn. Je zou niet alleen je man maar ook je beste vriendin verliezen."

„Die ben ik nu ook kwijt," zegt ze.

„Ja, die ben je nu ook kwijt."

„Weet je wat ik misschien wel het ergste vind?"

Ze wacht even maar krijgt geen reactie. „Het ergste vind ik dat ik Ingrid nooit meer als jullie kind zal kunnen zien. Ik ben altijd gek geweest met jullie kinderen maar ik zal het nu niet kunnen verdragen om Ingrid te zien. Is het niet vreselijk dat ik de aanblik van een kind niet kan verdragen? Waarom moest Erik-Jan nu net Christine uitzoeken? Hij ontmoette zoveel vrouwen. Ik wilde dat het een ander was geweest."

In de loop van het gesprek is ze steeds luider gaan praten. De vink is stil geworden.

„En jij bedekt alles maar met de mantel der liefde," gaat ze verder. „Het is net of jij niet kwaad kunt worden. Zelfs nu ze er vandoor is wil je nog geen slecht woord van haar horen. Als ze morgen bij je op de stoep staat, doe je de deur weer wagenwijd open. Kom er maar in, Christine! Je mag me nog meer pijn doen als je wilt. Met mij hoef je geen rekening te houden. Met je beste vriendin ook niet."

„Ik begrijp dat je woedend bent."

„Nee, daar begrijp jij helemaal niets van. Jij weet helemaal niet wat het is om woedend te worden. Misschien heb je wel gedacht dat je Christine zou kunnen houden als je haar maar heel veel liefde gaf. Thuis had ze dat niet gekregen. Jij moest dat dubbel vergoeden."

„Daar komt ook heel veel uit voort," waagt hij het op te merken.

„Dat wil niet zeggen dat ze daardoor mag doen en laten wat ze wil zonder rekening te houden met de mensen om haar heen. Jij hebt Christine tot het middelpunt van je bestaan gemaakt. Je hebt niet gezien dat Christine zichzelf tot het middelpunt van haar bestaan heeft gemaakt. Er valt niets meer met de mantel der liefde te bedekken!"

„Ik hoop dat we er op een dag weer in alle rust over kunnen praten. Je bent geschokt en woedend. Ik begrijp dat best..."

„Nee Berry, daar begrijp jij helemaal niets van!"

„Misschien meer dan je denkt. Ik zal je nu met rust laten, zoals je wilt, maar als je me nodig hebt kun je me bellen. Ik hoop dat je over je woede heen zult komen, dat we onze vriendschap weer op zullen kunnen pakken. De afgelopen tijd is dat heel belangrijk voor me geworden. Ik hoop dat ik de komende tijd toch iets voor jou zal kunnen betekenen. Aarzel niet om me te bellen als je me nodig hebt."

Als het telefoongesprek beëindigd is ziet ze dat het al tijd wordt om Marnix bij de peuterspeelzaal op te halen.

„Waarom heb je dat gedaan zonder met mij te overleggen?" Haar stem klinkt schril. De kinderen zijn na het eten naar boven gegaan om daar op de televisie naar een kinderprogramma te kijken. Ruud heeft haar gemaand om nog even rustig te blijven zitten. „Ik zet straks de afwas voor je in de vaatwasser, eerst heb ik een verrassing voor je," had hij gezegd.

Het was geen verrassing. Met een verrassing ben je blij. Hoe kan ze hier blij mee zijn?

„Hoe denk je dat ik dat met de kinderen moet regelen?" brengt ze ertegen in.

„Ik heb jouw ouders gebeld. Die zagen het belang van een rustig weekend voor jou wel in."

„Ik breng mijn kinderen al zo vaak naar mijn ouders. Ik wil geen misbruik van hun goedheid maken."

„Ze vonden het geen probleem om een lang weekend met de kinderen op te trekken. Volgens mij vonden ze het zelfs leuk. Diana, ik hoopte dat je er blij mee zou zijn."

Ze ziet de teleurstelling in zijn blik. Hoe kan hij ook weten dat het woord blij geen inhoud meer voor haar heeft?

„Ik heb je laatst toch al gezegd..."

Hij houdt met een handgebaar de rest van haar woordenstroom tegen. „Je hebt laatst gezegd dat je niet wist waar je met de kinderen heen moest. Dat probleem heb ik voor je opgelost. Diana, hoelang is het geleden dat jij voor het laatst alleen op stap bent geweest?"

Ze haalt haar schouders op.

„Kijk eens naar jezelf in de spiegel. Je ziet er doodmoe uit. Het is geen wonder dat je overwerkt bent. Altijd denk je aan je kinderen, nooit maak je ruimte voor jezelf en toch is dat het beste wat je voor je kinderen kunt doen. Zo houd je het namelijk niet vol. Daarbij komt dan nog dat hele gedoe met die vriendin van je. Het is nodig dat je dat allemaal even opzij kunt zetten. Liefje, ik wilde je verrassen omdat ik van je houd. Jouw ouders willen met alle liefde die vier dagen oppassen. We gaan die dagen niet naar het einde van de wereld. Ik heb een weekend Brussel geboekt. Het lijkt me heerlijk om met jou 's morgens aan de ontbijttafel te zitten en 's avonds ergens romantisch te dineren. Ik wil je de stad laten zien, op een terrasje zitten. Ik wil dat we eindelijk een keer van elkaar kunnen genieten."

Ze wil zoveel zeggen maar als ze naar zijn gezicht kijkt ziet ze dat er geen weg terug is. „Het spijt me," zegt ze zacht. „Ik weet dat het ondankbaar is."

„Ga je met me mee?"

Ze knikt en probeert te glimlachen maar zelf heeft ze het idee dat die glimlach mislukt. Hij schijnt het niet te merken.

12

Maart geeft veel mooie dagen. Dagelijks staat de zon aan de hemel, af en toe nog iets gesluierd maar toch al gul met warmte. Toeristen posteren zich op de terrassen alsof het al hoogzomer is. Een zwerver koestert zich in de zon. Niemand lijkt hem te zien. Onzichtbaar beweegt hij zich door de stad. Amsterdam... Na het kleine dorp op de Veluwe heeft ze voor de grote stad gekozen omdat ze, net als de zwerver, hier op kon gaan in de mensenmenigte zonder gezien te worden. Het kostte, tot haar verwondering, nauwelijks moeite om een tijdelijke baan als serveerster te krijgen, ondanks haar volledige gebrek aan ervaring en het feit dat ze de tienerjaren al ruim gepasseerd is. De eigenaars van hotel "De Kern" zijn zelf op leeftijd. Ze hebben haar toevertrouwd in de loop der jaren ervaren te hebben dat een oudere werknemer vaak aan een half woord genoeg heeft. Jannie en Arnoud den Hollander beheren naast hun restaurant ook een complex met kleine appartementen. Christine heeft daar onderdak gevonden. Het appartement is eenvoudig gemeubileerd maar bepaald luxe in vergelijking met de kamer bij mevrouw Janssen. Door het hoge raam heeft ze uitzicht op een smalle straat. Ze zit er vaak te kijken naar de mensen die voorbij gaan, naar de overkant waar smerige ramen met kapotte vitrages de indruk geven dat de panden onbewoond zijn. Alleen wasgoed op de balkons verraadt leven en de kinderen die op straat spelen. Kleine, donkere kinderen. Ze hollen achter elkaar aan terwijl volwassen mannen in groepjes bij elkaar staan te praten in een taal die ze niet verstaat. De kinderen spreken wel Nederlands. Soms knoopt ze een gesprekje met hen aan. Ze vraagt op welke school ze zitten en of ze een aardige onderwijzeres hebben. Af en toe komen de kinderen naar haar toe, ze laten een werkstuk zien dat ze op school hebben gemaakt, of een stuk speelgoed dat ze pas hebben gekregen. Vaak rennen ze haar zo voorbij. In het huis waar haar appartement onderdeel van uitmaakt wonen ook kinderen. 's Morgens vroeg hoort ze hen schreeuwen, hun rennende voetstappen, daar bovenuit een harde vrouwenstem. Meestal wordt het daarna even rustig. De vrouwen komt ze tegen als ze via de trap naar buiten gaat. Ze zeggen haar vriendelijk goedendag. Niemand vraagt waar ze naartoe gaat en wat ze hier doet.

Overdag is ze in het restaurant te vinden. Ze werkt graag en veel. Jannie zorgt dat ze niets te kort komt. Na een paar pogingen om meer over Christine te weten te komen, heeft ze haar inspanningen gestaakt en schijnbaar heeft ze haar eigen conclusies getrokken. Christine wordt met warmte en liefde omgeven maar verder met rust gelaten. Het is vreemd hoe een mens zich schijnbaar moeiteloos weet aan te passen aan nieuwe situaties. Hoe onbekend al heel snel vertrouwd wordt. De weg van haar appartement naar het restaurant bijvoorbeeld maar ook het restaurant zelf. De tafels met de gele kleden, het servies met de donkerrode randen, de gerechten en zelfs sommige gasten. De oude meneer Dommel komt elke middag voor een kop koffie met een saucijzenbroodje. Twee vrijgezelle dames komen drie keer in de week eten, een club van vriendinnen op leeftijd treft elkaar wekelijks. Ze wordt door sommigen bij de voornaam genoemd. Voor iedereen heeft ze een praatje klaar, gesprekken met buitenlanders vormen geen enkel probleem. Ze geniet ervan om haar Engels en Duits weer op te halen. De gesprekken blijven oppervlakkig. Nooit komt iemand dichtbij. Schijnbaar moeiteloos heeft ze zich aan haar nieuwe leven aangepast maar het is alleen haar buitenkant. Elke dag lijkt het duidelijker te worden dat ze een inschattingsfout heeft gemaakt. Het gemis van haar kinderen wordt niet draaglijker naarmate ze langer weg is. Zo had ze het zich voorgesteld. De praktijk wijst uit dat het een verkeerde voorstelling was. Amsterdam is een stad die tot haar verbeelding spreekt, een stad waar ze kan onderduiken maar ook een stad waar haar heimwee soms ongekende vormen aanneemt. Bijna drie maanden is ze nu weg. Ze kan niet anders dan toegeven dat die maanden haar niet hebben gebracht waarnaar ze zocht. Waarschijnlijk zal ze nooit vinden waarnaar ze zoekt. Misschien weet ze niet eens waar ze naar zoekt. Elke dag lijkt haar dat duidelijker te worden. Ze realiseert het zich als ze in haar appartement de foto's bestudeert van de kinderen. Ze kijkt niet vaak, het brengt alleen pijn en onzekerheid met zich mee. Dagelijks overleeft ze. Alles in haar leven is onzeker geworden. Er is maar een zekerheid, er is geen weg terug.

Meestal verblijft ze 's avonds in haar appartement. Ze kijkt televisie of leest een boek. Vanavond voelt ze een ongedurigheid die haar dat onmogelijk maakt. Misschien heeft het te maken met de komst van het nieuwe jaargetijde. Thuis had ze dat altijd stap voor stap gevolgd. Vogels in de bomen, aarzelend groen, voorjaarsbloemen, de geur van lente. Ze zou haar eerste middag in de tuin er alweer op hebben zitten. Hier heeft ze geen tuin en toch wordt het lente. Ze trekt haar jas aan en loopt de trappen af die naar de buitendeur leiden. In het begin van haar verblijf hier had ze het niet aangedurfd om in de avonduren door Amsterdam te wandelen. Nu deed ze dat af en toe, wel altijd op haar hoede. Vroeger was ze er zo vaak voor gewaarschuwd. Haar ouders wilden niet dat ze in de avonduren alleen onderweg was. Ze werd naar de jeugdclub gebracht, naar de catechisatie en het werd haar verboden om naar het feest van school te gaan.

De buitendeur valt in het slot, ze groet de mannen aan de overkant en loopt rustig door de straat. Een auto scheurt haar voorbij met dreunende bassen. Er zijn nog steeds kinderen op straat, hoewel het daglicht al vervaagt. Jongelui op scooters racen haar tegemoet. Verderop staat een groep meisjes met elkaar te praten. Strakke spijkerbroeken, hoge hakken, korte jasjes, aangezette ogen die haar zonder interesse nakijken. De geur van sigaretten en goedkope eau de toilette omgeeft hen. De geur van jeugd. Een geur die verlangen bij haar oproept. Verlangen naar iets wat zij nooit heeft bezeten. Onbezorgdheid, brutaliteit, onoverwinnelijkheid en wat er nog meer bij een meisje op puberleeftijd hoort. Ze steekt haar handen in de zakken van haar jas. Overdag is het weer lenteachtig maar 's avonds zakken de temperaturen snel naar meer winterse temperaturen. Een eind verderop zijn winkels, een paar kroegen. In de grote ramen ziet ze zichzelf voorbijkomen, haar blonde haren bijeengebonden in een staart, een beetje voorover gebogen, alsof de donkerrode jas te zwaar op haar schouders drukt. De lage hakken van de zwarte laarsjes klikken op het trottoir maar het geluid vervaagt als de muziek uit de kroegen duidelijker opklinkt. Voor de café's staan mensen, er lopen mensen voorbij, er gaan mensen naar binnen. Ze heeft zelf geen idee waarom ze ineens ook besluit om hen te volgen. Als ze binnen staat heeft ze er ook alweer spijt van. Een groepje mannen kijkt op, de man achter de bar begroet haar. Ze wil zich omdraaien maar durft niet meer. Wat onhandig klimt ze op een lege kruk.

„Wat mag 't zijn?" informeert de barkeeper vriendelijk.

Ze voelt zich ineens beter, legt haar armen op de rand van de bar en bestelt een biertje.

„Zo meissie, mocht je er alleen op uit vanavond?" De man zet een glas bier voor haar neer.

„Af en toe moet dat kunnen, hè?" Misschien kan ze vanavond toch iets vinden van wat die jonge meisjes hadden. Ze nipt aan de schuimkraag en waagt het om voorzichtig rond te kijken. Overal staan of zitten groepjes mensen bij elkaar. Iedereen is in gesprek. Ergens vangt ze een blik van een jongeman. Ze bloost, wendt haar blik af en kan het toch niet laten nog eens te kijken. Hij heeft een smal gezicht. Zijn haren vallen in een lok voor zijn donkere ogen. Hij knipoogt. Zij neemt zich voor om nu werkelijk niet meer in zijn richting te kijken. Ze concentreert zich op de muziek, tikt met haar voet het ritme mee. Een prettige mannenstem zingt: „It's my life."

Het is goed dat ze nu rookt. Om zich een houding te geven kan ze een sigaret opsteken. Als ze haar aansteker tevoorschijn haalt staat de jongeman ineens voor haar. „Mag ik je een vuurtje aanbieden?"

Opnieuw is er die hinderlijke blos. Ze kijkt hem niet aan als hij zijn aansteker bij haar sigaret houdt.

„Je bent zeker niet van hier?"

Origineel is hij niet en zeker tien jaar jonger.

Ze schudt haar hoofd.

„Waar kom je vandaan?" wil hij nu weten.

„Wat doet het ertoe?"

„Wat intrigerend." Hij lacht, loopt terug naar de plaats waar hij vandaan komt. Ze wil opgelucht ademhalen maar hij draait zich om en keert met een glas bier in zijn hand weer.

„Ik houd van intrigerende vrouwen. Je vindt het toch niet erg dat ik even bij je kom staan?"

Ze aarzelt.

„Ik hoef niets van je te weten. Alleen je naam misschien?"

Ze heeft het warm in haar jas. Nogal stuntelig probeert ze zich ervan te ontdoen. Hij neemt haar jas aan. „Zal ik eerst maar beginnen met voorstellen? Mijn naam is Lászlo."

„Lászlo?" herhaalt ze.

„Het is een Hongaarse naam."

„Heb je Hongaarse genen?"

„Nee, ouders die ten tijde van mijn geboorte helemaal lyrisch waren van Hongarije als vakantieland." Hij grijnst. „Ik heb nog een jongere broer. Na Hongarije ontdekten mijn ouders Frankrijk. Ze kochten er zelfs een vakantiehuisje waar ze nu het grootste deel van het jaar wonen. Mijn jongere broer heet dan ook Pierre."

Ze lacht en steekt hem haar hand toe. „Ik heet Christine." Zijn handdruk is krachtig. Hij heeft zijn voet op de sport van haar kruk gezet. Hij is heel dichtbij.

„Nog een biertje?" Hij heeft zijn glas leeggedronken. „Of vind je het leuker om verder te kijken? Ik denk dat je niet zo vaak in Amsterdam komt?"

Ze aarzelt.

„Ik doe je geen oneerbare voorstellen. Er zijn gewoon veel leukere kroegen dan deze hier. Ik wil je gids zijn, verder niets."

Het gaat zo snel. Ze is het niet gewend maar krijgt toch steeds meer het gevoel dat ze nog iets kan inhalen, iets van dat brutale, dat onbezorgde, onoverwinnelijke.

„Ik ga met je mee." Ze glijdt van de kruk af, hijst zich weer in haar jas.

Samen lopen ze de avond in. De straatlantaarns branden. Hij is veel jonger dan zij is. Zij voelt zich jong.

Een paar uur later weet ze nog dat ze in drie verschillende café's zijn geweest maar heeft geen idee hoeveel ze gedronken heeft. Met het verstrijken van de tijd is ze zich steeds jonger en zorgelozer gaan voelen.

„Ik houd van de gratie van rijpere vrouwen," mompelt Lászlo in haar oor. Lászlo, die wel dertien jaar jonger is. Hij draagt een piercing door zijn wenkbrauw.

„Je zou bijna mijn zoon kunnen zijn," giechelt ze.

„Je ziet er nog lang niet uit als mijn moeder." Hij heeft een arm om haar heengeslagen. Ze ruikt de lucht van zijn leren jack, vermengd met bier en sigaretten. Ze vindt het een prettige geur. Haar hoofd rust af en toe tegen zijn schouder.

„Waar logeer je?" wil hij nu van haar weten.

Ze haalt haar schouders op. „Dat wil ik je toch maar niet vertellen."

„Waarom niet?'

„Sommige dingen moet je geheim houden."

„Je bent zo geheimzinnig. Zullen we nog maar een biertje nemen?"

„Nee." Het is net of ze ineens tot zichzelf komt. „Het is beter dat ik nu naar huis ga."

„Ik laat je niet alleen gaan."

„Het is beter..."

„Ik zou het mezelf niet vergeven als je iets overkomt op weg naar huis. Waarom vertrouw je me toch niet?"

Ooit was het tegen haar gezegd. „Geen man is te vertrouwen. Zorg dat je nooit alleen met een man bent, tenzij het de man is waarmee je getrouwd bent." De woorden dansen een beetje door haar hoofd, net zoals de hele wereld een beetje danst.

„Vooruit dan maar." Ze moet zich even aan zijn arm vasthouden.

„Ben je getrouwd?” wil hij weten nadat zij hem heeft verteld in welke straat ze moet zijn.

„Hoe kom je daar zo bij?”

„Ik vroeg me af wat je anders te verbergen zou hebben.”

„Waarom zou ik iets te verbergen hebben?”

„Je doet heel geheimzinnig.”

Hij heeft zijn arm om haar heengeslagen en voert haar mee als zijn geliefde. Af en toe is zijn hoofd heel dichtbij het hare. Ze vindt het niet onaangenaam. Vanavond vindt ze niets onaangenaam. De buitenlucht is prettig, zijn schouder tegen die van haar, zijn stem in haar oor. Het voelt heel vertrouwd, alsof ze hem al jaren kent. Hij vertelt nu hoe hij in Amsterdam terecht is gekomen.

„Het was de bedoeling dat ik hier zou gaan studeren,” zegt hij. „Je wilt het misschien niet geloven maar ik zou theologie gaan studeren. Mijn ouders wilden dat graag. Mijn broer en ik moeten hun dromen waar maken. Voor mijn broer hebben ze een medicijnenstudie in petto. Van mij wilden ze een dominee maken.”

„Dat is dus niet gelukt,” concludeert ze.

„Nee, dat is niet gelukt.” Zijn stem klinkt somber. „Tijdens het propedeusejaar wist ik al dat ik daar niet op m'n plek was en dat ik absoluut geen aspiraties had om predikant of geestelijk verzorger te worden. Zo is dit avontuur geëindigd. Mijn ouders trokken hun handen van me af. Diep teleurgesteld in zo'n ontaarde zoon. Vanaf dat moment probeert deze jongen met allerlei baantjes het hoofd boven water te houden en te zoeken naar de zin van het leven. Bovendien wordt het langzamerhand eens tijd om over mijn toekomst te denken.”

De straat waar ze inlopen is bekend. Hij telt hardop de nummers af en staat dan stil.

„Ik mag zeker niet even mee naar binnen?”

Ze schudt haar hoofd.

„Ook niet als ik je beloof dat ik gewoon nog even een biertje drink en dan weer ga?”

Ze schudt opnieuw.

Hij heeft zijn handen op haar schouders gelegd. Zij kan

niet anders dan naar hem opkijken. „Een kus... denk je dat ik je een kus mag geven?"

Ze wil weer schudden maar hij heeft zijn mond bovenop de hare geperst. Even sluit ze haar ogen, dan maakt ze zich los.

„Het spijt me," zegt hij.

Zij draait zich om, morrelt met haar sleutel in de deur.

„Eigenlijk spijt het me niet echt," hoort ze hem zeggen. „Ik vond het prettig. Je bent een heel mooie vrouw, weet je dat?"

Er lopen tranen langs haar wangen.

„Zal ik je helpen met het slot?" Hij heeft zijn hand al over de hare gelegd, kijkt haar dan verbaasd aan. „Je huilt! Was het echt zo erg?"

Ze schudt haar hoofd. Hij draait de sleutel om. Zij stapt de donkere hal binnen. „Het spijt me echt," zegt hij.

Ze sluit de deur, knipt het kleine lichtje in de hal aan, leunt nog even tegen de voordeur waar de donkergroene verf van afbladdert. Aan de andere kant hoort ze zijn voetstappen die zich steeds verder van de deur verwijderen. Met loden voeten loopt ze de trap op en ineens weet ze waarom ze zijn aanwezigheid vanavond zo prettig vond. De hele avond deed hij haar aan iemand denken. Het smalle gezicht, de te lange haren, de voorkomende manier van doen. Die ander is wel twintig jaar ouder dan hij maar hij zou familie kunnen zijn. Berry... Ze kan niet meer ophouden met huilen.

Het is donker. Ze opent haar ogen maar ziet niets. Aardedonker is het om haar heen. Aardedonker en doodstil. Ze huivert, wil opstaan maar haar benen lijken haar niet te kunnen dragen. Ze moet blijven zitten waar ze zit. De duisternis benauwt haar. Met haar handen tast ze om zich heen maar ze vindt niets. Haar ogen lijken niet aan het donker te kunnen wennen. Ze kan niets onderscheiden. Dan ineens is er een geluid, het klinkt eerst nog ver weg maar het komt dichterbij. In eerste instantie kan ze het niet thuis brengen. Het is een akelig, luguber geluid dat haar de rillingen over de rug doet lopen. Langzaam komt het dichterbij en plotseling dringt het tot haar door dat het stemmen zijn. Jammerende, weeklagende stemmen, het huilen van een vrouw maar ook van mannen. Ze wil roepen maar haar stem weigert dienst. Geen geluid wil uit haar mond komen en gaandeweg voelt ze een enorme benauwenis op zich vallen. De stemmen sterven weg. Zij wil hier ook weg maar waar is de uitgang? Waarom kan ze niet meer op haar benen staan? Haar stem. Ze moet iemand roepen. Iemand die haar uit deze vreselijke plek vandaan kan halen. Onverwachts is er dan een stem en ze weet direct dat die stem van haar vader is.

„De hel is daar waar God niet is!" Luid en duidelijk is zijn stem hoorbaar door de verstikkende, donkere ruimte. „Ik heb je zo vaak gewaarschuwd ontaarde dochter. Ik heb gezegd dat het helemaal verkeerd met je zou aflopen. Jij wilde niet horen! Jij ging je eigen weg en dit is er van je geworden."

Ze wil hem vragen of hij dat niet wil zeggen. Ze wil dat hij ophoudt maar voor haar is er nog steeds geen stem en zijn stem gaat verder, „Je moeder en ik hebben je proberen los te weken van die man maar hij bezat toverkracht. Hij betoverde je en nam je mee de wereld in. Alsof die wereld gelukkig maakt. Heb je het nu gezien? Voel nu eens hoe gelukkig je bent? Gisteravond heb ik gezien hoe je als getrouwde vrouw met een jongeman aanpapte. Je dacht dat ik het niet zag. Je meende dat je je ouders buiten je leven kon houden!"

Het geweeklaag komt weer dichterbij, er zijn nu ook kinderstemmen. Ze gaan door merg en been, zelfs als ze haar handen voor haar oren houdt wordt het geluid niet gedempt.

„De hel is daar waar God niet is. Duisternis, eenzaamheid..."

Nooit eerder heeft ze zo'n verstikkende angst gevoeld. „Voor eeuwig zul je hier zijn. Je geliefden weeklagen over je. Hoor je die kinderstemmen?"

Ineens schreeuwt ze, luid en wanhopig en als ze haar ogen opent ziet ze de lichten in de straat. Het stelt haar niet gerust. Haar hart bonkt met zware slagen, haar nachtpon is nat van het zweet. Heel stil blijft ze liggen alsof ze zo die vreselijke beelden op afstand zal kunnen houden. Ze haalt diep adem, gaat zitten en drukt het lampje op het nachtkastje aan. De beelden blijven. De stem echoot in haar oren. De stem van haar vader. Hoewel de droom is afgelopen is de angst gebleven. Met kloppend hart verlaat ze het bed, trekt haar nachtpon uit en hult zich in een schone. Met haar badjas aan zit ze even later op een stoel voor het raam met alle lampen aan die ze maar bezit. Ze heeft een glas water voor zich staan en probeert rustig te worden. De stem van haar vader lijkt zich te hebben vastgehaakt in haar hoofd, die vreselijke woorden, „De hel is daar waar God niet is" blijven maar doormalen. Haar vader had het vroeger heel vaak over de hel gehad, weet ze nu. Van haar kindertijd en haar vroege jeugd herinnert ze zich voornamelijk angst. Als enig kind van haar ouders hadden ze heel veel van haar verwacht. Recalcitrant gedrag werd niet getolereerd. Hardhandig werd ze gecorrigeerd. „Het is voor je eigen bestwil," zei haar moeder. „Later zul je ons er dankbaar voor zijn."

Voor haar eigen bestwil...

In de slaapkamer van haar ouders had haar vader eigenhandig een inloopkast gemaakt. Een heel praktische kast waar alle kledingstukken van haar vader en moeder keurig gerangschikt hingen. Vanaf de slaapkamer was de lamp te bedienen, het lichtknopje zat aan de buitenkant. Ze wist dat nog heel goed want voor haar eigen bestwil werd ze regelmatig door haar vader in die kast gesleurd. „Waag het niet om eruit te komen," waren zijn woorden die steevast die handeling vergezelden.

Ze had dat nooit gewaagd. Heel stil was ze altijd in die kast blijven zitten, doodsbang voor het moment dat hij aan de buitenkant het licht uitknipte. Dan zat ze daar en wachtte terwijl het leek of ze steeds moeilijker kon ademhalen. Voor haar idee zat ze daar uren maar het kon ook een halfuur zijn of een kwartier. Het leken in ieder geval uren. Heel stil bleef ze altijd op de grond zitten. Soms wilde ze opstaan maar haar benen wilden nooit meewerken en de duisternis was zo intens. Haar ogen leken niet te willen wennen aan het donker. Ze wist dat er kleren hingen, ze rook hun geur, als ze haar hand ophief voelde ze de stof, maar ze zag niets. Haar benauwenis nam steeds heftiger vormen aan. Op een gegeven moment kwamen de sloffende voetstappen van haar vader de trap weer op. Vanachter de deur klonk zijn stem met de vraag, „Zul je ons nu geen verdriet meer doen?"

Ze had dat altijd geprobeerd. Ze had zich in allerlei bochten gewrongen om haar ouders geen verdriet te doen maar bovenal om de Here God geen verdriet te doen.

„Hij ziet je overal!" donderde haar vaders stem soms maar ook "De hel is daar waar God niet is."

Als ze aan God dacht dan voelde ze angst. Die angst had haar leven overheerst tot het moment dat Berry was gekomen.

Ze had hem aantrekkelijk gevonden omdat hij zo heel anders was dan de jongens van haar leeftijd. Hij was geduldig, hij luisterde naar haar, bij het afscheid probeerde hij haar niet direct te kussen en toen hij haar voor het eerst kuste deed hij dat heel voorzichtig. Hij plukte niet aan haar kleren, probeerde niet met zijn handen onder haar trui te komen. Bij hem voelde ze zich veilig. Dat was het juiste woord. Veiligheid en geborgenheid had ze bij Berry gevonden, niet alleen in lichamelijke zin maar vooral ook in geestelijk opzicht.

„God wil niet dat je verloren gaat," had hij haar voorgehouden. „God houdt van je. Voor jou heeft Hij zijn enige zoon gegeven. Je vader heeft gelijk. Wij zijn mensen en we maken fouten. Dagelijks zondigen we en juist daarom heeft Jezus de zonden van de wereld gedragen."

Uren hadden ze erover gepraat. Ze had zijn woorden ingedronken. „Je mag zijn wie je bent," was ook een uitspraak van Berry geweest. „Je hoeft niet te zijn zoals je ouders willen dat je bent, of zoals ik wil dat je bent. Je mag zijn zoals God je bedoeld heeft. God heeft je het leven gegeven om ervan te genieten."

Genieten was een woord dat door haar ouders nooit op een positieve manier in de mond was genomen. Samen met

Berry genoot ze en samen mochten ze ervaren hoe mooi de wereld was. Er was een tijd geweest dat ze het fijn had gevonden om bij Berry te zijn. Dat was in de periode toen ze Erik-Jan nog als de vriend van Diana had gezien en later als de man van Diana. Op een dag had ze Berry met Erik-Jan vergeleken en die vergelijking viel geheel in het nadeel van Berry uit. Zelf had ze toen nog niet in de gaten wat een gevaarlijk spel ze speelde. Heel lang had ze gedacht dat ze het allemaal in de hand had. Bovendien was het niet wederzijds. Toen was de dag gekomen waarop ze samen met Erik-Jan in de schuur was geweest om te kijken naar een driewieler die van Kelly was geweest en nu kon worden overgenomen door Anouk. Ze had doorlopend het gevoel gehad dat ze haar adem in moest houden. Op die dag waren ze heel dichtbij elkaar gekomen. Ze strijkt langs haar lippen alsof ze zijn kus van toen nu nog voelt. Vanaf dat moment had ze geweten wat echte liefde inhield. Daarbij vergeleken was de relatie die ze met Berry had verbleekt. Het was tot haar doorgedrongen dat ze bij Berry vooral een beschermer had gezocht en gevonden. In Erik-Jan vond ze een man, een minnaar, haar grote liefde. Ze had zich wel eens afgevraagd hoe haar ouders zouden reageren als ze alles wisten. Alleen de gedachte daaraan kneep haar de keel al dicht. Van Berry moesten haar ouders niets hebben maar ze wist zeker dat ze een scheiding van Berry nog veel erger zouden vinden.

In hun ogen had Berry haar vooral van hun losgeweekt. Haar overgang naar een andere kerkelijke gemeente was voor hen bijna hetzelfde als het loochenen van het bestaan van God. Ze waren er niet bij toen ze belijdenis deed in de gemeente waarvan Berry ook lid was. Ze had geprobeerd om toch van de dag te genieten en luid en duidelijk had haar "ja" door het fraaie gebouw geklonken. „Je bent op de verkeerde weg," zei haar moeder en ook, „Als ik van tevoren had geweten hoeveel verdriet je me zou aandoen, had ik liever geen kind gehad."

Ze bleven deel uitmaken van haar leven maar ze weigerden de doop van hun kleinkinderen bij te wonen. Zij trachtte zich aan hun wurgende greep te ontworstelen, zich niets aan te trekken van hun opmerkingen maar ze merkte keer op keer dat het nooit helemaal lukte. Bij de doop van Ingrid was ze opgelucht geweest dat haar ouders er niet bij waren. Vol schuld had ze voorin de kerk gestaan en dwars door alle mooie woorden van de dominee heen was er een stem in haar hoofd geweest. „De hel is daar waar God niet is."

Wat er in haar jeugdjaren ingehamerd was, zocht zich opnieuw een weg naar haar hart. Alles wat Berry haar daarna had verteld leek nu als een laagje poedersuiker dat eenvoudigweg kon worden weggeblazen. De basis bleef. De zekerheid dat ze een door en door slecht mens was en dat ze Gods toorn over zich had afgeroepen. Voor wat zij had gedaan kon geen vergeving zijn. De dood van Erik-Jan had haar daarin alleen maar gesterkt. Het was haar schuld dat hij verongelukte en ze had het gezien als straf. De angst van haar jeugd had opnieuw bezit van haar genomen en niemand, helemaal niemand had ze dat kunnen vertellen.

In de straat start een auto. Op haar horloge ziet ze dat het niet lang meer zal duren voor haar nieuwe werkdag begint. Ze besluit te gaan douchen, te gaan ontbijten en dan een wandeling door de stad te maken. De droom staat haar nog steeds helder voor de geest, al kan ze nu de verschillende angstaanjagende elementen plaatsen. De duisternis maar ook de kinderstemmen. Anouk en Ingrid, weeklagend om haar. Ouders hebben veel invloed op hun kinderen. Ze beseft het heel duidelijk, terwijl ze denkt aan wat Lászlo over zijn ouders heeft gezegd maar ook aan haar eigen angst en vertwijfeling. Wat heeft ze haar kinderen aangedaan?

13

Ze heeft een gewoonte ingevoerd vanaf het moment dat ze is neergestreken in Amsterdam. Elke morgen haalt ze bij de boekhandel even verderop de krant om vervolgens door te lopen naar haar werk. Als ze even pauze neemt ziet ze vaak kans om die krant door te kijken. Een enkele keer is het zo druk dat ze de krant ongelezen naar haar appartement neemt. Deze morgen is het niet zo druk, ondanks het feit dat de temperatuur aangenaam aanvoelt en de zon al vroeg acte de présence geeft. Achter de tapkast heeft ze de krant uitgevouwen, houdt vanuit haar ooghoeken de komende en gaande man in de gaten en leest staande het nieuws van de dag. De laatste gasten vertrekken van het overdekte terras, meneer Dommel heeft even daarvoor het restaurant verlaten. Ze besluit het zichzelf wat makkelijker te maken, schenkt een kop cappuccino in, neemt de krant mee en vouwt die op een van de tafels uit. Haar ogen glijden over het nieuws op de voorpagina, lezen geïnteresseerd de column op de volgende bladzijde.

„Wat is het toch rustig vandaag." Jannie loopt binnen. „Ik hoop dat het in de loop van de dag toch wat gaat aantrekken."

Ze knikt zonder werkelijk te horen wat Jannie zegt.

„Misschien wil jij straks de ramen even lappen?" informeert haar werkgeefster.

Ze knikt opnieuw. „Na de koffie ga ik direct weer aan het werk." Haar ogen haken vast aan een bericht over een oude dame die van haar fiets is getrokken en vervolgens werd beroofd. Ze deelt het bericht met Jannie. „Wat afschuwelijk toch dat die dingen gebeuren."

„Moet je je toch eens voorstellen dat het om jouw moeder gaat," bedenkt Jannie. „Ik zou woedend zijn. Ik kan me best voorstellen dat mensen in dat soort situaties het recht in eigen hand nemen. Straffen daarvoor lijken nooit hoog genoeg."

„Meestal blijkt de dader te zijn opgegroeid in een liefdeloos..." Ze heeft de bladzijde omgeslagen en voelt het bloed uit haar gezicht wegtrekken. Tussen alle advertenties op de linkerbladzijde is er een bericht dat opvalt door een foto van twee meisjes.

„Wat wilde je zeggen?" Jannie zet zich met een kop koffie tegenover haar. „Wat is er, Christine? Voel je je niet goed?"

De twee gezichten klagen haar aan. Ze probeert de tekst te lezen die eronder staat maar de letters dansen voor haar ogen.

„Zal ik water voor je halen?"

Ze kan niet antwoorden. Jannie staat toch op.

Even later komt ze terug met een glas koud water, de ijsblokjes tinkelen tegen de rand. „Hier, drink op, het zal je goed doen."

Ze meent het goed, natuurlijk meent ze het goed, maar hoe kan Jannie weten dat er niets is wat het nog goed kan maken?

„Staat er iets bijzonders in die krant?" Jannie rekt haar nek.

Ze heeft de tegenwoordigheid van geest om snel om te slaan naar de volgende bladzijde. Ze schudt haar hoofd. „Nee, ik voelde me gewoon even niet lekker." Er komen mensen het terras binnen. Even aarzelen ze, dan kiezen ze toch voor een verblijf in het restaurant zelf.

„Blijf jij maar even zitten en drink dat water op. Ik ga wel even." Jannie neemt het kordaat van haar over. „Misschien moet je even voorover gaan zitten, met je hoofd in de handen."

Ze is blij als Jannie zich verwijdert om bij de gasten te informeren wat ze wensen. Er is een pijn in haar die zo hevig is dat het onmogelijk is om woorden te vinden. Ze vouwt de krant dicht maar de foto lijkt op haar netvlies te zijn gebrand. Met een paar slokken drinkt ze het glas leeg, probeert zich dan te hervinden maar de rest van de middag lukt het haar alleen met uiterste inspanning om normaal te functioneren. Ze is doodmoe als ze 's avonds in haar appartement de krant opnieuw voor zich openvouwt.

De avond wordt snel killer, er is al een zweem van schemering maar Berry kan nog niet naar binnen gaan. Buiten streelt een frisse wind langs zijn wangen, zijn er vogels die de lente inluiden. Buiten is veel minder leegte dan binnen. Stil zit hij op de tuinbank en wacht tot de telefoon zal rinkelen die hij naast zich neer heeft gelegd. Hij heeft een datum en tijd onder de foto geplaatst zodat hij niet eindeloos zal hoeven wachten. Als ze vanavond niet belt zal hij volgende week opnieuw een advertentie zetten maar dan met haar naam, met haar foto, zodat anderen haar zullen herkennen en de keuze niet langer alleen aan haar is.

De kinderen liggen in bed. Geen van beiden hebben ze vanavond nog naar haar gevraagd, wel komt in hun avondgebedje steevast het verzoek of God haar weer thuis wil brengen. Ze lijken hun leven op te pakken maar hij weet beter en hij neemt het haar kwalijk. Hij neemt haar niet kwalijk wat ze hem aandeed, maar wel dat ze de kinderen hun onbezorgdheid heeft afgenomen. Hij kijkt op zijn horloge en ziet dat het bijna tijd is. Een uur heeft hij haar de tijd gegeven. Ze kan hem bellen vanaf half negen tot half tien.

De laatste weken is de pijn heviger geworden. Hij weet heel goed waar dat aan ligt.

Zijn laatste beetje houvast is hij kwijtgeraakt. Diana heeft niets meer van zich laten horen. Er is niemand meer bij wie hij zijn hart kan luchten, waarvan hij weet dat hij altijd welkom is. Sinds hij voor het laatst de deur is uitgelopen bij Diana is hij steeds meer leegte gaan voelen. Sinds die dag heeft hij ontdekt hoeveel ze voor hem is gaan betekenen. Ze is zijn maatje geworden. Ze deelden een gezamenlijk verdriet. Samen is nu alleen geworden. Abrupt staat hij nu toch op. Het is iets over half negen. Hij neemt de telefoon mee naar binnen, sluit de deur en de gordijnen en wacht opnieuw. Om de stilte te verdrijven heeft hij de televisie aangezet. Flitsende beelden tergen zijn ogen. Hij sluit ze en blijft wachten. Af en toe opent hij ze, kijkt naar de rood oplichtende cijfers van de video en ontdekt dat tijd ook kan kruipen. Hij haalt diep adem, voelt de dringende behoefte aan een glas rode wijn maar durft niet aan die drang toe te geven. Zelf begrijpt hij de reden niet. Hij wacht.

Van boven komt geluid. Het gekraak van een traptrede, dan verschijnt er een slaperig gezicht in de deuropening.

„Wat ben je aan het doen, papa?"

„Niets eigenlijk. Wat kom jij doen?"

„Ik kan niet slapen."

Normaal gesproken geeft hij zijn dochters wat te drinken als ze niet kunnen slapen. Nu weet hij alleen dat Ingrid zo snel mogelijk terug naar haar bed moet.

„Ik zal je een glaasje water boven brengen," belooft hij. „Dan moet je nu snel weer naar bed."

„Ik wil geen water. Mag ik niet een beetje chocolademelk?"

„Je hebt je tanden al gepoetst."

„Ik poets dan na de tijd mijn tanden gewoon nog een keer."

„Nu niet, Ingrid. Ik wil dat je gewoon terug naar je bed gaat."

„Anders mag het altijd wel!" protesteert ze.

„Anders wel, maar nu niet. Kom op, naar boven."

„Ik vind het stom. Waarom heb je de gordijnen dicht? Dat vind ik ook stom."

„Ik wil dat je daar nu mee ophoudt." Hij verheft zijn stem een beetje, ziet haar schrik en schaamt zich. „Het spijt me maar ik wil nu echt graag dat je naar bed gaat."

Hij dekt haar zorgzaam onder, zet een glas water naast haar bed en haast zich dan weer naar beneden. Hij zit op de bank met de telefoon naast zich en wacht. Hij kijkt naar de rode cijfers op het videoapparaat die meedogenloos de tijd registreren. Af en toe knijpt hij zijn ogen tot spleetjes. Dan vervagen de rode cijfers, ze worden helder als hij ze weer opent. Onherroepelijk gaat de tijd door. Eenentwintig uur negenentwintig verspringt naar eenentwintig uur dertig. Dertig verandert in eenendertig, eenendertig wordt tweeëndertig. Hij denkt aan horloges en klokken die achter kunnen lopen maar als de drie in een vier is overgegaan en gevolgd wordt door een vijf weet hij dat het een verloren zaak is. De teleurstelling is veel groter dan hij had verwacht. Het knijpt zijn keel dicht, hij krijgt de neiging om tegen de meubels aan te trappen, om in ieder geval te drinken tot hij erbij neervalt. Nu durft hij wel naar de keuken te lopen. De telefoon blijft op de bank liggen. Hij haalt een van de beste wijnen uit het rek. Wijn die hij had willen bewaren tot een bijzonder moment. De kurkentrekker heeft enige moeite met de onwillige kurk en net als het ding uit de hals schiet, klinkt luid en duidelijk het opgewekte geluid van de telefoon in de woonkamer.

Christine heeft hem gevraagd naar een plaatsje aan zee te komen. „Ergens waar we in alle rust kunnen praten. Misschien kunnen we een strandwandeling maken. In deze tijd zullen we nog weinig last van badgasten hebben."

Hij begreep niet waarom ze niet gewoon in Amsterdam wilde blijven maar hij had niets gevraagd. Er is immers zoveel wat hij niet begrijpt.

Het is twee dagen later als hij zijn opwachting in het toeristische plaatsje aan het strand van Noord-Holland maakt. Anouk en Ingrid logeren bij zijn schoonouders. Hij heeft een vage smoes over een lang weekend met collega's van school opgehangen. Een smoes die zijn schoonouders, wonder boven wonder, slikten. Christine heeft gezegd dat ze een vrije dag neemt en heeft hem beloofd dat hij alle tijd krijgt voor het stellen van zijn vragen. Het lijkt hem dat een dag niet voldoende zal zijn. Hij loopt over van de vragen, stikt er bijna in. Nu loopt hij uiterlijk rustig door het dorp en voelt zich alsof hij pas zijn eerste afspraak met haar heeft gemaakt. Vanmorgen had hij extra zorg besteed aan zijn uiterlijk. Dat hij bleek en mager was geworden kon hij niet verdoezelen, wel mocht ze zien dat hij zichzelf niet verwaarloosde. Hij gunde haar dat niet. Lage wolken hangen nu boven de badplaats, af en toe schuift de zon daar achter vandaan om de wereld heel even een vrolijker aanzien te geven. Kort daarna valt de schaduw weer over de winkelende toeristen die gehoopt hebben op een voortzetting van het voorjaarsweer de afgelopen dagen en nu lopen te rillen in hun te optimistisch gekozen voorjaarskleding. Hij is blij met het winterjack dat hij deze morgen heeft aangetrokken. Met lange passen loopt hij verder, bekijkt zonder interesse de etalages en bestudeert zijn horloge. Hij heeft zich voorgenomen om er niet als eerste zitten en op haar te wachten. Tien minuten na de afgesproken tijd zal hij binnenkomen en hij hoopt dat die tien minuten ook voor haar uren zullen lijken. Het restaurant waar ze hebben afgesproken doemt in de verte op. Heel toepasselijk luistert het naar de weinig originele naam "Zeezicht". Hij blijft er een beetje uit de buurt en loopt bedaard die kant op als zijn horloge aangeeft dat de afgesproken tijd bijna tien minuten voorbij is. Uit de wind, achter de glazen afscheiding rond het terras, zitten mensen, maar de meeste bezoekers hebben voor de warmte binnen gekozen. Zijn ogen moeten even wennen aan de schemering. Hij hangt zijn jas op en loopt verder tot hij haar ziet. Ze zit achteraan, vlakbij een raam dat uitziet op de zee. Dat uitzicht lijkt haar te fascineren. Ze kijkt niet op als hij aan komt lopen. Hij heeft heel even de tijd om haar verschijning in zich op te nemen, zonder dat ze het in de gaten heeft. Ze ziet er goed uit ondanks het feit dat ook zij wat lijkt afgevallen. Het staat haar goed en lijkt haar zelfs jonger te maken. Misschien komt het door het felrode truitje dat ze draagt, of misschien zijn het de meisjesachtig opgestoken haren. In ieder geval lijkt ze mooier dan in zijn gedachten. Op de een of andere manier stelt hem dat teleur. Ze had er slechter uit moeten zien. Iets aan haar had moeten getuigen van het feit dat ze had geleden, net zoals hij de afgelopen tijd geleden had. Nu hij naar haar kijkt is het alsof ze de kinderen niet gemist heeft en dat kan hij niet verdragen. Hem hoefde ze niet te missen maar wel de beide meisjes. Het was niet eerlijk dat ook hij is afgevallen maar dat daarbij zijn haren steeds grijzer waren geworden, de lijnen in zijn gezicht dieper, en dat zij hier zit als een ontspannen, mooie vrouw. Ze lijkt zover van hem verwijderd. Dat gevoel versterkt zich als hij ziet dat ze rookt. Het dringt plotseling tot hem door. Nooit eerder heeft hij haar met een sigaret in haar hand gezien. Meer en meer lijkt ze op een vrouw die hij niet kent.

Pas als hij vlak naast haar staat schijnt het tot haar door te dringen dat hij er is. Ze veert op en dan weten ze ineens geen van beiden meer iets te zeggen. Ze heft haar handen in de lucht, lacht wat nerveus. „Ga maar zitten, zou ik zeggen. Je zult wel aan een kop koffie toe zijn. Ik kan je daar een punt appeltaart bij aanraden. Ze hebben hier lekkere warme appeltaart."

De ober komt naderbij. Hij weet niet anders te doen dan haar aanbeveling over te nemen. Hij wacht op zijn bestelling, weet niets te zeggen en ook zij lijkt geen woorden te kunnen vinden. Haar vingers spelen nerveus met een gouden kettinkje om haar hals. Hij ontdekt dat ze geen trouwring meer draagt, op die plek zit nu een goudkleurige ring met een glimmend steentje.

De koffie wordt gebracht. Er wordt een schoteltje met gebak aan zijn kant neergezet. „Wil jij niet?" informeert hij. Ze schudt haar hoofd, laat het kettinkje los en leunt voorover. „Hoe is het met de kinderen?"

Hij aarzelt. „Als ze hadden geweten dat ik jou hier zou gaan opzoeken, zouden ze met geen stok thuis te houden zijn geweest. Ze zijn jong, ze zijn flexibel, maar ze hebben verdriet om hun moeder."

„Waar zijn ze nu?"

„Bij jouw ouders." Hij prikt met zijn vork in het warme gebak, neemt een hap van de enorme dot slagroom die ernaast op het schoteltje is gelegd. „Ik heb ook jouw ouders niet verteld wat ik vandaag ging doen."

„Zouden ze ook mee hebben gewild, denk je?"

Ze kijkt naar hem alsof het leven een spel is en zij de pionnen in handen heeft.

„Ik denk dat ze zonder me waren gegaan. Jouw ouders zien mij als de boeman. Ze hebben werkelijk een tijd gedacht dat je ondergedoken zou zitten in zo'n blijf van m'n lijf huis. Het lijkt me wel prettig als je dat misverstand uit de weg zou willen ruimen."

Ze antwoordt niet.

„Was ik zo'n boeman?" wil hij nu van haar weten.

„Je weet zelf heel goed dat het niet zo is."

„Waarom ben je dan toch gegaan?"
„Ik kon niet meer, Berry. Na al die jaren kon ik niet meer."
„Ik zou willen dat je iets duidelijker was."
„Je weet net zo goed als ik dat ons huwelijk niets meer voorstelde na de dood van Erik-Jan."
„Je hebt me nooit verteld dat het om Erik-Jan ging."
„Jij wist het."
„Ik vermoedde het. Waarschijnlijk wilde ik het niet weten. Ik dacht eigenlijk dat het al voorbij was. Erik-Jan en Diana kregen samen Marnix. Ik dacht echt dat het voorbij was."
„Je bent altijd zo naïef geweest. Als je zo intiem met elkaar bent geweest als Erik-Jan en ik dan is het nooit voorbij. We hebben samen een kind gekregen."
Hij sluit zijn ogen.
„Het spijt me als ik je pijn doe."
Ze heeft hem al zolang pijn gedaan. Hij kan zich nauwelijks de dagen herinneren waarop hij onbezorgd gelukkig met haar is geweest.
„Ik heb geprobeerd om Ingrid als mijn dochter te zien," reageert hij zacht. „Het was geen probleem. Op het moment dat ze in mijn armen werd gelegd was ze mijn dochter. Genen kunnen daar niets aan veranderen. Ingrid is net zo goed mijn kind als Anouk. Het leek er vaak op dat Anouk minder jouw kind was dan Ingrid."
„Ik ben ervoor weggelopen," bekent ze. „Erik-Jan en ik wilden allebei dat het voorbij zou zijn maar als je elkaar nog zo vaak ziet als wij elkaar zagen dan kun je nooit van elkaar loskomen. Het was zo dubbel. Enerzijds wilden we dat het voorbij was, dat we elkaar niet meer zouden ontmoeten, anderzijds moesten we gewoon doorgaan omdat Diana er niets van te weten mocht komen."
„Ik meende dat het na Ingrids geboorte voorbij was," zegt hij.
„Het was voorbij op het moment dat jij mijn zwangerschap accepteerde. We hebben elkaar niet opgezocht. Er waren geen stiekeme afspraakjes meer maar we zagen elkaar als we met z'n vieren waren. Er bestond een soort chemie tussen ons waartegen we ons niet konden weren. Al

zeiden we geen woord tegen elkaar, al keken we elkaar niet aan, we voelden ons heel nauw met elkaar verbonden." Het is net alsof ze hem zoveel mogelijk wil bezeren. Haar blik mijdt de zijne. Haar vingers draaien het vorkje op haar schotel om en om. „Ik denk dat het nooit voorbij zou zijn gegaan als Erik-Jan niet verongelukt was."

„Waren jullie dan uiteindelijk samen verder gegaan?"

Ze schudt haar hoofd. „Ik weet het niet. Diana was mijn beste vriendin. Je kunt denken wat je wilt maar ik wilde haar niet kwetsen. Ik voelde me juist zo schuldig tegenover haar. Die schuld werd steeds groter, vooral na de dood van Erik-Jan. Ze klemde zich aan me vast. Hoe vaak heeft ze me niet bezworen dat ze niet verder had kunnen leven als ik er niet was geweest?"

„Waarom ben je toen niet weggegaan?"

„Er kwam teveel op me af. Het was net een draaikolk die me meezoog. Ik kon niet anders dan meedraaien in die kolk. Met hand en tand heb ik me verzet tegen m'n eigen gevoel, tegen m'n verdriet. Ik heb op het punt gestaan om Diana toe te schreeuwen dat ze werkelijk stekeblind was. Ik wilde niet dat ze al die aardige dingen tegen me zei. Het was net of ze met elk woord dat ze zei meer schuld op me laadde. Berry, ik ben doodsbang geweest, werkelijk doodsbang."

„Waarvoor?"

„Ik droomde 's nachts dat het ineens tot haar door zou dringen, dat ze alle bewijzen op een rijtje zou zetten en zou weten wat er tussen Erik-Jan en mij gebeurd was. Ik droomde dat ze me aankeek."

Hij ziet hoe ze huivert maar probeert geen medelijden te voelen. Het is net of hij Diana's woorden hier heel duidelijk hoort. „Jij hebt Christine tot het middelpunt van je bestaan gemaakt. Je hebt niet gezien dat Christine zichzelf tot het middelpunt van haar bestaan heeft gemaakt."

Tegenover hem zit een vrouw die niet in staat lijkt aan anderen te denken.

„Christine," zegt hij dringend en legt zijn hand op de hare om haar woordenstroom zo snel mogelijk te stoppen. Hij signaleert duidelijk hoe ze die hand snel terugtrekt. „Hoe kan het dat een vrouw met jouw achtergrond, juist jij, dit soort dingen heeft gedaan?"

Ze kijkt hem aan alsof ze hem niet begrijpt en hij vervolgt, „Herinner jij je onze eerste gesprekken nog? Je vertelde me over je ouders, over je opvoeding, over je angst voor God."

„Jij zei me dat God een vergevende God was." Haar lippen beven.

„Je hebt mij nooit om vergeving gevraagd. Heb je Hem ooit om vergeving gevraagd?"

„Natuurlijk heb ik dat gedaan." Haar stem klinkt bijna verontwaardigd.

„Zul je ooit in staat zijn om Diana om vergeving te vragen?" Er valt een stilte. Haar bewegingen worden nog nerveuzer. Onophoudelijk plukt ze aan de hals van haar truitje, heel duidelijk ziet hij rode vlekken in haar hals. Ze lijkt de regie van het gesprek kwijt.

„Kun jij je een voorstelling maken van het gevoel dat Diana heeft? Jarenlang heb jij je voorgedaan als haar beste vriendin. Sinds kort weet ze wie je werkelijk bent."

Hij ziet hoe ze heel even haar ogen sluit, hoe haar handen zich krampachtig ballen, dan hoort hij haar zeggen, „Al die tijd verbeeldde ik me dat het niet anders kon dan dat ze zou ontdekken hoe het werkelijk in elkaar stak. Ik zag zelf hoeveel Ingrid op Erik-Jan ging lijken. Er moest een dag komen dat haar dat ook ging opvallen. Elke keer als ik naar Ingrid keek voelde ik me schuldig en hoe meer gelijkenis ze met haar vader ging vertonen, hoe groter mijn schuld werd."

„Alsof dat er iets toe doet," merkt hij bitter op.

„Diana heeft het misschien niet gezien omdat ze in al haar argeloosheid geen idee had hoe het met ons zat. Ik heb ook wel eens gedacht dat ze weigerde het te zien. Op de dag dat Erik-Jan verongelukte wist ik dat ze erachter zou komen. Ik hoorde dat ze geïnformeerd was over het feit dat Erik-Jan met zijn mobiele telefoon aan het bellen was. Ik meende dat het een kwestie van tijd zou zijn voor ze te horen zou krijgen welk nummer hij gedrukt had. Tot op de dag van vandaag vind ik het nog een wonder dat haar dat schijnbaar helemaal niet heeft geïnteresseerd."

Er valt een stilte tussen hen. De punt appeltaart staat hem ineens heel erg tegen. Met een gebaar van afschuw duwt hij het bordje van zich af en staart haar dan aan.

„Belde hij met jou?"

Ze knikt zwijgend.

14

Ruud draagt de koffer naar de auto. Zijn gezicht staat opgewekt. Een heel lang weekend alleen met Diana lacht hem toe, alleen het afscheid duurt te lang. Waarom moet ze haar kinderen nu weer zo uitgebreid knuffelen? Ze gaan toch niet naar het einde van de wereld?

„Maandagmiddag ben je er weer," schalt zijn stem over de straat.

„Bel je me als er iets is?" laat ze haar moeder voor de zoveelste maal beloven.

„Ga nou maar. Maak er geen drama van. De kinderen vinden het fijn dat wij hier logeren. Ze verheugen zich erop dat wij ze straks naar school brengen." Diana's moeder heeft Marnix bij de hand. Ze heeft een vest aangeschoten over haar gestreepte shirt. Onder de donkerblauwe spijkerbroek steken een paar elegante zwarte muilen uit. Ze knikt naar Marnix, steekt een lok achter haar oor en ratelt verder. „Papa en ik vinden het heerlijk om voor ze te zorgen. Marnix heeft beloofd dat we even in zijn klas mogen kijken. Hij heeft pas een hele mooie tekening gemaakt en die schijnt daar te hangen." Ze knipoogt naar Kelly. „Wij redden ons deze dagen wel. Voor vanmiddag heb ik pannenkoeken in het pannenkoekenschip op het programma staan. We willen morgen naar de dierentuin en uiteraard hoort daar patat bij. Voor zondag mogen ze kiezen wat ze willen eten. Jij mag dit weekend gewoon genieten. Kind, je hebt het zo verdiend. Probeer het van je af te zetten en maak er met z'n tweeën een paar fijne dagen van."

„De kinderen willen je straks helemaal niet meer terug," doet haar vader ook nog een duit in het zakje. Hij kust haar op de wang. Ze voelt zijn stoppelige kin, kan het niet laten om nog even door z'n dikke, grijze haar te roefelen. Ruud heeft de motor van de auto al gestart.

„Volgens mij is Ruud al bijna onderweg," grinnikt haar vader. „Hij kan niet langer wachten."

Haar ouders zijn content met Ruud. Ze reageren heel anders op hem dan ze ooit op Erik-Jan hebben gedaan.

Vanaf het begin waren ze op haar verhouding met Erik-Jan tegen geweest. Haar moeder had duidelijk aangegeven dat ze het geen man voor haar vond. Ze had dat niet begrepen. Waarom werd hij wel vriendelijk onthaald als vriend van haar oudere broer? Want als vriend van haar broer had ze hem leren kennen. „Kind, ga nu," zegt haar vader dringend. Hij legt even zijn hand op haar schouder, opent dan het portier van de auto van Ruud.

Ze kruipt naast hem. „Eindelijk." Hij probeert de ergernis die hij voelt niet in zijn stem te laten doorklinken.

Ze probeert te lachen als ze de straat uitrijden en ze zwaait tot ze de kinderen niet meer ziet staan.

„Reken er nu maar op dat die kinderen dolblij zijn dat je eindelijk uit het zicht verdwenen bent. Jij hebt het er moeilijker mee dan de kinderen, hoor. Die kinderen verheugen zich op een paar dagen met je ouders. Opa en oma zullen ze verwennen en dat weten ze best."

Natuurlijk zegt hij dat om haar op te monteren maar ze had liever dat hij zijn mond zou houden. Zwijgend kijkt ze naar buiten waar ze steeds verder het vertrouwde achter zich laat. Zoals altijd heeft ze er moeite mee. Als kind kende ze dat gevoel al. Haar klasgenoten leek vrolijk en opgewekt als de bus vertrok voor de jaarlijkse schoolreis. Opgewekt zwaaiden ze hun ouders na. Zij zwaaide ook maar ergens hadden zich tranen genesteld die het haar onmogelijk maakten om de eerste minuten iets te zeggen. Naarmate de bus zich verder van het schoolplein verwijderde, werd de emotie minder. Erik-Jan had er later wel eens om moeten lachen. Elke keer als ze samen op vakantie gingen was er dat brokje ontroering geweest. Het had haar altijd vergezeld zodra ze het vertrouwde achter zich moest laten. Voor zijn werk moest Erik-Jan wel eens reizen. Ook op die momenten had ze het even moeilijk. Alleen als hij ver moest rijden. Nooit had ze er bij nagedacht dat hij ook gewoon op weg naar zijn werk kon verongelukken.

„Probeer er nu gewoon een beetje van te genieten," hoort ze Ruud zeggen. „Kijk eens om je heen, dan zie je dat het volop lente aan het worden is. Narcissen in de berm, het groen dat nooit mooier is dan in deze tijd, al die knoppen aan de boomtakken en zie je daar die bloesem aan de bomen?"

Ze ziet het. Waarschijnlijk zal de pruimenboom in de tuin van Berry en Christine ook in bloei staan. Vorig jaar had ze aan het einde van de zomer kilo's pruimen mee naar huis gekregen omdat de oogst veel te groot was voor hen alleen. Ze had potten vol met pruimenjam gemaakt, pruimenkoek gebakken en de rest was vers gegeten. Heerlijke zoete pruimen zitten er aan die boom. Berry had haar vorig jaar op de bloesem geattendeerd. „Zie je wel hoeveel bloesem er aan zit? We krijgen een goed pruimenjaar." Hij had gelijk gekregen.

„Brussel is leuk," zegt Ruud. „Ik weet zeker dat je er zult genieten."

Dat is wat ze wil, genieten en vergeten wat er de laatste tijd op haar weg is gekomen. Haar gedachten zijn zo bitter dat het leven steeds meer pijn lijkt te gaan doen en er is niemand die ze genoeg vertrouwt om die gedachten mee te delen. Berry had ze vertrouwd. Met hem had ze de laatste tijd gevoelens gedeeld die ze eerder alleen bij Christine durfde te uiten. Ook Berry had haar bedrogen. Zo voelt het, alsof de hele wereld haar bedrogen heeft.

„Gooi je ballast nu eens uit het raam en kijk werkelijk om je heen," reageert Ruud nu wat geërgerd als ze zijn opmerking niet beantwoordt.

„Het spijt me." Er moest een knop bestaan die je in staat stelde om al die gedachten het zwijgen op te leggen. „Zet maar een mooie cd op," stelt ze voor. „Je hebt Simply Red, die vind ik altijd wel mooi."

„Holding back the years," klinkt even later door de auto. Ze neuriet zachtjes mee maar ook daar knapt ze niet echt van op.

Het is een onvoorstelbaar gevoel om 's middags achter de glazen pui op een overdekt terras op de Grote Markt in Brussel te zitten met een glas rode wijn voor zich. De zon streelt haar gezicht, rondom hen worden vele vrolijke gesprekken gevoerd. Een groep Japanners maakt foto's van het schitterende stadhuis. Ze heeft haar zonnebril opgezet en observeert de mensen die haar passeren. Ruud heeft gelijk gehad. Het is goed om hier te zitten en even niets te hoeven. Ruud wijst haar op de toren van het fraaie gotische stadhuis. „Volgens mij is dit een van de mooiste markten van Europa. Dat stadhuis, die gildenhuizen, alles is zo mooi bewaard gebleven."

„Ik zou hier de hele dag willen blijven zitten."

„Ik sleep je straks toch mee. Brussel is meer dan de Grote Markt. Uiteraard moet je straks eerst Manneke Pis zien. Je kunt maandag niet naar huis zonder dat beroemde standbeeld aanschouwd te hebben." Hij onderstreept zijn woorden met theatrale gebaren die haar op de lachspieren werken.

„Hoe zijn die Belgen op het idee van Manneke Pis gekomen?" wil ze dan van hem weten.

„Ik weet het niet helemaal zeker. Zoals altijd met dit soort dingen bestaan daar verschillende verklaringen voor. Bij mijn weten is het in feite een decoratie op een fontein waar in de Middeleeuwen water werd gehaald. Hij werd later een heel belangrijk Manneke en schijnt regelmatig verstopt te zijn voor vijandelijke legers maar is toch al enkele malen gestolen."

„Ik begrijp eigenlijk niet waarom juist zo'n beeldje zo beroemd kan worden."

„Het is een symbool van verzet geworden tegen de bezetters door de eeuwen heen, maar is daarnaast een symbool van onbezorgdheid en van protest tegen de gevestigde structuren en, niet minder belangrijk, een vertegenwoordiger van de Brusselse humor. Regelmatig gaat het Manneke gekleed in schitterende kostuums."

Hij ziet haar verbaasde gezicht. „Dat wist je niet? Het Manneke schijnt kostuums aangeboden te krijgen en die worden hem op sommige dagen ook nog aangetrokken. Ze variëren van het kostuum van een scheidsrechter tot de nationale dracht van een land, door het een of andere staatshoofd geoffreerd. In het Stedelijk Museum is zijn garderobe te bewonderen. Misschien dat we dat museum vandaag of morgen kunnen bezoeken."

"Hoe weet je dat toch allemaal? Heb je dat van tevoren allemaal uitgezocht?"

De wijn is vol en rond. Ze neemt een slok, laat die over haar tong rollen, voor ze het donkerrode vocht doorslikt.

„Met Jolanda had ik de gewoonte om hier tweemaal per jaar een weekend naartoe te gaan. We hebben elkaar hier ooit ontmoet."

Waarom vindt ze dat niet prettig?

„Jolanda is nog altijd heel belangrijk gebleven in je leven," constateert ze.

„Ze is de moeder van mijn kinderen."

„Ik vraag me soms af of jij al wel aan een nieuwe relatie toe bent."

„Waarom niet? Een nieuwe relatie wil toch niet zeggen dat je in onmin met je ex-vrouw moet leven?"

Ze zou willen antwoorden dat er ook nog een weg is tussen in onmin leven met je ex-vrouw en haar overal bij betrekken. Ze zwijgt. De dag is mooi, de stad is mooi. Ze zit hier op een terras met een glas wijn en een man die de moeite waard is. Waarom zou ze dit moment met zure woorden bederven?

„Nee, dat is zo," zegt ze daarom alleen en geeft zich dan weer over aan het kijken naar de mensen die het plein bevolken.

De rest van de dag zou ze hier willen doorbrengen, gewoon kijkend naar al die mensen. Ze lopen voorbij, ze lachen, praten met elkaar. Achter elk mens zit een verhaal. Dat is wat haar altijd intrigeert. Aan de buitenkant kun je niet zien welk verhaal dat is. Gezichten gaan zo voorbij en toch kan er achter een gezicht een wereld van verdriet liggen, maar ook van geluk. Als ze een stelletje innig gearmd voorbij ziet komen, moet ze wel concluderen dat ze gelukkig zijn. Hoewel? Ruud slaat ook zijn arm om haar heen maar houdt dat automatisch in dat ze gelukkig zijn? Is Ruud gelukkig? Is zij het? Ze zucht alsof ze daarmee die verontrustende gedachten kan verdringen. Ze kijkt naar Ruud, produceert een opgewekte glimlach. „Wat heerlijk is het hier."

Hij pakt even haar hand. „Ik zei je toch al dat het prettig zou zijn om er samen tussenuit te gaan." Hij leunt weer achterover. Samen zijn ze stil maar het is een goede stilte.

Ze probeert het radde Frans rondom haar te volgen, moet het al gauw opgeven. Er wordt veel Frans gesproken in de hoofdstad van België. Af en toe treffen ze iemand die het Vlaams machtig is. In het hotel is het mogelijk om gewoon Nederlands te spreken. Ruud vindt het prettig. Zij vindt het leuker om zich verstaanbaar te maken in een andere taal, al is Frans niet haar sterkste kant.

Haar glas is leeg.

„Zullen we verdergaan?" Ruud staat al op. Zij zou nog heel lang willen blijven zitten maar ze pakt toch zijn uitgestoken hand. Hij slaat zijn arm om haar heen en samen slenteren ze over het plein. Ze lijken heel gelukkig.

„Wat denk je nu verder te gaan doen?" Berry loopt naast haar langs het strand. Ze lopen dicht naast elkaar, maar zijn verder van elkaar verwijderd dan ooit. Drie dagen is hij hier nu. Hij heeft in deze badplaats een hotelkamer gehuurd. Christine zoekt hem na werktijd op. Vanmiddag is ze opnieuw vrij. Al vroeg heeft ze haar opwachting gemaakt. Ze hebben besloten een strandwandeling te maken. De zon misleidt de wereld, de wind is koud.

Christine haalt haar schouders op. Hij heeft dit gebaar de afgelopen dagen zovaak gezien.

„Hoe komt het toch dat je in eerste instantie het zwaarwegende besluit hebt genomen om ons te verlaten," wil hij nu geërgerd weten. „Maar dat je nu niet in staat blijkt om verdere beslissingen te nemen? Wil je hier blijven hangen? Het kan natuurlijk niet altijd zo doorgaan. Je hebt de helft van ons spaargeld genomen..."

„Daar had ik ook de helft aan bijgedragen," valt ze hem in de rede.

„Je hoorde mij toch ook niet zeggen dat het verkeerd was?" reageert hij verbaasd. „Dat maak je er zelf van."

„Ik heb het idee dat ik me steeds moet verdedigen."

„Je hebt wel het een en ander uit te leggen en niet alleen aan mij. Weet je wat je je kinderen hebt aangedaan? Besef je wat je ouders voelen om nog maar niet te spreken van Diana? Het wrange is dat Diana nooit iets had gemerkt als jij niet was vertrokken. Ze was zo volkomen van jouw trouw overtuigd, maar jouw brief maakte bij haar twijfels los. In die brief vroeg je mij om Ingrid net zo lief te hebben als Anouk. Ze begreep dat in eerste instantie niet. Ze had nooit gemerkt dat er van mijn kant ook maar enig onderscheid was."

„Hoe haal je het in je hoofd om haar die brief te laten lezen?"

„Wat denk je dat er gebeurde nadat jij ineens was opgestapt?"

Ze kijkt hem niet begrijpend aan, het maakt hem ziedend. Na al die jaren van zwijgen, van blijven liefhebben, van dekmantels, klimt er nu een ziedende woede in hem omhoog. „Ik was ontredderd, overstuur, ik wist niet meer waar ik het zoeken moest. In zo'n situatie zoek je steun bij iemand die je dierbaar is. Diana was jouw beste vriendin, maar ze is mij ook dierbaar. Ze heeft ook jarenlang deel van mijn leven uitgemaakt!" Hij staat stil. Met zijn armen zet hij zijn woorden kracht bij. „Heb je er ooit aan gedacht wat het voor mij betekende toen je zomaar weg was? Denk je dat die brief genoeg was om me gerust te stellen? Ik heb me doodongerust over je gemaakt. Tegenwoordig hoor je allerlei rare dingen. Daarnaast had ik ook nog twee kinderen die er niets van begrepen. Voor die kinderen wilde ik sterk zijn, maar ik was niet sterk. Diana heeft me geholpen. Zoals jij alles met Diana deelde, zo heb ik nu alles met Diana gedeeld. Sinds ze weet dat Ingrid niet mijn dochter is, heeft ze het contact verbroken. Kun je je voorstellen hoe zeer dat doet? Opnieuw ben ik een geliefde kwijtgeraakt en ik heb ook gevoel, weet je."

Ze draait zich om en loopt bij hem vandaan. Hij is direct bij haar. Hij pakt haar bij haar arm. Ze kan niet anders dan blijven staan.

„Je kunt niet blijven weglopen!" schreeuwt hij haar toe

"Ik wil van je weten wat je van plan bent te gaan doen."

„Het enige wat jij hebt gedaan is me duidelijk maken hoe schuldig ik ben."

„Ik wil weten waar ik aan toe ben. Ik wil weten waar de kinderen aan toe zijn. Je kunt niet zomaar je kinderen in de steek laten en mij zeggen dat ze helemaal voor mij zijn."

„Wat wil je dan?" Zij schreeuwt nu ook. Een eindje verderop kijken wandelaars bevreemd op. Sommige blijven staan om te kijken of er ingegrepen moet worden, de meeste lopen schouderophalend door.

„Ik wil dat je terugkomt." Hij ziet haar verschrikte gezicht en schudt zijn hoofd. „Nee, niet bij mij. Ik zal het veld voor je ruimen. Het huis is in principe voor jou. Ik zeg niet dat ik dat zomaar aan je geef maar ik realiseer me dat je geen werk hebt en dat het nog maar de vraag is of je snel werk zult krijgen. Ik zal op zoek gaan naar andere woonruimte. Aangezien ook de huurwoningen niet voor het oprapen liggen, zullen we een tijdelijke voorziening moeten treffen. Geef mij de zolder en de leskamer. Ik hoef niet meer bij je aan tafel te zitten en al helemaal niet meer het bed met je te delen. Op het moment dat je wegging wilde ik alleen maar dat je terug zou komen. Ik hoopte dat we toch nog een manier zouden vinden om samen verder te gaan. Ik was bereid je alles te vergeven. Het gekke is dat ik me in deze dagen pas heb gerealiseerd dat het er waarschijnlijk nooit meer van zal komen. Ik twijfel zelfs of ik het zelf nog wil."

„Ik moet erover nadenken."

„Probeer nu eens een keer om niet alleen aan jezelf te denken maar ook aan die twee meisjes van je. Erik-Jan is voorbij. Hij komt nooit meer terug. Wat geweest is, zal voor jou een goede herinnering blijven en door Ingrid zal die herinnering altijd blijven leven. Vergeet daarbij niet dat Anouk ook uit liefde is geboren, de liefde tussen jou en mij."

„Het spijt..."

„Zeg niets meer. Ga nu maar. Morgen wil ik van je horen wat je hebt besloten. Je kunt mij, je kinderen maar net zo goed je ouders niet langer in spanning houden. We hebben allemaal recht op duidelijkheid."

Met grote passen beent hij bij haar vandaan, zonder zich te realiseren dat hij voor het eerst in zijn huwelijk met Christine de rollen heeft omgedraaid. Zij realiseert het zich als ze hem ziet gaan. Ze haalt haar schouders op.

Zaterdagmorgen begint met een uitgebreid ontbijt in de ontbijtzaal van het hotel. Diana geniet van het verse sap, de knapperige broodjes, de enorme keuze aan beleg, maar vooral van de rust. Vanmorgen hoefde ze zich alleen zelf maar te douchen en aan te kleden, daarna stond alles voor haar klaar. In de loop der jaren is dat een ongekende luxe geworden. Het was heel vanzelfsprekend dat ze er 's morgens eerst voor zorgde dat de kinderen in de kleren kwamen. Vervolgens moest het ontbijt worden klaargezet en daarna moest ze op tijd de deur uit zien te komen. In het weekend was er geen werk en geen school, maar de kinderen bleven. Kinderen die vroeg wakker waren en dan bij haar in bed wilden. Kinderen die hun verhaal wilden vertellen, kinderen die ruzie met elkaar maakten, kinderen die vooral haar aandacht wilden. Het is net of ze op deze morgen voor het eerste merkt hoeveel energie dat kost. Uitgerust staat ze op, met een gevoel van verwachting en hoop op wat de dag van vandaag zal brengen. Samen met Ruud loopt ze langs het buffet, tussen alle medegasten. Een magere heer voor hen laadt zijn bord vol, alsof hij meent nooit meer te eten te krijgen. „Ik heb er voor betaald," gniffelt hij als hij Ruuds blik onderschept. „Dan moet je het ervan nemen."

Ze vinden een tafeltje bij het raam, dat uitzicht biedt op een grote glazen pui waarachter het zwembad zich bevindt. Diana ziet hoe een dame in een bloemetjesbadpak zich op een ligstoel posteert. De zon probeert door het grijze wolkendek heen te breken maar redt het nog niet.

„Ik ben zo blij dat ik hier met je ben," merkt Ruud op.

„Ging je met Jolanda ook naar dit hotel?" De opmerking ontglipt haar.

„Waarom is dat voor jou toch zo belangrijk?" Ogenblikkelijk is die frons tussen zijn wenkbrauwen er weer.

„Ik vroeg het me gewoon af. Het lijkt me raar om met je nieuwe vriendin naar een hotel te gaan waar je eerder met je ex-vrouw kwam."

„Ik kan je geruststellen, het was een ander hotel."

„Het spijt me." Ze weet zeker dat hij liegt maar wil de sfeer niet verder bederven. „Wat heb je vandaag voor ideeën?" wil ze van hem weten. Hij trapt er meteen in. De frons verdwijnt. Enthousiast begint hij zijn plannen te ontvouwen. „Ik wil eerst graag met je naar Saint-Hubert. Dat is een van de eerste overdekte winkelcentra in Europa. Het is een mooi complex met een glazen dak. Ik houd zelf niet zo van winkelen maar ik denk dat jij het wel erg leuk zult vinden. Uiteraard mag een bezoek aan het Atomium niet ontbreken,"

„Ik wil ook nog graag gewoon op een terrasje of in een café zitten," merkt ze voorzichtig op. „De zon probeert er al door te komen. Ik verheug me weer op zo'n plekje achter glas, zoals gisteren."

„We zien wel. We hebben de hele dag nog voor ons."

„Voor we vertrekken wil ik nog even naar huis bellen," kondigt ze aan.

„Is dat nou nodig? Je ouders kunnen het best af en de kinderen zitten ook niet op je te wachten."

„Ik vind het fijn om even te horen hoe het met ze gaat."

„Ik vind het zo'n onzin. Ik bel mijn kinderen toch ook niet?"

„Jij denkt daar anders over dan ik. Dat houdt niet in dat ik het dan niet zou doen omdat jij het onzin vindt. Na het overlijden van Erik-Jan zijn de kinderen en ik erg naar elkaar toegegroeid. We zijn altijd samen. Mijn situatie is heel anders dan de jouwe."

Er is een ander gevoel gekomen als ze over het overlijden van Erik-Jan praat. De man met wie ze ooit getrouwd was heeft een ander gezicht gekregen. De pijn om zijn bedrog wil niet luwen. Ze kan niet langer aan hem denken zonder ook aan Christine te denken en via Christine komt ze vanzelf bij Ingrid uit. Hoe heeft ze zo blind kunnen zijn? Het komt haar nu zo naïef voor. Vol vertrouwen had ze altijd haar hart bij Christine uitgestort. Waarom had ze niet beter opgelet?

„Waarschijnlijk heb je gelijk," hoort ze Ruud zeggen en ze moet even nadenken waar hij het over heeft. „Met mijn kinderen heb ik nooit zo'n band gehad. Vaders zullen dat misschien allemaal wel wat minder hebben dan moeders en omdat ik altijd druk was met mijn werk, had ik dat helemaal niet. Sinds de scheiding zie ik ze minder. Als ik ze zie probeer ik alle tijd voor ze vrij te maken, maar het zal nooit een optimale band worden."

Ze heeft altijd prettig kunnen praten met Ruud. Het is daarom zo raar dat ze nu juist haar pijn niet aan hem toe durft te vertrouwen. Ze kijkt naar zijn gezicht. De afgelopen tijd is het haar vertrouwd geworden. De regelmatige trekken, zijn bruine ogen, de smalle lippen, zijn zorgvuldig geschoren kin. Ruud ziet er altijd verzorgd uit. Loopt hij door de week in een keurig kostuum, in zijn vrije tijd heeft hij dat verwisseld voor een sportieve, donkerblauwe pantalon met daarop een lichtblauw poloshirt van een duur merk. In feite is ze weer op hetzelfde type gevallen als Erik-Jan, realiseert ze zich nu. Zou het waar zijn dat je steeds weer op hetzelfde type valt? Voor Christine gold dat toch niet. Erik-Jan was een heel ander type dan Berry, die meer dan eens met een baard van drie dagen rondliep, in versleten jeans, op afgetrapte schoenen. Het voelt goed om naast Ruud te lopen. Ze heeft de bewonderende blikken van de vrouwen in de eetzaal wel opgemerkt. Het had haar vervuld met trots dat juist zij bij hem hoorde. Dezelfde trots die ze bij Erik-Jan had gevoeld toen ze had gemeend dat zij bij hem hoorde.

Berry had een prettig gezicht maar hij viel niet op, ondanks het feit dat hij langer was dan Ruud. Berry werd een ander mens achter de vleugel. Op dat moment viel zijn alledaagsheid van hem af.

„Ga je kinderen maar bellen dan kunnen we zo gaan," stelt Ruud voor.

„Ik doe het liever op de kamer."

„Waarom?"

„Misschien hebben andere mensen er last van als ik bel."

„Heb je vanmorgen niet gehoord hoeveel mobiele telefoontjes er tijdens het ontbijt hebben gerinkeld?"

„Ik wil daar niet aan meedoen."

„Jij houdt veel te veel rekening met een ander," bijt hij haar toe. „Denk nu eens gewoon aan jezelf en bel je kinderen."

Het is zo vreemd tussen Ruud en haar. Momenten van harmonie kunnen maar zo voorbij zijn.

Ze diept de telefoon uit haar tas op en drukt het nummer van thuis in. Als eerste krijgt ze Dimitri aan de telefoon.

„Hoi mam, Kelly is ziek," meldt hij opgewekt, om vervolgens iets minder opgewekt te vertellen dat ze niet naar de dierentuin zullen gaan.

„Hoezo ziek?"

Ze registreert feilloos hoe Ruuds gezicht vertrekt.

„Kelly ligt op de bank. Ze heeft buikpijn." Hij moet zijn verhaal afbreken als zijn oma hem de telefoon ontfutselt.

„Maak je maar niet bezorgd. Ze was vanmorgen niet lekker. Gistermiddag klaagde ze ook al over buikpijn. Ik heb een lekker bed op de bank gemaakt, daar kan ze rustig liggen."

„Is het niet beter dat ik naar huis kom?"

„Lieverd, echt niet. Als de situatie verandert en ze zieker wordt dan zal ik je direct bellen."

„Ik weet niet of ik het toch niet fijner vind om naar huis te komen."

Ruud zucht.

„Nou ja, bel me maar als ze zieker wordt."

„Kelly is ziek," deelt ze Ruud mee. „Ik vind het eigenlijk helemaal niet prettig dat ik nu hier zit terwijl zij ziek thuis is."

„Wat heeft ze dan?"

„Ze klaagde over buikpijn."

„Meisje klagen wel vaker over buikpijn, daar zijn het meisjes voor."

„Als het kind een jaar of twaalf was zou ik dat direct van je aannemen, maar Kelly is pas negen geworden."

„Nou ja, kinderen hebben in het algemeen gauw buikpijn."

„Kelly niet. Ze is nooit ziek en ze is zeker niet het type dat zomaar op de bank gaat liggen."

„Als jouw moeder je verzekert dat er geen reden is om je ongerust te maken dan moet je haar vertrouwen."

„Ik vertrouw haar ook. Ik vind het alleen zelf niet prettig om hier in Brussel te zijn terwijl een van mijn kinderen thuis ziek ligt."

„Waarom verloopt alles bij jou zo moeizaam?"

Ze opent haar mond om hem van repliek te dienen maar sluit die ook weer.

„Laten we nou eerst maar gaan. Je kunt tussen de middag altijd nog terugbellen hoe het gaat," probeert hij zijn opmerking wat te verzachten.

Als ze naar buiten kijkt ziet ze dat de zon het niet van de wolken heeft weten te winnen.

„Ze heeft iets verhoging en ze klaagt nog steeds over pijn in haar buik. Ik vermoed dat het om een gewone griep gaat," deelt haar moeder haar aan het einde van de morgen mee. „Ik houd haar goed in de gaten. Hebben jullie het daar een beetje fijn?"

Ze vertelt van hun bezoeken aan het fraaie winkelcentrum, van een expositie die ze in het Atomium hebben bezocht en het schitterende café waar ze daarna hebben geluncht. Ze durft niet nog eens te vragen of het niet beter is dat ze naar huis komen. In gedachten ziet ze Kelly voor zich die ziek op de bank ligt. Natuurlijk weet ze dat haar ouders goed voor haar zullen zorgen maar waarom moet zij nu juist zo ver weg zijn?"

„Geniet nog even," drukt haar moeder haar nog eens op het hart. „Voor je het weet ben je weer thuis met alle verantwoordelijkheden die daarbij horen."

Ze zou willen genieten maar het lukt die dag niet zo goed meer en ze voelt zich vaag schuldig omdat Ruud zich uitslooft om er voor haar een onvergetelijk uitje van te maken.

Het is half tien 's avonds als het geluid van Diana's mobieltje opklinkt in het trendy restaurant waar ze uitgebreid zitten na te tafelen.

„Diana, schrik niet." Natuurlijk schrikt ze. Waarschijnlijk zou ze minder geschrokken zijn als haar vader die woorden niet gebruikt had. Ze schrikt alleen al van het feit dat ze haar vader aan de telefoon krijgt.

„Kelly heeft naar alle waarschijnlijkheid een blindedarmontsteking," klinkt het in haar oor. „We hebben de hele middag met haar omgetobd. De dokter is er een gegeven moment bij gekomen en uiteindelijk besloot hij dat ze in allerijl naar het ziekenhuis moest."

„Waarom heb je niet eerder gebeld?"

„We wisten het niet zeker en wilden je niet nodeloos ongerust maken. We kennen je toch, Diana? Je zou spoorslags weerom gekomen zijn."

„Welk ziekenhuis ligt ze?"

„Ze is naar de Sonneberg gebracht. Mama is bij haar. Ze zal bellen zodra er nieuws is."

„Ik kom eraan. Bel me als mama weer contact heeft gezocht."

Opnieuw is er iets van irritatie op Ruuds gezicht. „Wat is er aan de hand?" wil hij weten.

„Kelly ligt met een blindedarmontsteking in het ziekenhuis. Ik neem aan dat je het met me eens bent dat dit ernstig genoeg is om voor naar huis af te reizen?"

Hij hoort het bijtende sarcasme in haar stem. „Ik kon toch niet weten..." probeert hij ter verdediging aan te voeren.

„Ik ga er nu niet over discussiëren. Ik wil alleen maar zo snel mogelijk naar huis."

Het duurt eindeloos voor ze bij het hotel terug zijn en er iemand gevonden is bij wie Ruud de rekening kan betalen. Het duurt te lang voordat de kleding weer in de koffers is gepakt en de bagage naar de auto is gebracht. Ze zou willen huilen en gillen maar ze zegt geen woord. In een bijna doodse stilte rijden ze tweehonderdvijftig ellenlange kilometers naar huis.

15

„Ze wordt op dit moment geopereerd," zegt haar moeder. „Die flinke Kelly leek ineens zo'n heel klein mensje toen ze haar in de richting van de OK brachten. Ik mocht nog een eindje met haar mee."

Ze slikt. Zij had erbij moeten zijn. Zij had die laatste momenten voor de OK haar dochter moed moeten inspreken. Zij!

„Zal ik koffie halen?" biedt Ruud aan.

Zwijgend schudt ze haar hoofd.

„Dan haal ik koffie voor mezelf. Na zo'n eind achter elkaar jakkeren ben ik wel aan een kop koffie toe. Ik ben doodop."

Ze kijkt hem na als hij wegloopt, schuift dan wat dichter naar haar moeder toe. „Waarom heb je me niet eerder gewaarschuwd?"

„Lieverd, in eerste instantie dacht ik gewoon aan een griepje. Je kent Kelly wel. Die klaagt niet gauw. Ze had het over buikpijn en als ik aan haar vroeg waar die pijn precies zat dan wees ze een plek bij haar navel aan. Als ze direct rechtsonder had gewezen dan was ik alert geweest maar bij pijn rond de navel denk je niet meteen aan een blindedarm. Nee toch? Jij zou daar toch ook niet aan hebben gedacht?"

Ruud komt teruglopen, zijn beker koffie als een kostbaar kleinood in zijn hand geklemd.

„Zo, daar was ik wel even aan toe." Hij gaat naast haar zitten, legt zijn hand op haar been. „We hadden best wat rustiger aan kunnen doen. Ik zei je toch al dat je waarschijnlijk toch niets zou kunnen uitrichten?"

Ze doet net of ze hem niet hoort. „Toen ik je belde had je dus werkelijk geen idee dat het blindedarmontsteking zou zijn?"

„Wat denk je wel van me? Dat ik zou liegen? Natuurlijk had ik dat niet. Op een gegeven moment gaf Kelly toch aan dat de pijn rechtsonder in de buik zat. Van de flinkheid was toen niets meer over. Ik mocht nog niet naar haar buik kijken. Vanaf dat moment wist ik dat het foute boel was. Het was voor mij toen het belangrijkste dat er zo snel mogelijk een arts kwam. Je weet zelf hoe moeilijk dat in een weekend is. Op het moment dat die dokter hier kwam was alles zo geregeld. Binnen de kortste keren lag Kelly in het ziekenhuis. Ik heb papa toen opgedragen om jou zo snel mogelijk te bellen. Ik denk dat het nu niet zolang zal duren voor Kelly van de OK komt. Het is natuurlijk een relatief kleine ingreep als je er op tijd bij bent."

„Dat heb ik ook al tegen Diana proberen te zeggen. Ze maakte zich veel te veel overstuur," bemoeit Ruud zich ermee.

„Ik maakte me niet overstuur over die blinde darmontsteking maar veel meer over het feit dat ik er niet bij was toen dat kind halsoverkop naar het ziekenhuis moest om geopereerd te worden."

„Ik heb je proberen duidelijk te maken dat Kelly er niets aan heeft als jij helemaal over je toeren bent."

„Ik was niet over m'n toeren."

„Nou ja, het is in ieder geval jammer dat ons mooie weekend samen zo moest eindigen." Ruud gaat staan, drinkt met kleine slokken van de koffie, ijsbeert door de gang.

„Vergeet niet dat het niet zijn dochter is," probeert haar moeder het voor hem op te nemen.

Ze zwijgt, pakt een tijdschrift en legt het weer neer. In gedachten ziet ze Kelly op de operatietafel. Een klein mensje. Wat heeft ze gedacht vlak voor ze naar de OK ging? Hoe is het nu met haar? Natuurlijk heeft haar moeder gelijk. Als ze er op tijd bij zijn is het verwijderen van zo'n ontstoken blindedarm niet echt riskant maar toch hoor je soms rare dingen. Mensen die voor een kleine ingreep het ziekenhuis ingaan en er nooit meer uitkomen. Ze zou het zichzelf nooit vergeven als er iets met Kelly gebeurde. Waarom duurt het zolang?

Ze wil naast haar dochter zitten, haar hand vasthouden, haar vertellen dat ze nooit meer alleen zoiets ellendigs moet ondergaan.

„Heeft ze nog iets gezegd toen ze naar de OK ging?" wil ze nu weten. „Ik bedoel... was ze nog overstuur, heeft ze nog naar mij gevraagd? Heeft ze gehuild?"

„Ze heeft maar even gehuild maar dat was voor ze in het ziekenhuis was. Ik had het idee dat ze later alleen maar opgelucht was dat er iets gebeurde. Op het moment dat ik afscheid moest nemen bij de OK zei ze me dat ze dacht dat jij wel heel erg zou schrikken als je het zou horen."

„Dat heeft ze in ieder geval goed gedacht."

Ze glimlacht. Het was net iets voor Kelly om zoiets te zeggen. Eindeloos lijkt het wachten te duren maar dan komt er toch een verpleegkundige om te melden dat Kelly van de OK naar de uitslaapkamer is gereden en dat de operatie naar wens is verlopen. Dit is het moment waar ze op gewacht heeft.

Zonder zich nog om Ruud te bekommeren loopt ze achter de verpleegkundige aan, ze wil van alles weten.

„Ze heeft het prima doorstaan," vertelt de verpleegster. „Net begon ze al een beetje bij te komen. Ze zal het vast fijn vinden om u te zien."

Dan ziet ze eindelijk het vertrouwde gezichtje in een groot wit bed. Klein en kwetsbaar lijkt ze, gesloten ogen in een bleek gezichtje. Ze buigt zich over Kelly heen. „Mama is er, liefje."

Langzaam gaan de ogen open, er speelt een smalle glimlach om de witte lippen.

„Was je geschrokken?" klinkt het zacht.

„Ik ben vreselijk geschrokken. Opa belde. Daarna zijn we direct in de auto gestapt om hiernaar toe te rijden."

„Oma is met me meegegaan naar het ziekenhuis. Ze is steeds bij me gebleven."

„Als ik het had geweten was ik niet weggegaan."

„Maar je wist het niet," klinkt het laconiek en het is net of er met die nuchtere woorden een zware druk van haar hart valt.

„Nee, ik wist het niet," beaamt ze. „Ga nu maar lekker slapen."

„Blijf je bij me, mammie?"

„Ik laat je niet meer alleen."

Geleidelijk lijken de afgelopen uren steeds meer op een

nachtmerrie waaruit ze eindelijk ontwaakt. Nu ze naast haar dochter zit voelt ze zich rustiger worden. Ze drinkt het beeld in van het vertrouwde gezichtje waarin de ogen steeds weer dichtvallen. Het duurt niet lang voordat Kelly naar een zaal wordt gereden. Zij loopt mee. De verpleegster maakt een grapje, ze hoort hun voetstappen op het gladde, donkergroene linoleum. Een aap in een kokospalm, een dansende beer en andere vrolijke afbeeldingen op de ramen geven aan dat ze op de kinderafdeling zijn gearriveerd. Als Kelly is geïnstalleerd dringt het tot haar door dat Ruud hier ook nog ergens moet zijn, samen met haar moeder. In de gang komt ze hem al tegen. Zijn gezicht staat op onweer.

„Zal ik je zo naar huis brengen?"

„Ik blijf hier," kondigt ze aan. „Als mijn ouders dat goed vinden, tenminste. Zij zullen dan nog een poosje in mijn huis moeten bivakkeren."

„Ben je niet verschrikkelijk moe?" wil haar moeder weten die achter hem is opgedoken.

„Op dit moment helemaal niet. Het kan later nog wel komen maar nu voel ik helemaal geen vermoeidheid. Ga jij nou maar naar huis want ik kan me voorstellen dat jij inmiddels wel op je wenkbrauwen loopt."

De dankbare glimlach die haar moeder haar toewerpt spreekt boekdelen.

„Ik zal u wel brengen," biedt Ruud aan. „Als je het niet erg vindt dan wil ik me in jouw huis graag even wat opfrissen. Voor mij zijn het ook vermoeiende uren geweest. Daarna kom ik weer terug."

„Neem je tijd."

Als hij wegloopt schrikt ze zelf van de opluchting die ze voelt.

Af en toe dommelt ze weg op de stoel. Steeds weer schrikt ze wakker van haar hoofd dat geen steun vindt en met een ruk voorover zakt. Kelly slaapt. Ze kijkt naar het kind. Een klein mensje in een groot bed.

Ruud is nog niet terug en hoe langer ze erover nadenkt hoe meer ze ervaart dat ze het niet erg vindt dat hij nog niet terug is. Zijn houding lijkt een stille klacht tegen het feit dat haar kinderen op de eerste plaats komen. Die houding heeft haar ervan weerhouding om na de eerste melding van haar moeder, dat Kelly ziek was, naar huis te rijden en ook na haar tweede telefoontje heeft ze het om Ruud niet aangedurfd.

Nu nog voelt ze zich een overbezorgde moeder, een aansteller, iemand die om het minste of geringste in paniek raakt. Ze realiseert zich nu dat ze dat gevoel heeft gekregen sinds ze Ruud kent. Ze weet dat ze een bezorgde moeder is, maar ze heeft zichzelf nooit als overbezorgde moeder gezien. Ze stelt regels in haar huis, maar heeft die regels nooit als overdreven regels ervaren. Op de tijden dat Ruud in haar huis was durfde ze haar kinderen soms nauwelijks op die regels te wijzen en zijn kinderen al helemaal niet. Steeds onzekerder was ze daardoor geworden. Ze gaat een beetje verzitten en probeert wakker te blijven. Misschien is het de vermoeidheid die tot zulk sombere bespiegelingen leidt maar hoe langer ze naast het bed van Kelly zit, hoe meer gedachten zich aan haar opdringen. Ruud had steeds beweerd dat hij zo graag met haar een weekend weg wilde, hij had geen enkele moeite gedaan om te begrijpen waarom zij zoveel moeite had met het loslaten van haar kinderen. Hij had gezegd dat hij meende dat het zo goed voor haar zou zijn maar in feite had hij alleen zijn eigenbelang voor ogen gehad. Ruud kon moeilijk een stapje terugdoen. Na het eerste telefoontje dat ze had gepleegd met haar moeder, had ze in zijn ogen gelezen hoe onzinnig hij het vond dat ze er ook maar aan dacht om naar huis terug te rijden. Hij wilde koste wat kost die dagen samen met haar doorbrengen, de ziekte van Kelly had hem geen moment verontrust, alleen maar geërgerd. Het betekende voor hem immers het einde van zijn lange weekend met haar. Een weekend waar hij al tijden om had gevraagd, waar hij naartoe had geleefd. Dankzij Kelly was het heel anders verlopen dan hij zich had voorgesteld.

Ruud beweert dat hij altijd rekening met haar houdt maar nu ze erover nadenkt, komt ze tot de conclusie dat hijzelf toch altijd op de eerste plaats komt. Zij is degene die hem de afgelopen tijd die eerste plaats ook heeft gegeven. Hij kreeg wat hij wilde, net zoals Erik-Jan ook altijd had gekregen wat hij wilde.

Ze zijn er weer, bittere gedachten aan Erik-Jan, ze wil het niet maar ze komt er steeds weer uit. Het is net alsof alles bovenkomt wat ze na de dood van Erik-Jan zo zorgvuldig onder de kurk had gehouden. Alleen de goede herinneringen had ze toegestaan uit de fles te komen.

Herinneringen aan zijn zorgzaamheid voor de kinderen. In hun babytijd wilde hij ze best eens in bad doen, als hij er de tijd voor had. Later voetbalde hij met ze in de tuin, of hij nam ze mee uit wandelen. Hij had een geweldige vader geleken, een geweldige echtgenoot ook, die haar veel uit handen had genomen. Zo had ze hem willen blijven herinneren. Erik-Jan was haar grote liefde. Hij behoorde tot de vriendenkring van haar oudere broer. Heel stilletjes was ze verliefd op hem geweest toen ze een meisje van een jaar of veertien was. Die verliefdheid was gebleven maar ze had zelf wel beseft dat ze te onopvallend was om zijn aandacht te trekken. Hij was een populaire jongen in die tijd, een jongen die aan elke vinger wel een meisje kon krijgen.

Op een dag was er een wonder gebeurd. Hij had haar gevraagd om mee te gaan naar een feestje van een vriend van hem. Ze was zo gelukkig. Nog gelukkiger werd ze van zijn eerste kus, van zijn vraag of ze verkering met hem wilde. Hij, Erik-Jan, populaire Erik-Jan van Vossen, wilde juist haar.

Haar ouders hadden er een heel andere mening op nagehouden. Als vriend van haar broer was hij welkom in huis maar als schoonzoon zagen ze hem niet zitten. Zij had er niets van begrepen.

„Die jongen is niets voor jou," had haar vader betoogd. „Hij zal je doodongelukkig maken."

„Hij houdt van me."

„Hij houdt alleen van zichzelf," had haar moeder toen zachtjes gezegd en ze begreep er helemaal niets van. Erik-Jan leek toch werkelijk de ideale schoonzoon. Hij ging naar de kerk, was zelfs overgegaan naar de kerk waar zij lid van was. Hij had een goede baan, hij gedroeg zich keurig ten opzichte van haar ouders. Hoe meer haar ouders waarschuwden, hoe vaster zij zich in de relatie beet. Erik-Jan wilde ze. Erik-Jan en niemand anders. Hij was de liefde van haar leven. Het was een wonder dat hij juist op haar gevallen was en dat wonder liet ze zich door niemand ontnemen. Alles had ze gedaan om het hem maar naar de zin te maken zonder in de gaten te hebben dat ze daarmee zichzelf was kwijtgeraakt. Ze droeg de kleren die hij mooi vond, maakte zich op zoals hij mooi vond, dumpte vriendinnen die hij niet aardig vond en hield uiteindelijk alleen nog zijn vrienden over. Heel merkwaardig was het feit dat haar broer als vriend had afgehaakt. „Erik-Jan is een egoïst," had hij haar gezegd. „Ik begrijp niet dat je alles voor hem doet. Wat doet hij voor jou?"

Natuurlijk had ze dat afgedaan als jaloezie. Het contact met haar broer was daarna aanzienlijk verminderd. Zelfs na het overlijden van Erik-Jan was het nooit meer geworden zoals het was.

Vanuit haar vriendenkring waren alleen Christine en Berry gebleven. Hij had niet zoveel met Berry maar met Christine bleek hij goed overweg te kunnen. Hij vond het kapsel van Christine vlot en vroeg zich af waarom zij het zo niet liet knippen. Ze had het gedaan. Hij roemde de kledingstijl van Christine en zij was in dezelfde winkels gaan kopen als haar vriendin. Ze had alleen nooit dezelfde volle, ronde vormen als Christine gekregen, ook niet toen ze zich uitsloofde in de sportschool.

Alles had ze voor hem gedaan, om hem maar niet kwijt te raken. Ze had zich altijd goed verzorgd. Hield ze er vroeger van om op zaterdagmorgen een poos in haar pyjama rond te lopen, nu ging ze direct onder de douche. Ze liep nooit zonder make-up. Erik-Jan vertelde haar dat ze zonder make-up niet bepaald een schoonheid was. Ze was zijn marionet en ze wist dat ze dat was maar was niet bij machte om zich ertegen te verzetten. De angst dat hij belangstelling voor andere vrouwen zou krijgen had haar leven beheerst.

Toch had hij die belangstelling gekregen. Ze wist het, ze wist toen alleen nog niet om wie het ging. Wanhopig had gevochten. Nu weet ze dat het een kinderlijke manier van vechten was geweest. Ze durfde hem niet te vragen of er een ander was. Ze probeerde er nog mooier uit te zien, het hem nog meer naar de zin te maken. Later had ze gehuild, toen hij zelf had gezegd dat er een ander was. Hij had haar verboden om er met iemand over te praten. „Zelfs niet met Christine," had hij haar op het hart gebonden.

Op een dag was het voorbij. Hij zei dat het voorbij was en zij schikte zich. Hij wilde na die affaire heel graag nog een derde kind. Zij had getwijfeld. Marnix was toch geboren. Erik-Jan had gezegd dat een derde kind het teken van hun hernieuwde liefde zou zijn. Wat kon ze daar nog tegenin brengen? Ze had altijd gedaan wat Erik-Jan wilde, bang als ze was dat ze hem zou verliezen. Het was allemaal verspilde energie geweest. Terwijl zij haar best deed hem niet te verliezen, was ze hem al verloren. Op het moment dat hun relatie gered leek, had ze gedacht dat ze hem terug had en opnieuw had ze toegegeven aan zijn wensen om hem niet opnieuw kwijt te raken. Had ze zelfs in haar hart niet geweten dat ze hem niet helemaal terug had? Waarom was ze zover gegaan? Waarom had ze niet toegegeven dat hun huwelijk feitelijk voorbij was?

Waar was ze al die jaren zelf geweest? Na zijn dood waren de kinderen op de eerste plaats gekomen. Zij moesten het goed hebben. Ze had haar uiterste best gedaan om een goede moeder te zijn. Ze wilde in feite vader en moeder tegelijk zijn en merkte dat ze keer op keer faalde. Elke keer voelde ze zich meer tekort schieten, deed ze nog harder haar best. Een nieuwe man had haar de oplossing geleken.

Ruud was haar nieuwe man. Knap was hij. Charmant ook. Ze was toch even werkelijk gelukkig geweest met Ruud of had ze gewoon gelukkig willen zijn met Ruud? Hetzelfde gevoel als bij Erik-Jan had de kop opgestoken. Het was een wonder dat zo'n knappe, innemende man juist belangstelling voor haar kreeg.

Ruud leek op Erik-Jan. Hij hield ook geen rekening met

haar. Hij kwam als hij wilde en vond dat ze dan ook tijd voor hem moest vrijmaken. In zijn vorige huwelijk had Jolanda de kinderen opgevoed zodat hij tijd had voor zijn zaak. Op een dag had ze dat niet langer volgehouden en dat had het einde van hun huwelijk betekend. Met haar wilde hij op dezelfde voet voortgaan en als het niet ging zoals hij het wilde dan haalde hij Jolanda erbij. Hij was nooit losgekomen van Jolanda. Hij wilde dat ze in alle opzichten de vervanger van zijn ex-vrouw zou zijn. Het was haar juist in Brussel duidelijk geworden. Hotelpersoneel had hem herkend. Haar had hij proberen wijs te maken dat hij nooit met Jolanda in dit hotel was geweest maar ze wist wel beter. Tijdens de dagen met Ruud had ze steeds weer haar mond gehouden als ze merkte dat hij geïrriteerd raakte om iets wat ze zei. Hij was ook geërgerd over het feit dat ze zich zorgen maakte om haar kind en zij had zich in allerlei bochten gewrongen. Het had hem niets uitgemaakt dat ze zich ongemakkelijk had gevoeld toen ze van haar moeder had vernomen dat Kelly ziek was. Hij wilde het prettig hebben en zij moest zich daarnaar schikken.

Heel helder ziet ze het voor zich. Heel duidelijk ziet ze ook dat de geschiedenis zich herhaalt. Erik-Jan had haar vernederd en haar opgezadeld met een gevoel van verregaande onzekerheid. Tijdens haar huwelijk had ze dat nooit durven toegeven. Ze was er immers voor gewaarschuwd? Haar ouders hadden er alles aan gedaan om het haar te laten inzien. Opgeven zou betekenen dat ze gelijk hadden gekregen. Met Ruud waren ze blij. Haar vader kon goed met hem overweg. Haar moeder leek werkelijk de ideale schoonzoon in hem te zien.

„Mama, ben je er nog?" Glazige ogen kijken haar aan.

„Ik laat je niet alleen," verzekert ze haar dochter nog eens. Gerustgesteld vallen de ogen weer dicht.

Ze wilde zo graag een man omdat ze het alleen zijn moe was. Ze wilde een man die haar steunde en liefhad en vanuit die liefde ook haar kinderen kon liefhebben. Ze hoopte op een man die rekening met haar hield. Misschien had ze te hooggespannen verwachtingen gekoesterd, was ze in haar hart nog steeds dat romantische meisje gebleven. Dat Ruud iets in haar zag, had haar gestreeld. Hij zag er immers goed uit en toch vond hij haar de moeite waard. En toch... die woorden haken zich ineens in haar gedachten vast. Die woorden hadden haar leven beheerst. En toch vond Erik-Jan haar de moeite waard. En toch... Het feit dat iemand haar de moeite waard vond had haar verwonderd. Ze vond zichzelf niet de moeite waard. Daarom ook had ze zich in haar huwelijk met Erik-Jan in allerlei bochten gewrongen. Het was een wonder dat hij haar de moeite waard vond. Als ze niet oppaste zou dat weer voorbij zijn. Daarom had ze zich nu met Ruud ook in allerlei bochten gewrongen.

Het is zo gek dat ze juist hier in de ziekenkamer naast het bed van haar kind die gedachten zo helder kan analyseren. Misschien komt het omdat ze hier op zichzelf wordt teruggeworpen of omdat ze zich de afgelopen dagen zo ongelukkig heeft gevoeld, al wilde ze dat gevoel geen toegang verlenen. Ze schuift dichter naar het bed toe, drinkt het beeld van haar kind in, houdt haar hand vast, alsof ze daar troost in kan vinden. Heel helder zijn haar gedachten. Helder is haar beslissing maar de pijn is groot.

16

Een straffe wind maakt het onaangenaam om op het strand te zijn. Hij loopt heen en weer, is blij met elke zonnestraal die door de wolken breekt en even kans ziet om hem iets te verwarmen. Zijn hoofd bonkt. Direct bij het opstaan heeft hij de hoofdpijn voelen opkomen, elke minuut lijkt de pijn toe te nemen, ondanks de paracetamol die hij heeft genomen. Op zijn horloge ziet hij dat ze al vijf minuten te laat is en hij ergert zich omdat hij het opnieuw niet kon laten om hier tien minuten te vroeg te zijn. Hij kent haar toch. Hij weet toch hoe ze hem altijd naar haar hand heeft proberen te zetten. Ze is daarin niet veranderd. Ze zal nooit veranderen.

„Het spijt me," zegt ze, als ze na tien minuten eindelijk voor hem staat. „Ik was onderweg toen ik bedacht dat ik m'n jas niet had meegenomen. In Amsterdam is het nu wel aangenaam maar aan het strand is het veel frisser. Ik moest weer omdraaien om een jas te halen en je weet hoe druk het onderweg is."

„Wil je een eind lopen?" informeert hij.

Ze schudt haar hoofd. „Ik wil rustig zitten op een plek waar het warm is."

„Dan had je die jas thuis kunnen laten."

„Af en toe lijk je verstandiger dan ik."

Haar blonde haren dansen op haar rug, steken af tegen haar donkerrode jas. Ze lijkt veel jonger dan ze is. Hij voelt zich veel ouder.

„Ik wil niet naar een strandpaviljoen," zegt ze. „Ik wil naar het restaurant waar we elkaar de eerste keer hebben getroffen."

„Het klinkt als een blind date." Het klinkt cynisch. Ze reageert er niet op. Zijn voeten zakken zwaar in het zand. Hij is blij als ze de weg hebben bereikt. Het is net alsof elke dag hier hem vermoeider maakt. Zeelucht zou gezond zijn maar in zijn situatie kost het alleen maar energie.

„Ik trakteer," zegt ze opgewekt als ze een plekje in het restaurant hebben gezocht. „Het is weer voor warme chocolademelk met slagroom. Wil jij ook warme chocolademelk?"

Hij knikt, laat haar bestellen, weigert een moorkop.

„De afgelopen nacht heb ik slecht geslapen," zegt ze als de serveerster met hun bestelling is verdwenen. „Ik heb me afgevraagd wat de afgelopen tijd me heeft gebracht. Op het moment dat ik de beslissing nam om weg te gaan wist ik heel zeker dat het de enige weg was."

Zijn hoofd bonkt. Hij zou zijn ogen willen sluiten. Haar woorden dreunen in zijn oren."

„Ik heb me afgevraagd wat ik precies heb gezocht," hoort hij haar zeggen.

„Vergeving." Het klinkt kortaf. Ze kijkt hem verbaasd aan.

„Vergeving? Van jou?"

Hij zwijgt.

„Aan wie zou ik anders vergeving moeten vragen," probeert ze luchtig te zeggen. „Het probleem is dat ik al heel diep bij je in de schuld sta. Je hebt me al veel vergeven, je blijft me maar vergeven. Ik heb zelfs het idee dat je me wilt vergeven dat ik zomaar bij je weggelopen ben."

„Ik houd namelijk van je," zegt hij. „Ik houd heel veel van je en ik zou je nog heel veel kunnen vergeven. Vergeven is niet alleen goed voor de ander maar ook voor jezelf. Vergeven is loslaten en door dat loslaten kun je het leven weer oppakken. Het klinkt veel makkelijker dan het is maar het is wel het beste wat je kunt doen."

Nu zwijgt zij.

„Jij hebt jezelf niet vergeven," zegt hij dan. „Ik ken je wortels heel goed. Schuld en zonde. Al die jaren heb ik je proberen duidelijk te maken dat Christus juist daarvoor is gestorven. Ook voor jouw schuld."

„Ik heb de dood van Erik-Jan op mijn geweten."

Hij haalt diep adem. „Je hebt teveel schuld op je schouders geladen. Erik-Jan heeft jou gebeld. Hij was een volwassen man die heel goed wist waar hij mee bezig was. Hij maakte de keuze om jou te bellen. Hij wist ook dat telefoneren achter het stuur van de auto risico's met zich meebrengt."

„Diana zal het niet zo zien."

„Het heeft Diana al die tijd niet geïnteresseerd met wie hij belde. Ze heeft heel veel pijn te verwerken. Ik denk dat het goed is om haar niet nog meer pijn te bezorgen."

„Ik zal altijd met dat geheim moeten blijven leven."

„Je hebt het met mij gedeeld. Ik neem aan dat je het met God hebt gedeeld. Laat het daar. Jij hebt Erik-Jan niet gevraagd om je te bellen. De vriendschap met Diana is voorbij. Jullie zullen niet meer dagelijks in elkaars nabijheid verkeren. Het zal geen probleem zijn om haar nooit te vertellen wat er die laatste ogenblikken in het leven van Erik-Jan is gebeurd."

De serveerster brengt hun bestelling. Hij ziet hoe ze direct met haar vorkje in de slagroom van de moorkop begint te prikken.

Ze draagt een appelgroene twinset dat hem niet bekend voorkomt.

„Laat het verleden rusten," zegt hij dringend. „Ook wat betreft je ouders. Je hebt je nooit aan hun invloed kunnen ontworstelen. Misschien wordt het tijd om volwassen te worden en op eigen benen te staan. Als je zo door blijft worstelen, zou het betekenen dat Christus voor niets is gestorven."

„Het klinkt makkelijk."

„Misschien is het daarom wel zo moeilijk. Wij mensen willen alles zelf doen. In dit geval moeten we het uit handen geven. Christus stierf voor ons. Wij hoeven alleen maar ja tegen Hem te zeggen."

Elk woord lijkt hem zwaarder te vallen. De moorkop naast haar kopje staat hem plotseling zo tegen dat het hem bijna misselijk maakt. Hij wendt zijn gezicht af. De geur van chocolademelk prikkelt zijn neusgaten. Hij steunt zijn bonkende hoofd in zijn handen.

„Ben je niet lekker?" informeert ze.

„Ik heb hoofdpijn."

„Je ziet spierwit."

„Christine, laten we alsjeblieft praten waar we over wilden praten. Wat ben je van plan?"

„Je aanbod vond ik erg edelmoedig maar ik wil er geen gebruik van maken. Jij gaat gewoon terug naar huis en blijft zitten waar je zit met de kinderen."

„Christine, ik denk dat het beter is..."

„Stil! Ik ben weggegaan en zal de consequenties aanvaarden. In het restaurant waar ik werk heb ik laatst een kunstschilder ontmoet. Hij woont in Amsterdam maar heeft een zomerhuisje in de polder. Hij vertelde me dat hij er niet vaak verblijft en dat ik er best gebruik van mag maken, als ik dat zou willen. Hij heeft me bij het afscheid zijn telefoonnummer gegeven. Uiteraard heb ik hem niet verteld dat ik zelf uit de polder kom. Op dat moment had ik ook niet het idee dat ik er iets mee zou kunnen doen. Dat idee is vannacht gekomen. Sommige dingen moeten zo zijn. Ik ga contact opnemen met deze meneer. Hopelijk kan ik daar een tijdje blijven tot ik iets anders heb gevonden."

„Onze wegen splitsen zich," begrijpt hij. Hij heeft het aan voelen komen. Hij heeft zelf getwijfeld of hij nog wel met haar verder wilde en toch doet het zoveel pijn om het werkelijk uit haar mond te horen.

„Het spijt me, Berry."

„Ik wist het." Hij wrijft met z'n hand langs z'n voorhoofd. „Je ouders zullen blij zijn om dat te horen."

„Ook die weg zal zich splitsen. Laatst had ik een angstaanjagende droom. Ik zal je de details besparen maar die droom opende me wel de ogen. Aan de invloed van mijn ouders zal ik me nooit kunnen onttrekken. Elke keer als ik ze zie, willen ze me terug in hun wereld trekken. Ik heb een groot deel van mijn leven in die wereld doorgebracht en van die tijd herinner ik me alleen de angst. De komende tijd zal een moeilijke tijd voor me worden. Ik moet proberen orde op zaken te stellen in mijn leven. Ik zal mijn best moeten doen om het vertrouwen van de kinderen te winnen en mijn ouders vertellen dat ik het voorlopig zonder ze wil doen. Het is de enige weg. Ik zal eindelijk zelfstandig moeten worden."

Haar woorden dringen nauwelijks tot hem door. Hij heeft nooit geweten dat chocolademelk zo kon stinken, dat hoofdpijn zo snel erger kon worden.

„Je bent ziek," constateert ze als hij plotseling opstaat om naar het toilet te snellen. Als hij terugkomt, heeft ze al betaald. „Ik breng je naar je kamer," bedisselt ze. Onderweg informeert ze of hij zich in haar plannen kan vinden. Hij vindt het goed. Hij vindt alles goed, als ze nu maar zo snel mogelijk haar mond houdt.

Drie dagen lang ligt hij ziek in bed, kan nauwelijks daglicht aan zijn ogen verdragen, elk geluid is hem teveel. Van die dagen kan hij later nauwelijks iets navertellen. Daarom weet hij ook niet dat zij verlof neemt en hem met roerende zorg omringt. Uren zit ze naast zijn bed, verwisselt de natte washandjes, geeft hem wat water te drinken. Af en toe rijdt ze naar Amsterdam. Daar, in haar appartement, belt ze naar haar ouderlijk huis. Er is zo weinig over van haar flinkheid als ze haar moeder aan de telefoon krijgt. Een moeder die huilt. „Wat heb je ons toch aangedaan? Hoe komt het toch dat je zo geworden bent, terwijl wij je heel anders hebben opgevoed?"

Ze laat haar moeder jammeren. Later zal ze er wel tegenin gaan. Nu nog even niet.

Dan krijgt ze ook haar kinderen aan de telefoon. Ingrid is blij. Anouk moet met enige dwang worden overreed om met haar moeder te praten. Ze belooft dat het niet lang zal duren voor ze weer naar huis komt maar vertelt er eerlijk bij dat er toch dingen zullen veranderen. Tot slot belt ze naar de kunstenaar, Matt Heijnen, die haar zijn huisje heeft aangeboden.

„Mijn vrouw en ik vertrekken voor een week of zes naar Griekenland," vertelt hij. „Het komt dus heel goed uit. Zes weken kun je er zeker verblijven. Mocht je daarna nog geen eigen verblijf hebben gevonden, dan moeten we maar eens kijken hoe het verder gaan. Wat mij betreft kun je er over twee weken in. Ik zou het prettig vinden om je voor die tijd nog te ontmoeten zodat we de dingen nog even op een rijtje kunnen zetten."

Als ze het gesprek heeft weggedrukt blijft ze even met haar hoofd in de handen zitten. Ze heeft hindernissen overwonnen, de eerste stappen gezet om haar leven weer op te bouwen. Een leven zonder Berry. Het voelt niet als een opluchting.

Vanuit het raam kan Diana precies op de parkeerplaats van het ziekenhuis kijken. Ze ziet Ruuds auto het terrein oprijden. Even later loopt hij over het plein. Hij heeft een cadeautje bij zich, ziet ze. Voor hij bij de ingang is ziet ze zijn blik omhoog dwalen maar hij ziet haar niet, dan is hij uit beeld. Die zondag heeft hij gebeld dat zijn plannen gewijzigd waren en hij eerst naar huis wilde gaan. Als ze het niet erg vond dan wilde hij maandagmiddag langskomen.

Nee, ze vond het niet erg. Ze vond het helemaal niet erg. Ze zou hem willen zeggen dat hij helemaal niet meer hoefde te komen. Het ging beter met haar als hij er niet was. Ze zei het niet.

Het voelde vreemd om hem te horen zeggen dat hij van haar hield, dat hij haar miste en zelf niets terug te kunnen zeggen. Nu is hij er.

Ze wacht op zijn voetstappen in de gang die zullen volgen op het openschuiven van de liftdeuren. Vanmorgen heeft ze al heel wat ouders voorbij zien komen. Vanaf de gang klinken kinderstemmen. Een klein meisje loopt in haar pyjama voorbij. Kelly ligt niet langer alleen op een kamer. Ze heeft gezelschap gekregen van een jongetje van zes dat met zijn ouders naar de speelkamer is gegaan.

„Mag ik straks ook spelen?" wil Kelly weten.

„De zuster heeft gezegd dat je straks een poosje naar de speelkamer mag."

De liftdeuren schuiven niet open. Vanaf de plek waar ze staat heeft ze het zicht op de glazen klapdeuren die naar het trappenhuis leiden. Ruud heeft voor de trap gekozen. Ze ziet hem energiek de laatste treden nemen, dan wordt een van de deuren geopend. Zijn voetstappen klinken op het linoleum van de gang. Hij zegt iets tegen het kleine meisje en strijkt over haar donkere krullen, dan staat hij voor haar. Hij ruikt fris. Hij kust haar en loopt dan naar het bed.

„Ik heb een cadeautje voor je meegenomen. Je moet de hartelijke groeten van Marloes hebben. Zij heeft het voor je uitgezocht."

Zijn woorden veroorzaken een felle pijn in haar. Marloes, ze was van dat kind gaan houden. Het kind dat zich zo vaak eenzaam voelde. Een meisje dat zich volwassen voordeed maar nog volop kind was. De tweeling zal ze geen moment missen maar Marloes wel.

Hij draait zich om naar haar. „Het heeft me goed gedaan om een nacht in mijn eigen bed te slapen. Gisteravond ben ik vroeg naar bed gegaan, zodat ik me vanmorgen weer fris voelde. Ik heb eerst Marloes gebeld om haar op te dragen tussen de middag een cadeautje voor Kelly te kopen, dat heeft ze bij me op kantoor gebracht en vervolgens ben ik hier naartoe gereden."

Kelly heeft het papier verwijderd. Er komt een make-updoos voor kinderen tevoorschijn en allerlei versieringen voor in het haar.

„Heeft Marloes het goed uitgezocht?" wil hij weten.

„Ja, mooi." Kelly probeert direct een felgekleurd knipje in haar haren te steken.

„Ik heb geen idee wat jonge meisjes van haar leeftijd mooi vinden," verontschuldigt hij zich. „Gelukkig dat ik Marloes zoiets wel kan toevertrouwen." Hij loopt naar haar toe en slaat een arm om haar heen. „En hoe is het met mijn bezorgde moedertje? Heb jij vannacht nog een beetje kunnen slapen?"

„Ik ben naar huis gegaan," vertelt ze met enige tegenzin. „Gisteravond heb ik dat met Kelly overlegd. Ik heb dus ook in mijn eigen bed geslapen en ben prima uitgerust."

Onopvallend probeert ze zich weer aan zijn arm te onttrekken. Ze gaat voor het raam staan dat op de gang uitkijkt. Het lijkt alsof het hem niet opvalt. Hij gaat naast het bed zitten, praat met Kelly, maakt grapjes. Ze hoort haar dochter lachen. Waarom lijkt het zo goed? Waarom lijkt de beslissing die ze wilde nemen nu helemaal niet zo'n geweldige beslissing? Het had haar zeer gedaan dat hij haar "bezorgd moedertje" noemde maar is dat een reden?

Kelly vertelt nu hoe ze naar het ziekenhuis is gegaan en hoe dapper iedereen haar vond. Ruud zegt dat hij dat ook vindt. Even later doet hij voor hoe hij als een razende heeft gereden om maar zo snel mogelijk in het ziekenhuis aan te komen. Hij beschrijft hoe hij met gierende banden door de bocht reed. Kelly schatert het uit en bezweert hem dat ze niet meer wil lachen omdat het pijn doet.

Vervolgens belooft Ruud dat Marloes binnenkort ook een keer met hem mee komt. Hun gesprek klinkt opgewekt. Dat zij er niet of nauwelijks aan deelneemt lijkt Ruud niet in de gaten te hebben. Misschien moet ze hem vandaag nog niets zeggen. Ze is moe, emotioneel en de omgeving is ook niet direct geschikt om moeilijke gesprekken te voeren.

Ruud staat op. „Ik zou graag nog een poosje blijven maar ik moet weer aan het werk. Word maar weer gauw helemaal beter, meisje. Ik hoop dat je moeder en ik ons uitstapje over een poosje nog eens over kunnen doen en dat ze dan niet steeds overbezorgd aan de telefoon zal hangen."

Soms zijn een paar woorden genoeg. Ze ontwijkt zijn arm, loopt naar Kelly. „Ik ga even met Ruud mee naar beneden. Je ziet me zo weer."

Zijn arm rust toch weer dwingend om haar schouders als ze naar de uitgang van het ziekenhuis lopen. Nooit eerder heeft ze zijn gebaar zo ervaren maar op dit moment voelt het zo.

„Je bent moe," constateert hij. „Je bent zo stil."

„Ik dacht dat je het niet merkte."

„Natuurlijk merk ik dat. Daarom wilde ik je ontlasten en heb Kelly maar zolang beziggehouden."

Ze opent haar mond maar weet plotseling niet de juiste woorden te vinden. Hoe vertel je het aan iemand die schijnbaar zorgeloos naast je loopt en gelukkig lijkt? Hoe vertel je dat jij niet zo gelukkig bent?

„Loop je nog mee naar de auto?"

Als ze meeloopt zal ze meer tijd hebben. Bovendien is de plek naast de auto een goede locatie voor slecht nieuws. Hij kan dan zo de wagen inschuiven en wegrijden.

De wind is kil, ze huivert in haar dunne vest.

„Misschien moet je toch maar binnen blijven," zegt hij.

Waarom is hij juist op dit moment zo aardig? Ze schudt haar hoofd en loopt mee naar de auto.

„Ruud, ik moet je wat zeggen..."

„Wat zeg je?"

Kan ze er nog onder uit? Ze stelt zich voor hoe de uitdrukking van zijn gezicht zal veranderen nadat ze gezegd heeft wat ze wil zeggen.

„Ruud, ik heb nagedacht en ik ben tot de conclusie gekomen dat het beter is om niet met elkaar verder te gaan."

Hij blijft staan en ze ziet daadwerkelijk zijn gezichtsuitdrukking veranderen. Ongeloof ontdekt ze, maar ook de hoop dat hij het verkeerd zal hebben verstaan. „Wat zeg je?"

„Het afgelopen weekend is het me duidelijk geworden dat het beter is om niet met elkaar verder te gaan."

„We hebben het toch goed met elkaar? Het was toch een fijn weekend totdat Kelly ziek werd?"

„Jij en ik zijn zo verschillend. Ik voel me doorlopend schuldig als ik me zorgen maak over mijn kinderen. Voor mij komen mijn kinderen op de eerste plaats. Het is zo gelopen in mijn leven. Na het overlijden van Erik-Jan was het voor mij belangrijk dat ik mijn kinderen kon opvangen en ik wilde proberen ze een onbezorgde jeugd te geven. Doordat ik alles alleen doe is de band met mijn kinderen veel hechter dan als Erik-Jan en ik nog samen waren geweest. Tenminste, ik denk dat het daardoor komt."

„Ik geef je toch de vrijheid om voor je kinderen te zorgen zoals jij dat wilt?"

„Dat denk je maar dat doe je niet. Je weet me feilloos te laten merken dat het je ergernis opwekt als ik in je ogen te bezorgd ben."

„Je bent ook vaak veel te bezorgd."

„Ik zie dat anders. Wij samen zullen daar niet uitkomen, er zal steeds weer ergernis ontstaan. Jij ergert je, ik voel me schuldig. Het is niet goed om zo met elkaar om te gaan. De kinderen, zowel de jouwe als de mijne, moeten niet steeds een bron van onenigheid worden. Het is niet goed voor ons maar ook niet voor hen. In hun leven hebben ze al genoeg meegemaakt. Ze hebben nu stabiliteit nodig."

„Wat zwets je nou?"

„Ik zwets niet maar als jij het zo wil zien dan is het jouw zaak. Ik heb alles gezegd wat ik wilde zeggen. Wat mij betreft is het voorbij."

„Het is toch geen manier om dat hier te zeggen? Ik ben vanmiddag speciaal voor Kelly hierheen gereden. Daar heb je het niet over."

„Ik waardeer dat zeer maar het is niet genoeg om verder te gaan."

„Wat bezielt je ineens? Je bent gewoon moe en daarom doe ik ineens niets meer goed."

„Mij heb je dat niet horen zeggen. Het is gewoon beter om apart verder te gaan. Misschien moet je eerst de scheiding van Jolanda verwerken voordat je aan een nieuwe relatie begint."

„Je bent jaloers. Ik heb je het weekend ook al zovaak over Jolanda horen praten. Je bent gewoon jaloers omdat we het, ondanks onze scheiding, nog steeds goed met elkaar kunnen vinden."

„Noem het zoals je het wilt noemen. Voor mij is het voorbij."

Ze loopt bij hem vandaan. Achter zich hoort ze hem schreeuwen. Ze geneert zich, ziet hoe de portier bij het ziekenhuis enigszins bevreemd opkijkt.

„Je bent een ondankbaar kreng!"

Ze kijkt niet om.

„Je krijgt nooit een man weer als je zo overdreven met die kinderen blijft doen!"

Ze loopt langs de portier en schenkt hem en verontschuldigende glimlach. De deuren van het ziekenhuis schuiven open, het geschreeuw van Ruud verstomt. Ze twijfelt niet langer. Het is de enige goede keuze geweest.

Berry ligt op de bank. De televisie staat aan, hij heeft zijn ogen gesloten. Een week is voorbijgegaan. Een week waarin hij heeft geprobeerd het leven weer op te pakken. Zijn lichaam stribbelt tegen. Doodmoe is hij. Elke avond is hij dolblij als de kinderen eindelijk in bed liggen en hij zich op de bank kan uitstrekken.

„Wanneer komt mama nu weer terug?" wilde Ingrid vanavond nog eens weten.

„Aan het einde van deze week."

„Maar ze komt hier niet meer wonen." Ze vroeg het elke dag.

„Nee, ze komt hier niet meer wonen." Hij gaf elke dag hetzelfde antwoord.

„Waarom komt ze hier dan niet meer wonen?"

„Het is beter voor ons allemaal. Papa en mama vinden elkaar nog wel aardig maar meer als vrienden."

„Gaan jullie scheiden?" was de vraag die Anouk vanavond ineens had gesteld. Hij had het woord de afgelopen dagen zorgvuldig ontweken.

„Ja, we gaan scheiden."

„Dat mag niet van God," zei Anouk weer. „God wil niet dat je gaat scheiden."

Hij moest heel diep ademhalen. Het leek of hij zijn schoonvader hoorde praten. Over een poosje zou hij zijn exschoonvader zijn. Hij zou altijd de opa van Anouk blijven.

„God is heel boos als je gaat scheiden," deed Anouk er nog eens een schepje bovenop.

„God wil niet dat mensen gaan scheiden," had hij gezegd en zijn beide meisjes hadden instemmend geknikt. „Mama en ik zijn in de kerk getrouwd. We wilden Gods zegen over ons huwelijk vragen. We wilden voor altijd bij elkaar blijven. Soms gaan er dingen verkeerd. Bij ons zijn ook dingen verkeerd gegaan."

„Het is jouw schuld, hè pap?"

Waarom had hij zijn schoonouders gevraagd om op te passen?

„Het is de schuld van papa en mama samen," had hij gezegd. „We hebben allebei fouten gemaakt en we hebben daar ook allebei spijt van. We hebben God daar verdriet mee gedaan. We hebben nu allebei tegen God gezegd dat we er spijt van hadden en als je dat tegen God zegt, wil Hij je vergeven. Altijd weer."

„Is God dan niet boos?" wil Anouk toch nog voor alle zekerheid weten.

„Misschien is God wel boos geweest. Ik ben ook wel eens boos op jullie als jullie iets hebben gedaan wat ik niet goed vind."

„Dan moeten we ook altijd zeggen dat het ons spijt."

„En wat zeg ik dan?"

„Dat we weer vrienden zijn."

„Precies. Ik heb het je dan vergeven. Zo wil God het ons mensen ook vergeven, altijd weer."

Zijn woorden hadden de kinderen gerustgesteld en hem uitgeput. Hij is het moe om sterk te zijn, om verstandig te zijn, om te proberen zijn leven op te pakken, om te vechten tegen de sombere gedachten die juist deze laatste week de kop op hebben gestoken.

De televisie zendt een vrolijk programma uit over beroemdheden. Hij slaapt.

De televisie staat aan, de kamer is gehuld in schemer. Ze ziet hem op de bank liggen. Hij lijkt nog smaller geworden dan de laatste keer dat ze hem zag. Ze knipt het kleine lampje naast de televisie aan, ziet hoe hij slaapdronken overeind kruipt.

„Zo, schone slaper... ik had je wel kunnen stelen."

„Jij hier?"

„Ik ben binnengedrongen," zegt ze en ze probeert te lachen. „De koffie is klaar. Ik neem aan dat je nog steeds veel koffie drinkt?"

„Het lijkt eeuwen geleden dat je hier was."

„Het is eeuwen geleden. Ik ben in ieder geval eeuwen ouder geworden."

„Dan zie je er nog best goed uit. Oh sorry, ik wilde je niet aan het huilen maken."

„Het ligt niet aan jou. Het ligt aan mij." Ze had niet willen huilen. Ze had alleen iemand nodig die naar haar luistert. Iemand die niet begint met raadgevingen, die niet zegt dat ze ontzettend dom is geweest om zo'n aantrekkelijke, maar vooral ook beminnelijke man als Ruud af te wijzen.

Ze had iemand nodig die niet zei dat ze werkelijk overbezorgd voor de kinderen was en dat ze daar toch makkelijker in moest worden. Ze had iemand als Berry nodig.

Hij klikt de televisie met de afstandsbediening uit en wil opstaan.

„Blijf toch lekker zitten." Ze heeft haar tranen gedroogd. „Ik breng de koffie wel bij je."

Hij kijkt naar haar terwijl ze in zijn keuken rondloopt en precies weet waar ze alles vandaan moet halen. Ze ziet er leuk uit in een strakke spijkerbroek met daarop een knalrood jeansjasje.

„Ik vind het groots dat je hier bent," merkt hij op als ze even later tegenover hem zit.

„Geef me niet teveel eer," snuft ze. Omstandig haalt ze een papieren zakdoek uit haar tas en snuit haar neus. „Ik wist gewoon niet meer waar ik het zoeken moest. De buurvrouw wilde wel een uurtje op de kinderen passen. Het is uit met Ruud!"

Ze zegt het er plompverloren achteraan.

„Uit," herhaalt hij. „Waarom?"

„Ruud was als Erik-Jan." Ze kijkt hem uitdagend aan. „Hij hield net zomin rekening met me als Erik-Jan."

Hij knikt begrijpend.

„Ik kon nu nog terug," zegt ze.

„Het zal toch moeilijk zijn geweest."

„Eerst wel maar nu voel ik toch steeds meer opluchting. Ik kan weer mezelf zijn. Vooral met de kinderen erbij voelde ik me erg onzeker. Hij probeerde me steeds te laten geloven dat ik overbezorgd was, dat ik te strenge regels in huis hanteerde."

„Hij was zelf heel anders. De kinderen mochten alles zolang hij er maar geen last van had."

„Zoiets..."

„Ik vind het knap van je dat je de knoop hebt doorgehakt."

„Soms zie je ineens hoe ongelukkig je zult worden als je doorgaat op de ingeslagen weg."

„Soms moet je loslaten," zegt hij.

„Zo is het, hoewel dat loslaten ontzettend pijnlijk is."

„Het leven is vaak pijnlijk," gaat hij daar op in.

„Daar weet jij alles van. Heb je al iets van Christine gehoord?"

„Ze komt aan het einde van deze week naar huis."

Heel even aarzelt ze. „Wat fijn voor je," brengt ze dan toch uit.

„Ze komt hier niet meer wonen. Voorlopig mag ze een zomerhuisje bewonen tot ze wat anders heeft. Misschien is het beter om dit huis te verkopen, zodat we allebei ons deel kunnen krijgen en in een andere woning opnieuw kunnen beginnen."

„Jullie gaan scheiden?"

„Soms is er geen andere keuze meer, hoe graag je ook zou willen."

„Voor de kinderen is het goed dat Christine weer bij hen zal zijn," bedenkt Diana. „Ik weet eigenlijk niet wat ik zou doen als ik haar onverwacht tref."

„Je kunt de keuze maken tussen omkeren of aanspreken."

„Ben jij nooit verschrikkelijk boos geweest op Christine?" wil ze nu van hem weten.

„Af en toe ben ik nog verschrikkelijk boos op Christine," erkent hij. „En op Erik-Jan."

„Hoe was dat in de tijd toen je wist dat er tussen hen iets speelde?"

„Ik heb een hele tijd niet geweten dat het tussen hen speelde," zegt hij. Hij heeft z'n benen onder zich getrokken, leunt in de hoek van de bank. „Af en toe lijkt me dat heel erg onlogisch. We zaten er met onze neus bovenop en hebben niets gezien."

„Misschien zagen we niets juist doordat we er met de neus bovenop zaten." Ze heeft er zo vaak aan gedacht de laatste tijd. Ze heeft zich situaties voor de geest gehaald waarvan ze nu weet dat het veel meer te betekenen had dan zij toen dacht. Erik-Jan was haar man. Christine was haar beste vriendin. Het was gewoon niet voor te stellen dat zij iets samen zouden hebben. Vrienden doen elkaar dat niet aan.

„Op het moment dat Christine zwanger was, ben ik heel erg boos geweest. Ze heeft het niet geweten maar ik kon haar wel vermoorden. Later realiseerde ik me dat die boosheid voort kwam uit machteloosheid. Het enige wat een mens blijft in een situatie van machteloosheid is boosheid. Ik heb me toen voorgenomen om weer aan mijn huwelijk te bouwen, vooral voor Anouk."

„En Ingrid?"

„Ik heb het je al vaker verteld. Ik heb Ingrid altijd als mijn kind beschouwt. Op het moment dat ze in mijn armen werd gelegd, voelde ik me verantwoordelijk voor haar. Het was niet haar schuld wat haar ouders hadden gedaan. Ik hoop dat je het op een dag ook zo zult kunnen zien."

Hij staat op, rekt zich omstandig uit. „Ik ben blij dat je er bent. De komende periode zal voor ons allebei een moeilijke tijd worden. Ik hoop dat we elkaar enigszins zullen kunnen steunen. Zullen we daar dan nu maar en glas wijn op drinken?"

Ze kijkt naar hem, terwijl hij naar de keuken loopt. Hij is altijd de man van Christine geweest, hij is langzaam op weg gewoon man te worden.

Veel later komt ze thuis. Het uurtje is uitgelopen, ze heeft de buurvrouw gebeld voor een verlenging van de oppas. Een tikje aangeschoten zoekt ze haar bed op, duikt diep onder het dekbed, tevreden over de afgelopen avond. Het was goed om weer bij Berry te zijn. Lange tijd heeft ze de rust ontbeerd die ze nu voelt. Het duurt niet lang voor ze slaapt.

In die slaap bevindt ze zich plotseling middenin een warenhuis. Overal lopen mensen, voor de kassa's staan rijen dik, op de roltrappen gaan eindeloze mensenmassa's naar boven en naar beneden. Zij staat ook in een rij maar weet zelf niet waarvoor. In haar handen houdt ze de blauwe, glazen vaas, dezelfde die ze voor hun laatste trouwdag van Erik-Jan had gekregen. De vaas die altijd op het dressoir naast zijn foto had gestaan. Met twee handen houdt ze het ding vast voor haar buik geklemd. Rondom haar is gepraat. Iedereen lijkt met iedereen te praten, alleen tegen haar zegt niemand iets. Dan ineens is er dat kleine stemmetje: „tante Diana!"

Ze reageert niet, blijft voor zich uitstaren alsof ze het niet hoort. Het stemmetje wordt luider, doordringender en plotseling ontdekt ze dat de gelederen zich rondom haar hebben gesloten. Ze kan niet vooruit, niet naar de zijkant, ze kan zich alleen maar omdraaien en haar hoofd opheffen.

„Tante Diana!" Ze heeft het kind een hele tijd niet gezien. Haar haren lijken langer te zijn geworden. Ze draagt een felrood truitje op een spijkerbroek. Het meisje lacht, zij drinkt het beeld in zich op. Er staat geen mens meer op de roltrap, die stil is blijven staan. Het kind daalt lopend de trappen af, haar blauwe ogen vast op haar gezicht gericht. Ineens trekken er beelden aan haar voorbij. Ze ziet het kind dat bij haar op schoot zat, terwijl zij een boekje voorlas. Ze ziet het kind dat samen met haar kinderen zandkastelen bouwde. Ze ziet het kind dat gretig op de zelfgebakken pannenkoeken aanviel. Ze ziet het kind met ogen vol tranen. Ze ziet het kind van Berry en Christine.

„Ingrid!" roept ze en ook zij komt in beweging, rent in de richting van het kind en spreidt haar armen. De vaas sneuvelt.